APRISIONADA PELO CONDE

LORNA READ

Tradução por
JORDANA LIA

Copyright (C) 2020 Lorna Read

Design de layout e copyright (C) 2021 por Next Chapter

Publicado em 2021 por Next Chapter

Este livro é uma obra de ficção. Nomes, personagens, lugares e incidentes são o produto da imaginação do autor ou são usados ficticiamente. Qualquer semelhança com eventos reais, locais, ou pessoas, vivas ou mortas, é pura coincidência.

Todos os direitos são reservados. Nenhuma parte deste livro pode ser reproduzida ou transmitida sob qualquer forma ou por qualquer meio, eletrónico ou mecânico, incluindo fotocópia, gravação ou por qualquer sistema de armazenamento e recuperação de informações, sem a permissão do autor.

1

Não! *Martin*, a criança não, ela é só um bebê. Não me importo com o que você faz comigo, mas... *deixe* ela, Martin. Oh Martin, *não!* A voz de sua mãe se transformou em um grito de agonia quando um golpe brusco do punho de seu pai a acertou na bochecha e a enviou cambaleando contra a cômoda de madeira. Um jarro azul com leite balançou e caiu, quebrando-se em pedaços irregulares no chão de azulejos da cozinha.

O momento ficou congelado para sempre na memória de Lucy Swift: o golpe, o jarro balançando, a explosão branca no chão, a visão de sua mãe de joelhos, uma marca carmesim no rosto já ficando azul, soluçando enquanto pegava os cacos afiados de cerâmica, e seu pai murmurando um juramento enquanto balançava instável em direção à porta.

Olhando para ele agora, ouvindo-o assobiar enquanto escovava a égua baia em um esplendor reluzente com movimentos circulares e metódicos, Lucy mal podia acreditar que o bêbado brutal e esse homem cuidadoso e terno eram a mesma pessoa — o pai dela. No entanto, sua lembrança mais antiga não era uma fantasia.

Cenas semelhantes tinham se repetido várias vezes durante

LORNA READ

os dezoito anos de sua vida. Elas tinham levado sua mãe, Ann, à velhice prematura. Aos trinta e oito anos, ela estava com o cabelo grisalho e abatida, seu corpo encolhido como se fosse por seus esforços para se proteger das palavras violentas e golpes do marido, o rosto marcado por uma vez, onde em um ataque excepcional de embriaguez, acertou-a com um chicote de montaria.

Lucy amou a mãe com um fervor que a levou, desde muito jovem, a enfrentar Martin Swift. Uma vez, aos quatro anos, ela deu golpes nos joelhos dele com seus punhos infantis enquanto ele tentava derrubar a frágil Ann, convencido de que ela estava escondendo um jarro de cerveja dele. Sair em defesa ardente de sua mãe muitas vezes tinha lhe rendido uma surra dolorosa, mas ela sabia que também tinha o respeito relutante de seu pai, especialmente quando se tratava de cavalos. Não como seu irmão, Geoffrey.

Como se lesse seus pensamentos, Martin Swift olhou do cavalo inquieto para a filha.

— Aposto que Geoffrey não teria feito um trabalho tão bom quanto este, não é? — perguntou ele, lançando um olhar de admiração para seu próprio trabalho. Na empoeirada luz amarela do estábulo, a bela pele da égua brilhava como a luz da lua na neve. Ele não esperava uma resposta, mas desviou-se para o outro lado e retomou suas escovadas hipnóticas.

Lucy o observou enquanto ele trabalhava. Aos quarenta e um anos, apesar de sua excessiva indulgência em cerveja e licores, Martin estava no auge, não era um homem alto, mas rijo e forte, com cabelo preto e olhos azuis que traíam sua ascendência irlandesa, embora ele, e seu pai antes dele, tivessem nascido na mesma pequena vila de Lancashire onde os Swifts ainda viviam. Somente sua tez corada e castigada pelo tempo e o nariz quebrado exibindo um mapa de pequenas veias vermelhas, davam uma pista de sua vida ao ar livre. Dentro de casa, vestido, com o corpo limpo dos cheiros do estábulo, ele podia, com pouca luz, passar pelo cavalheiro que pensava ser.

Aprisionada Pelo Conde

Geoffrey não era nem um pouco parecido com o pai, refletiu Lucy, enquanto mastigava distraidamente um pedaço de palha fresca. Ela sentia muita falta do irmão, apesar de já terem passado três anos desde que ele deixara Prebbedale, fugindo aos catorze anos dos maus-tratos de seu pai. Ela tinha ajudado em sua fuga e não se arrependia, apesar de, por essa ação arriscada, ter se privado de seu mais leal suporte e confidente, provavelmente para sempre. Porque Geoffrey, o mais querido, gentil e bem-humorado, com seus cachos loiros e natureza poética, era muito mais parecido com sua mãe do que Lucy ou Helen.

— Aquele pequeno maricas chorão — era a maneira habitual e ridícula de seu pai de descrevê-lo. Nascido com um medo profundo de todos os animais de grande porte, Geoffrey corria para o esconderijo mais próximo sempre que seu pai o procurava para levá-lo aos estábulos e tentar lhe ensinar alguns conhecimentos sobre cavalos. Martin Swift era conhecido e respeitado em todo o condado e além, por sua habilidade em criar, manejar, domar e treinar cavalos. Duques e condes o chamavam e pediam conselhos antes de comprar um cavalo de corrida puro-sangue ou um par de cavalos de carruagem, sabendo que seu julgamento era sólido e infalível.

— Não-o-o — ele diria lentamente, balançando a cabeça enquanto um belo exemplar desfilava diante dele. — Esse não. O jarrete esquerdo é fraco. — Lhe desapontaria ao longo dos oitocentos metros. — E Lorde Highfalutin' dispensaria o animal e lhe passaria um soberano por lhe salvar cinquenta.

A égua cinza, Beauty Fayre, bateu um casco e bufou, quebrando o devaneio de Lucy. Quem sabia onde Geoffrey estava agora? Nas Índias Orientais, talvez, tendo conseguido passagem em um navio comercial; ou talvez estivesse usando o uniforme da marinha, fazendo a vigia enquanto compunha mentalmente uma ode ao mar agitado. A menos que ele estivesse... Lucy não conseguiu considerar o pior destino de todos.

Um som atrás dela, como o arrastar de um cachorro na palha, a fez virar a cabeça. Um ombro e metade de um rosto ansioso apareceram no canto do batente da porta, enquanto Ann Swift tentava chamar a atenção da filha sem atrair a atenção do marido. Dando um aceno quase imperceptível, Lucy deu dois passos silenciosos para trás em direção à porta e virou rapidamente na esquina do edifício, tentando não prender a saia em um prego saliente.

Ela tinha esquecido totalmente que sua irmã, junto do marido John e os filhos gêmeos Toby e Alexander, os visitariam naquela tarde. Seu coração afundou com o pensamento de ter que brincar de tia com as crianças, lutar com seu cérebro para pensar em respostas para os comentários sugestivos de John e ouvir os resmungos previsíveis e enfadonhos de sua irmã sobre criados, crianças e a última moda de Londres. Era sempre a mesma coisa.

— Não está casada ainda, nossa Lucy? — John ladraria, na sua tentativa brusca de um tom jocoso. Ela esperaria para ver as gotas de suor aparecerem ao longo de sua testa enquanto seus olhos passavam lascivamente por seu corpo.

— Realmente, mãe, eu simplesmente não consigo entender como Helen consegue aturar ele. Ele é um *animal* — reclamou Lucy para a mãe.

— Calada, garota. Ele é um bom homem. Ela poderia ter ficado com alguém muito pior — respondeu Ann em sua voz baixa, como um sussurro derrotado. Elas já tinham tido essa conversa muitas vezes antes. Era um ritual de aquecimento para todas as visitas de Helen.

— Mas ela nunca teria se casado com ele, com certeza, se não quisesse tanto ficar longe do pai — persistiu Lucy. — Ela só tinha dezesseis anos. Quem sabe por quem ela teria se apaixonado se tivesse tido a chance? Ela nem mesmo conhecia John Masters. Papai arranjou tudo. Eu acho nojento — como levar um garanhão para uma égua.

Aprisionada Pelo Conde

— Lucy! — Ann estava chocada, mas divertida, também. Em particular, ela achou que a opinião de Lucy era bastante correta. Ela estendeu a mão e ajeitou uma mecha de cabelo castanho de Lucy, enquanto as duas sentavam lado a lado no banco perto da janela, observando a chegada dos visitantes. Lucy era tão parecida com o pai, com suas costas retas, os olhos azuis alertas, os lábios carnudos e curvos, e o jeito claro de falar.

Havia uma vivacidade em Lucy que lembrava a Ann seu primeiro vislumbre de Martin, quando ele estava no mercado de Weynford, sua cidade natal, vinte e três anos atrás. Para ela, ele parecia se destacar de seus companheiros como se estivesse cercado de uma espécie de brilho, indetectável ao olho humano, mas capaz de ser captado por algum sexto sentido.

Mesmo agora, apesar dos anos de tormento e agonia que havia sofrido em suas mãos, abuso que lhe causara problemas de saúde e um tremor nervoso permanente, ela ainda estava admirada por ele, ainda capaz de sentir o mesmo assombro sempre que ele a olhava gentilmente ou lhe dava um de seus sorrisos especiais, meio atrevidos, meio amorosos. Seja lá o que ele possuía que o dava aquele poder único sobre pessoas e animais, Lucy tinha herdado, e às vezes Ann temia pelo que a vida reservava para sua filha mais nova. Particularmente agora, com Martin tão ansioso com seu estado de solteira.

Eles tinham discutido isso na cama na noite anterior.

— Maldita seja a criada da cozinha! — se queixou Martin, tomando um gole de sua cerveja quente noturna apenas para encontrá-la gelada. — Livre-se dela amanhã de manhã. E o que vamos fazer em relação à Lucy?

Ann, acostumada às mudanças abruptas de assunto do marido, suspirou e se afastou para o outro lado do colchão de penas irregular, tentando não provocar a ira do marido por levar muito das cobertas com ela.

— E então? — ele estalou, estendendo a mão no escuro e cravando os dedos dolorosamente no ombro dela. — *E então?*

5

Helen tem vinte um anos e já tem dois bons filhos. Sou motivo de chacota na vizinhança, tendo essa moça ainda presa em minhas mãos aos dezenove anos. Ora, ontem mesmo aquela maldita Appleby teve a coragem de sugerir que talvez ninguém a quisesse porque ela era mercadoria suja. Eu chicoteei a maldita para ensiná-la a segurar a língua. Ainda assim, um insulto é um insulto. Ela está em nossas mãos há tempo suficiente, comendo nossa comida, ocupando espaço no lugar, andando às voltas como um... com um grande *rapaz*.

Ann sentiu uma risada por dentro, sabendo muito bem que Martin tratava sua filha mais nova quase exatamente como um filho. Ela também sabia que Martin achava Lucy uma grande ajuda com os cavalos, pois ela herdara cada parte de seu talento natural. Até cavalos não domados se acalmavam e a deixavam se aproximar deles. Era como se algum entendimento secreto passasse entre o animal e a garota. Às vezes, ela desejava que Lucy tivesse nascido menino. Ela teria ido longe na vida, disso Ann não tinha dúvida — e que a vida teria sido muito mais fácil também.

Martin continuou seu monólogo:

— Já vi como todos olham para ela — comerciantes, cavalariços, cavalheiros respeitáveis. Todos eles gostariam de colocar as mãos nela. Já podíamos tê-la casado vinte, trinta vezes. Se eu não tivesse sido tão mole com ela, cedendo toda vez que ela dizia: "Não pai, não vou me casar com ele... Não, pai, eu não gosto dele..." Mimada e voluntariosa, é isso o que ela é. Bem, já tive o suficiente. Há um bom homem que tenho em mente para ela. Não há melhor. Ela se casará com ele e isso será o fim, nem que eu mesmo tenha que levá-la.

Ann, apertando e agarrando nervosamente as roupas de cama, tinha encontrado fôlego para sussurrar:

— Quem poderia ser?

Sua resposta deu a ela sentimentos muito confusos e a fez ficar acordada a maior parte da noite

— O velho Holy Joe. O reverendo Pritt.

2

— Aí vem eles — disse Lucy, enquanto a carruagem de John Masters descia a pista, puxada por dois cavalos baias. Masters era um rico comerciante de grãos, e Helen ao sair da carruagem, era, se não perfeitamente adequada ao marido de meia-idade pelo menos estava perfeitamente vestida.

Os dois garotinhos saíram em seguida, vestidos de forma idêntica com um justilho azul e bombacha, seus cabelos castanhos penteados e cuidadosamente ajeitados.

Binns, a criada, anunciou-os sem fôlego na porta:

— Sr. e Sra. Masters e os dois mestres Masters — então corou, como se percebesse que o que ela havia dito tinha soado muito peculiar.

— Obrigada, Binns — disse Ann, levantando-se. — Vamos tomar chá na sala de visitas. E traga um pouco de cidra de maçã para as crianças — misturada com água, por favor.

Ann estava se lembrando de uma ocasião desastrosa da última vez, quando a criada falhou em diluir a cidra, resultando em dois meninos pequenos muito tontos e doentes na espreguiçadeira.

— Sim, senhora — disse Binns, fazendo uma breve e estranha

reverência, e saindo da sala o mais rápido que suas pernas irregulares podiam carregá-la.

— Minha querida — sussurrou Ann, abraçando Helen, que era mais alta do que ela, e roçando a bochecha em um broche de âmbar preso ao ombro da capa curta da filha, do tom mais elegante de azul lavanda.

Lucy sentiu sua raiva aparecer quando a figura corpulenta de John Masters a confrontou e ela sentiu o olhar quente dele percorrer seu corpo. A sexualidade grosseira do homem a enojava. Ela estava sempre tendo que desviar de suas mãos querendo lhe apalpar, e tentando não corar diante de seus comentários sugestivos. Ela, que nunca beijara um homem, exceto em uma saudação educada, não podia conceber sua irmã nos braços desse velho gordo, feio e lascivo, fazendo todas as coisas que você tinha que fazer para ter um filho.

O conhecimento sexual de Lucy era escasso, mas básico. Vivendo no campo e trabalhando com cavalos, ela dificilmente poderia ter evitado perceber a maneira como eles agiam em determinadas épocas do ano. Seu pai sempre lhe proibiu de sair de casa quando um garanhão era colocado com uma de suas éguas. O que ele não sabia, no entanto, era que o quarto de Lucy não era a fortaleza que parecia ser. Uma pessoa atlética de qualquer sexo, poderia, com um pouco de agilidade, abaixar uma perna do parapeito da janela, encontrar um suporte na pedra em ruínas e coberta de hera, e a partir daí, mexer-se lateralmente no velho carvalho, de onde havia uma pequena e fácil descida ao chão.

Então, em mais de uma ocasião, Lucy ouvira o relincho e o bufo excitado do garanhão, e visto a égua curvada e dócil. Viu também a forma como seu pai e um assistente tinham ajudado o garanhão, guiando aquele membro enorme, aterrorizante e fascinante, grosso como a perna de um homem, para dentro da égua. Observando os acasalamentos frenéticos, Lucy tinha se sentido quente, sem fôlego, com um leve desgosto, mas formigando com sensações estranhas, como sempre se sentia

Aprisionada Pelo Conde

quando um homem bonito a olhava da maneira que seu cunhado fazia.

— Não vou fazer a pergunta de sempre — disse John Masters, como forma de cumprimento.

Lucy ficou surpresa com essa mudança em suas táticas habituais. Fazendo sinal para ela se sentar em uma das duas cadeiras de encosto alto que ficavam em ambos os lados da lareira de mármore, vazia e protegida agora que era uma tarde quente de setembro, ele ficou na frente dela, balançando para frente e para trás, suas pernas gordas amontoadas obscenamente em suas botas pretas apertadas e brilhantes.

— Não há necessidade, não é? — ele acrescentou, dando-lhe uma piscadela astuta e conspiratória com o canto de um olho fraco e cinza como o de um porco.

Lucy sentou-se mais ereta. Ela respirou fundo, sentindo como seu espartilho apertado restringia seus pulmões.

— O que quer dizer com isso, irmão John? — ela exigiu.

Suas palavras, faladas muito alto, atravessaram as correntes das conversas de outras pessoas e as fizeram parar. Helen, sua mãe, seu pai, e até mesmo os pequenos Toby e Alexander, da privacidade de seu esconderijo debaixo de uma mesa, estavam todos olhando para ela, cientes dos primeiros estrondos de uma tempestade emocional.

Lucy engoliu em seco e brincou com um laço em seu vestido de seda creme. Ela desejava não ter aberto a boca. John provavelmente só estava fazendo uma piada. Ele não podia realmente conhecer informações sobre seu futuro, sobre as quais ela nada sabia.

As botas de seu cunhado rangeram quando ele mudou de posição desconfortavelmente.

— Nada. Um... isso é... Ele desviou o olhar para o pai de Lucy e ela interceptou o olhar dele.

Então, havia um plano em andamento. É claro, ela poderia ter entendido a observação dele como significando que não havia necessidade de perguntar se ela estava noiva, porque ela

9

obviamente não estava. Mas John Masters era uma criatura de hábitos, um mortal abençoado com nenhum pingo de imaginação. Ele só faria tal comentário e o acompanharia de um olhar e uma piscadela, se soubesse de algo que ela não sabia. Depois de *Não há necessidade, não é?* houve um silêncio, não expresso, *Porque já foi tudo resolvido.*

Estavam todos esperando, sua mãe escovando migalhas do colo, seu pai enfiando o dedo no tapete, Helen fingindo endireitar o colar. Uma risada abafada de um dos gêmeos quebrou o transe tenso de Lucy e devolveu-lhe a voz. Ela dirigiu o poder total de seu olhar mais gelado para o pai, que o devolveu igualmente frio.

— Pai, se algum plano para o meu futuro foi feito, acho que tenho o direito de saber quais são.

— Muito bem, Lucy, mas antes de entrar em um de seus famosos temperamentos — *Temperamentos? Você é a última pessoa no mundo que pode acusar alguém de ter mau humor,* pensou Lucy furiosamente, desejando que ela fosse forte o suficiente para pegar seu pai e sacudir a verdade dele — lembre-se, eu sou seu pai e cabeça desta família, e como tal, minhas decisões não devem ser discutidas. Você tem dezenove anos agora, minha menina. Dezenove!

Ele olhou triunfantemente para todos e, apoiado por seus acenos encorajadores, virou-se para encarar Lucy novamente.

— Não posso esperar que você escolha um pretendente. Não tenho tais noções libertinas. Permita que uma garota escolha por si mesma e ela escolherá algum maltrapilho, vesgo e com nada mais que duas moedas de bronze.

— Sim! — disse John Masters aprovando.

Sua esposa o encarou, mas o olhar de Lucy continuava sem hesitar em seu pai, desafiando-o a ser um traidor e conceder seu próprio direito de liberdade de escolha a um homem que ela não desejava conhecer, e detestaria mesmo que fosse o próprio rei. *Pai,* ela desejou, tentando projetar seus pensamento na mente dele e nos recantos mais longínquos de seu cérebro equivocado,

Aprisionada Pelo Conde

Pai, eu não vou me casar. Você não pode fazer isso. Eu não vou fazer isso. Sua mandíbula estava cerrada com uma vontade de aço enquanto ela derramava todo o seu ser em seu olhar.

Mas Martin Swift não foi tocado pela mensagem silenciosa de sua filha.

— Sua mãe e eu te amamos e desejamos fazer o nosso melhor por você. Se você concordar em casar com o homem que tenho em mente, não apenas viverá confortável com um bom homem, mas também ocupará uma posição muito honrosa na comunidade, muito mais alta do que sua mãe ou eu jamais poderíamos esperar.

— Eu não fazia ideia de que minha filha tinha chamado a atenção de um homem tão digno como o reverendo Pritt. Ser a esposa de um homem de Deus, Lucy! Quando informei sua irmã e o marido no corredor — bem, eu não podia guardar tal elogio à família só para mim, não é? — Eles ficaram tão satisfeitos por você que...

A voz dele parecia estar desaparecendo à distância, como o eco de uma pedra que caiu em um poço seco. Ao mesmo tempo, uma névoa se formou diante dos olhos de Lucy. Ela tentou passar a mão na frente do rosto, no qual podia sentir uma transpiração fria e úmida se formando, mas seu braço estava pesado como chumbo e permaneceu imóvel em seu colo. Então uma grande lassidão a dominou e ela sentiu o ambiente se dissolver e a cadeira girar como um pião.

3

Lucy nunca tinha desmaiado antes. Ao acordar ela encontrou a mãe pairando ansiosamente sobre ela, enquanto a irmã banhava sua testa com água fria de uma bacia que Binns, a jovem criada segurava.

— Não se preocupe com ela, senhora. Ela será a mesma em breve — disse Binns, tranquilizadoramente. Lucy poderia tê-la abraçado por sua honestidade, mas Binns, apesar de usar todo o seu senso comum, não conseguia suavizar as rugas de preocupação na testa de sua mãe.

— Minha querida, você está bem? Está muito quente hoje. Você não está com febre, espero eu?

A mão pequena e quadrada de Helen coberta pelo punho da manga de renda azul pálida, tocou a testa de Lucy, depois as têmporas, e finalmente puxou as pálpebras inferiores, a fazendo recuar e piscar em alarme.

— Os garotos tiveram uma doença de verão algumas semanas atrás — explicou Helen. — Eles ficaram bastante pálidos sob as pálpebras. Mas não há nada de errado com você.

— Eu gostaria que *houvesse* — gemeu Lucy fervorosamente. — Prefiro desperdiçar minha vida e morrer do que me casar com aquele velho... *bode*!

Aprisionada Pelo Conde

A nn Swift respirou fundo e mordeu o lábio inferior, pensativa. Como ela desejava que sua filha mais nova fosse tão dócil quanto Helen tinha sido. Ela tinha ido ao altar com John Masters sem dizer nada e, de fato, o casamento parecia estar funcionando. Helen tinha seus filhos, uma boa mesada e um marido que não a espancava, mesmo que às vezes ele respondesse com entusiasmo excessivo a membros atraentes do sexo oposto. Pelo menos essa tendência de flertar o impedia de incomodar Helen eternamente com suas atenções. Ele havia cumprido seu dever, era pai de herdeiros gêmeos, e agora Helen estava livre para cumprir seus deveres de dona de casa e seguidora da moda, algo que a agradava muito mais do que as visitas bêbadas duas vezes por mês de seu marido em seu quarto. Nem mesmo os casamentos baseados em amor eram perfeitos, como Ann tinha aprendido. No entanto, para Lucy, isso é exatamente o que ela gostaria — um casamento por amor para sua linda, indisciplinada e obstinada filha mais nova.

E u não vou fazer isso — anunciou Lucy, amotinada, afastando o copo de água oferecido por Binns. — Eu me recuso a me deixar ser encarcerada naquela prisão úmida da casa paroquial com aquele velho revoltante, feio e nojento. "Homem de Deus" de fato! Eu nunca levaria uma criança jovem e sensível para ouvir um dos sermões do nosso querido vigário. Ouvi-lo reclamar dos terríveis castigos que Deus tem reservado para todos nós, se ousarmos desafiar Sua vontade ou dizer Seu santo nome em vão, me faz pensar que adorar o Diabo seria a opção mais fácil.

— Saia da sala, Binns. Veja como Cook está se saindo com o

porco assado — ordenou Ann, aterrorizada que as blasfêmias de Lucy sejam discutidas por toda a vila.

Mas Lucy não tinha acabado.

— O reverendo Pritt tem uma ideia muito distorcida de como Deus realmente é. Acho que algo muito terrível deve ter acontecido com ele para fazê-lo transformar seu bom Senhor no tipo de inimigo que ele quer que acreditemos que Deus é, alguém que não é gentil, justo e que perdoa, mas é um tirano cruel — como o pai.

Helen agarrou o braço da irmã na esperança de distraí-la do assunto, pois obviamente estava perturbando sua mãe, que estava de pé junto à janela, abanando-se agitada. Mas Lucy não era tão facilmente dissuadida.

— Sinto muito, mãe — continuou ela, uma nota mais suave rastejando em sua voz. Lucy amava muito sua mãe e a última coisa que queria fazer era perturbá-la, mas, no que dizia respeito a sua própria vida, com todo o seu futuro em jogo, ela sentiu que precisava expressar seus sentimentos, mesmo que isso significasse expor algumas verdades domésticas.

— Eu sei que você ama o pai, apesar de seu temperamento vil e da angústia que ele causou a todos nós. Eu sou sua filha obediente e sempre fiz o meu melhor para obedecê-lo, mas isto é uma coisa que nem todos os espancamentos do mundo me convencerão a fazer. Ele pode me bater até eu morrer se quiser, mas ninguém me forçará a compartilhar minha vida e, pior ainda, minha cama, com aquele velho cadáver repulsivo que torce o evangelho, Nathaniel Pritt!

— Oh Lucy, tenha juízo — disse Helen, acariciando o cabelo encaracolado da irmã como se acalmasse uma de suas crianças.

— Ele deve ter sessenta anos. Uma noite com você e ele provavelmente cairá morto de uma apoplexia. Eu aposto que ele nunca tocou em uma mulher em sua vida!

— E ele certamente não vai *me* tocar! — exclamou Lucy, afastando a mão da irmã e balançando as pernas para fora do sofá. Sua cabeça girou um pouco quando ela colocou os pés no

Aprisionada Pelo Conde

chão e se levantou, mas ela ignorou sua fraqueza persistente. Assustada com a maneira como a mãe e a irmã cumpriam calmamente os desejos de Martin, voltou-se para elas, apelo em seus olhos.

— Nenhuma de vocês consegue ver? Não conseguem entender? — Ela fixou o olhar em sua irmã. — Tenho o mesmo sangue que você, somos parentes — quem seria mais próximo? Mesmo assim, você parece ser feita de coisas totalmente diferentes. Por que você é tão dócil? Por que você não se importa em dividir uma casa e seu corpo com um homem velho e gordo que você não ama?

Ela ficou satisfeita ao notar os olhos de Helen brilharem por um instante, quando farpas da verdade a atingiram. Virando-se para sua mãe, Lucy continuou, em um tom apaixonado:

— Eu sei que você não pode enfrentar o pai. Eu sei disso, se você tivesse feito, você já estaria morta agora, ou ele teria desistido de você. Mas vocês estão presas. *Presas!*

Sua voz estava subindo com uma nota de histeria. A sala inteira, com suas fotos, cortinas, móveis pesados e revestimentos de cor escura, parecia estar exalando ondas de opressão hostil. Ela andou no tapete de um lado para o outro, agitada. Ela tinha que fazê-las *ver.* O que estava errado com elas? Ninguém, nem mesmo seu pai, tinha o direito de fazer isso com outro ser humano, de mandar em sua vida até com quem elas deveriam se casar e quando.

Ela pensou no reverendo Pritt, agarrando o atril e balançando para frente e para trás enquanto os ouvidos de sua congregação eram enchidos com ameaças de serem visitados por pragas até a terceira ou quarta geração, seu rosto magro cinza com a barba por fazer, seus dentes amarelados borrifando os infelizes do banco da frente com saliva sagrada. Ela se imaginou espalhada como um sacrifício, nua em uma cama de lençóis brancos, cercada pelas paredes emolduradas e tapeçarias esfarrapadas do vicariato, com o corpo nodoso, cinzento e parecido com um cadáver de Nathaniel Pritt ajoelhado sobre ela, sua respiração fétida em seu rosto, seus dedos obscenos e parecidos com larvas, prestes a tocar sua própria carne, quente e viva.

— Não! — ela gritou. — Não! Mãe, Helen, vocês precisam me ajudar. Diga a ele que é impossível. Não me importo se ele é o vigário, não me importo com a posição dele na sociedade, eu não a quero. Prefiro me casar com um cavalariço, um ladrão de estrada, *qualquer um!* Mas não vou me casar com aquele... aquele...

Palavras vieram à sua mente, palavras que ela ouvira seu pai e os cavalariços usarem. No entanto, antes que ela pudesse dizer mais alguma coisa, a porta se abriu e seu pai entrou a passos largos, brilhando como uma nuvem de tempestade.

— Martin! — gritou Ann, correndo na direção dele e pegando seu cotovelo na tentativa de impedir um ataque físico à sua filha errante.

— Mulher, me deixe em paz! — rosnou o marido, com o rosto vermelho de raiva. Ele sacudiu a mão dela com tanta violência que Ann perdeu o equilíbrio e caiu, batendo a cabeça contra a perna esculpida de uma mesa lateral.

— Mãe — oh, mãe! — lamentou Helen, correndo para Ann em um estalido de anáguas engomadas e ajoelhando-se sobre sua forma prostrada. — Você a matou, pai!

4

S ua mãe estava parada como um cadáver no chão, mas Lucy não fez nenhum movimento em sua direção. Com seu pai correndo em sua direção, ela não se atreveu, e se escondeu nas costas de uma poltrona com tecido adamascado para se proteger.

Martin deu mais dois passos furiosos em direção a ela e depois parou, e Lucy sentiu como se seu coração tivesse parado também. Como ela o odiava e o temia! De repente, ela era uma criança novamente, gritando para ele não machucar sua mãe. Então ela era uma jovem garota sendo esbofeteada no rosto por algum pequeno mau comportamento, como não ter dado a ele um "bom dia" educado o suficiente.

Agora, ela era quase tão alta quanto ele e sua vontade era igualmente forte, mesmo que seus músculos não fossem. Em muitas divergências no passado ela havia cedido, mas não desta vez. Isso significava demais para ela.

— Bem, *madame* — sibilou seu pai, com sarcasmo pesado — então temos um novo chefe da família, não é? Alguém que acha que pode estabelecer regras para si mesma e para todas as outras pequenas bobagens da cristandade!

Lucy notou seus punhos cerrando e soltando

17

espasmodicamente, e se preparou para o golpe. Do outro lado da sala, Helen ainda estava ajoelhada e esfregando as têmporas da mãe e, contra a porta coberta de tapeçaria, John Masters inclinava-se com indiferença, um olhar malicioso nos lábios úmidos e gordos.

— Então, a senhorita toda poderosa, acha que um vigário não é bom o suficiente para ela, é isso? Ela pensa em bater o pé bonito e desafiar o pai, que é apenas um velho estúpido e tirânico? — Casar com um cavalariço ou um ladrão de estrada! A mão de Lucy voou para a boca. Então ele tinha ouvido suas palavras imprudentes. Não havia como escapar de um castigo agora. Os olhos dela voaram desesperadamente ao redor da sala, para a porta, as janelas... Seu vestido longo e bufante tornou impossível se mover rápido o suficiente para escapar. Ele, ou seu cunhado, poderiam esticar um pé e fazê-la tropeçar, ou pegariam um punhado de seu vestido e rasgariam o tecido delicado. Tudo que ela queria era verificar se sua mãe se recuperaria, e depois ela correria para fora da sala, da casa, para só Deus sabe onde.

Do outro lado da sala, Ann Swift soltou um baixo gemido e começou a se mexer.

— Graças a Deus! — falou Helen, com lágrimas escorrendo pelo rosto maquiado. — Ela está viva!

Lucy descongelou e começou a se mover em direção à mãe, mas mal havia dado dois passos quando seu pai agarrou seu pulso e, com um movimento hábil, enfiou seu rosto no braço da poltrona em que ela se escondeu.

— Me solte! — Fúria se instalou no cérebro de Lucy. Ser espancada pelo pai em particular era uma coisa, mas aqui, na frente de sua irmã e do odioso cunhado... Seu pai estava com a mão em seu ombro esquerdo e a estava forçando dolorosamente para baixo. Se movendo como um gato, ela o empurrou e afundou seus dentes afiados no braço dele.

— Ai! — O grito de dor de seu pai quase a ensurdeceu, já que a boca dele estava tão perto de seu ouvido.

A pressão em seu ombro desapareceu de repente, mas,

Aprisionada Pelo Conde

quando ela se levantou, ouviu uma voz odiosa falar lenta e laconicamente:

— Chicoteie a vadia.

— John! — respondeu Helen rispidamente. — Isso não tem nada a ver com você. Não se meta nisso.

— Segure sua língua, esposa, ou também vai apanhar. Uma boa chicotada nunca fez mal a uma égua — não é, Martin?

Lucy prendeu a respiração em um suspiro agudo quando viu o objeto que John estava entregando para o sogro — um pequeno chicote com uma correia feita de couro duro atada no final. Antes que ela pudesse gritar em protesto, seu pai esticou a perna e a levantou. Apesar do chute vigoroso, ela sentiu as anáguas e a saia sendo levantadas.

Como *ele* pôde? Lucy nunca tinha se sentido tão horrorizada e envergonhada em toda sua vida. O chicote de couro cantou no ar três vezes, fazendo-a estremecer de dor. O bordado na tela em frente a lareira, da qual ela tinha uma visão invertida, começou a desfocar enquanto lágrimas brilhavam em seus olhos. Ela odiava seu pai. Ela nunca o perdoaria por isso.

Ela ouviu a voz fraca de sua mãe implorando:

— Já chega, Martin.

A intervenção de sua mãe fez a mão dele parar. De repente, o açoite cessou e Lucy levantou-se trêmula, alisando as saias e afastando o cabelo emaranhado.

— Se você fosse um menino, eu não teria parado na terceira. Você merecia pelo menos uma dúzia por essa demonstração de rebeldia. Agora, espero que tenhamos um pouco mais de obediência de sua parte, minha menina.

Ele parou para consultar o relógio francês na prateleira da lareira.

— Estou esperando uma visita do reverendo Pritt em pouco mais de uma hora. Ele já deixou claro para mim que está vindo pedir sua mão em casamento. Sua querida esposa morreu muitos anos atrás, antes de ele chegar a essa paróquia, e ele é um homem muito solitário que quer ter filhos, o que sua primeira esposa não pôde lhe dar.

— Vá e limpe seu rosto, garota. Helen pode ajudar a arrumar seu cabelo. Não quero que o reverendo pense que você é uma puta com esses cachos indisciplinados. Coloque seu melhor vestido, o azul que faz você parecer mais uma garota do que um cavalariço, e desça as escadas quando eu chamar. Você deve se comportar com o vigário como uma jovem bem-educada. Nada desses olhares ousados, minha menina, e nada de responder. Apenas responda educadamente a todas as perguntas que ele fizer — e é claro que você deve aceitá-lo. Não há dúvidas sobre isso. Entendeu?

— Sim, pai — sussurrou Lucy, assustada com o sarcasmo que poderia surgir em sua voz se ela falasse mais alto. Ela abaixou a cabeça e inclinou o joelho, depois levantou-se e avaliou o resto de sua família: sua mãe, agachada perto da janela, com o rosto nas mãos chorando silenciosamente; a irmã, parando no ato de confortar Ann para dar à irmã um olhar que dizia: "Eu tive que passar por isso e agora é sua vez".

Para sua surpresa, seu cunhado não estava em lugar algum. Ela pensou que ele provavelmente tinha ido verificar os gêmeos que estavam, sem dúvida, sendo enchidos de pães na cozinha por Binns e Cook. Com exceção de sua mãe maltratada, Lucy desprezava todos eles. Dando-lhes um olhar de desprezo, ela saiu da sala.

Uma vez na segurança de seu quarto, ela fez uma pausa. Ela tinha menos de uma hora para elaborar um plano. Talvez ela pudesse pensar em alguma maneira de afastar Nathaniel Pritt dela, dizendo ou fazendo algo tão sutil que ele, mas não seu pai, detectaria. Talvez ela pudesse dizer algo sobre religião que lhe mostraria que ela não estava de acordo com suas próprias crenças fortes. Ele não gostaria de tomar por esposa uma mulher que não estivesse totalmente comprometida com suas próprias crenças.

Sim, era isso! Se ela pudesse deixar escapar alguma ideia

Aprisionada Pelo Conde

pagã, ou algum comentário que tivesse mais em comum com a Igreja de Roma do que a da Inglaterra, talvez ele visse imediatamente que ela não era adequada para ser esposa de um vigário.

Houve uma batida na porta, e Lucy começou a se sentir culpada, como se o visitante, quem quer que fosse, tivesse conseguido ler seus pensamentos e estivesse vindo para garantir que não havia como escapar de seu destino. Mas era apenas Binns com uma bacia de água morna, que ela colocou na cômoda de mármore. Lucy deu um sorriso agradecido e a dispensou.

Sozinha de novo, ela afundou na colcha bordada a ouro da cama e imediatamente se levantou, pois, a dor nas nádegas era muito forte. Do outro lado do quarto, ao lado do armário onde ela guardava as roupas, havia um espelho comprido no qual ela podia ver sua imagem refletida da cabeça aos pés. Ela tinha resmungado quando ele foi instalado, insistindo que não se importava com sua aparência. No entanto, sua mãe havia profetizado que, quando ficasse mais velha, ela se importaria, e então a coisa continuou ali, em sua pesada estrutura de carvalho folheada a ouro. Lucy ficou de frente ao espelho e examinou seu reflexo. Ela viu uma garota alta, cuja pele naturalmente rosa e branca não precisava de ruge, com cachos castanhos soltos caindo até os seios, usando um vestido amarrotado de cetim creme e babados que ela sempre odiou porque era feminino de um jeito bobo.

Seu eu fosse uma bruxa, pensou ela venenosamente, *eu pegaria cera de bruxa e, sob uma lua minguante, faria um boneco de John Masters e o apunhalaria com um alfinete lá* (ela imaginou o prazer de espetá-lo na virilha) *e lá* (agora seu coração seria perfurado por uma farpa de prata).

De repente, Lucy se assustou. Certamente sua imaginação não era tão forte? Por um momento, ela pensou ter vislumbrado o rosto de John Masters no espelho. Largando as saias, ela se virou — e de fato se viu cara a cara com seu repugnante cunhado.

— Uma bela visão — ele ronronou, seu queixo duplo afundando em seu colete de cor creme. — Mas algumas adições minhas a tornaria ainda mais bonita.

— Saia do meu quarto! — gritou Lucy, furiosa por seu momento mais íntimo e privado ter sido invadido. Ela avançou no intruso, sem muita certeza do que fazer, mas determinada a causar algum dano nele. Como uma tigresa mostrando suas garras, suas unhas cravaram em direção aos olhos dele. Os braços dele subiram e pegaram suas mãos e as apertaram até que ela gritou.

— Deixe-me ir, você está me machucando!

— Tudo a seu tempo, irmãzinha.

— Se eu gritar alto o suficiente, o pai, a mãe, *alguém* vai ouvir — ela o avisou, e inspirou para encher os pulmões.

— Mas você não vai, não é, Lucy? — ele a informou, seus pequenos olhos em círculos inchados perfurando os dela.

Lucy olhou para ele surpresa. Há muito tempo ela pensava que seu cunhado era astuto, mas não fazia ideia em qual esquema desonesto ele estava trabalhando agora.

— Você pode gritar o quanto quiser, minha querida, mas eu duvido que seja ouvida. Sua mãe e sua irmã estão do outro lado da casa, supervisionando refrescos para seu... *pretendente*. Ele sibilou a palavra com prazer óbvio, lembrando Lucy desconfortavelmente de que o tempo estava acabando para ela.

— As crianças foram colocadas para descansar na estufa — continuou ele — e quanto a seu pai, ele está na adega provando vinho para ajudá-lo a decidir qual oferecer ao querido reverendo. Então como vê, meu amor, estamos sozinhos. Eu simpatizo com você, querida. O reverendo Pritt é um sapo velho, tão robusto quanto um dos túmulos em seu cemitério. Não seria correto que seu belo corpo fosse para ele sem que um homem forte o tivesse desfrutado primeiro.

— Solte-me! — exigiu Lucy.

Fingindo desmaiar, ela caiu frouxamente na manta e, em

Aprisionada Pelo Conde

seguida, levantou o joelho em um movimento rápido, mas infelizmente errou o ponto vital.

— Sua putinha! — Ele torceu os pulsos dela de forma dolorosa.

— Ceda graciosamente, minha garota, ou vou dizer ao seu pai que você nua no palheiro com um dos cavalariços.

— Mas eu não fiz isso... Eu nunca... — começou Lucy.

— Em quem você acha que ele vai acreditar? — Masters a corta. — Você, que ele sabe que é uma pequena atrevida, ou eu, seu genro bem-intencionado e honrado? Você realmente acha que valeria a pena viver sua vida então? Você não acha que ele triplicaria as tentativas de lhe casar antes que sua reputação estivesse em questão, ou que sua cintura começasse a inchar?

Ele transferiu seu aperto dos pulsos dela para uma mão e usou a outra para apalpar seus seios. Lucy se retorceu para os lados, tentando desviar dos dedos inchados dele.

— Seja sensata, Lucy, seja uma boa garota.

Sensata? Ela preferia torná-lo *insensível*!

— Você está em uma situação difícil e eu talvez seja o único que possa lhe ajudar. Entregue-se a mim e conversarei com seu pai, tentarei convencê-lo de que Pritt não é adequado para você e que talvez eu possa encontrar alguém melhor entre meus amigos ricos. Acho que a menção de dinheiro pode fazê-lo ver a razão. E conheço muitos garotos jovens que se encaixam bem com uma jovem forte como você.

Enquanto ele tateava a saia do vestido dela, houve uma batida na porta e o sotaque do campo de Binns pôde ser ouvido:

—Seu pai quer saber se você está pronta, senhorita. O reverendo é esperado dentro de quinze minutos.

— Maldição — amaldiçoou Masters, se levantando da cama.

— Não percebi que o velho bastardo estaria aqui tão cedo. Quanto tempo você acha que ele vai ficar? Uma hora? Duas?

— Eu não sei — disse Lucy. Nesse momento, algumas horas passadas na companhia do reverendo parecia um doce alívio em comparação com o que Masters pode ter reservado para ela.

— Bem, vou passar a noite aqui e mais tarde venho ao seu

quarto. Lembre-se do que eu disse, irmã querida. Eu falarei a seu favor se...

Lucy assentiu. Curvando-se para ela, ele pressionou os lábios nos dela e Lucy estremeceu de repulsa, como se estivesse beijando um peixe viscoso e gotejante. Então ele saiu do quarto dela com uma piscadela e um olhar malicioso, deixando-a para se recuperar.

Onde estava Helen, que supostamente deveria estar lhe ajudando com o cabelo? Onde, na verdade, estava Binns, que deveria estar agitada lhe ajudando, amarrando seu vestido, oferecendo conselhos sobre esse ou aquele colar, em vez de apenas chamá-la pela porta? Lucy nunca tinha se sentido tão sozinha, tão abandonada, tão confusa.

Sentindo-se atordoada, ela se levantou e pegou o vestido azul, começando a mecanicamente tirar o vestido creme que estava usando. Então, surpreendida por um pensamento, ela o prendeu novamente e foi rapidamente para a janela.

Lá fora, o crepúsculo estava chegando e andorinhas voando baixo estavam mergulhando sobre o prado nos fundos da casa. Ela já tinha saído pela janela antes, mas nunca com um vestido tão cheio quanto o que estava usando. Ainda assim, ela não tinha tempo para se trocar.

Olhando para o alto da colina, seus olhos encontraram e observaram um grupo de pinheiros sombrios que cercavam o antigo vicariato. Podia ter sido imaginação dela, mas ela pensou ter visto um pontinho em movimento descendo o caminho da colina — Nathaniel Pritt em seu fiel cavalo galês. Não havia tempo a perder.

Puxando as saias e as dando um nó lateral, ela abriu a janela e balançou o corpo para fora do parapeito. Ela se agarrou ao peitoril da janela quando seus pés encontraram a forquilha familiar na hera. Então ela estava descendo, no galho da árvore, sentindo o vestido preso a uma centena de galhos afiados. Ela caiu de leve no chão e olhou nervosamente ao redor. Ela podia

Aprisionada Pelo Conde

ouvir vozes distantes da sala e o som de seu pai gritando, mas aqui no canto mais distante da casa, estava tudo quieto.

Ficou ainda mais escuro enquanto ela se arrastava em direção ao prado alto, desejando ferventemente que estivesse vestida com roupas escuras, em vez do vestido creme, que era muito visível. Alcançando a cerca, ela levantou um cabresto do poste do portão e chamou baixinho um garanhão baia, que estava silenciosamente comendo a grama.

— Aqui, Imperador. Aqui, garoto.

O cavalo levantou as orelhas com interesse. O garanhão premiado de Martin Swift estava sempre disposto a ignorar seu nobre orgulho e atender ao chamado de um humano se houvesse alguma esperança de ganhar uma maçã ou um punhado de açúcar. Obediente, ele trotou em direção a Lucy, uma sombra alta na escuridão crescente. Enquanto isso, Lucy subiu no portão. Assim que o cavalo ficou perto o suficiente, ela esticou a mão e, enquanto ele a inspecionava procurando o açúcar esperado, ela deslizou o cabresto sobre as orelhas dele e estava nas costas do animal surpreso antes que ele pudesse sentir suas intenções.

Imperador partiu em um galope indignado pelo campo e Lucy agarrou-se as suas costas, agradecendo a Deus por ter tido coragem de fazer passeios à luz da lua no passado e se acostumar a ficar sem sela. Era sempre estranho andar a cavalo como um homem, especialmente quando usava saias de seda escorregadia, mas ela prendeu as coxas e os joelhos contra a pele polida do cavalo e desejou que ele não tropeçasse.

A cerca do outro lado estava aparecendo. O Imperador tentou mudar de direção, mas Lucy, mantendo-o sob controle com as rédeas e as panturrilhas, forçou-o a manter a direção e, então golpeou seus flancos com os calcanhares. Ele decolou como uma águia e voou, pousando na pista que levava para cima, longe da cidade e em direção aos pântanos.

Lucy olhou ansiosamente por cima do ombro. O reverendo Pritt já deve estar se aproximando da fazenda. Certamente ele

25

ouviria os cascos do Imperador e dispararia o alarme? Ou talvez seu desaparecimento do quarto já tivesse sido notado.

— Vamos lá, Imperador — murmurou ela encorajadoramente, dando um tapinha no pescoço duro e musculoso dele. Ela não se arrependia de ter roubado a besta premiada de seu pai. Não depois de tudo o que ele fez com ela. Ela planejava ficar a uma distância segura de Prebbedale e depois libertá-lo, sabendo que ele poderia encontrar o caminho de casa com seu instinto equino. Agarrando firmemente os joelhos e agachando-se sobre o pescoço dele, ela o acertou novamente com os calcanhares. Ele partiu em um galope rápido, atravessando a colina como se não fosse nada além de uma suave ladeira.

Quando chegaram ao cume, Lucy diminuiu a velocidade e olhou em volta. A lua já tinha aparecido, prateando as árvores e os campos e revelando as casas e as construções da vila em uma silhueta sinistra. Os olhos dela seguiram até sua casa e ela notou, para seu alarme, várias figuras escuras correndo ao redor: sua família, procurando por ela. Em breve, eles descobririam o roubo do Imperador, e então os cavalos seriam selados e buscas seriam feitas com lampiões para encontrá-la e trazê-la de volta.

Adiante estendiam-se os pântanos, selvagens, rochosos e desertos, exceto por ocasionais bandos de ciganos ou ladrões. Se arriscaria com eles, ela decidiu. Amanhã, ela estaria longe. Ela se disfarçaria e talvez encontrasse trabalho em uma pousada, ou talvez alguma família gentil a acolhesse e lhe desse trabalho como criada.

Ela colocou o cavalo agitado em um galope e sentiu o vento cantando em seu cabelo quando os cascos do Imperador fizeram faíscas no chão pedregoso. O esforço físico da cavalgada tirou-lhe a tensão e ela riu alto, o vento afastando o som de sua boca antes que ela pudesse ecoar entre as rochas. Eles nunca a encontrariam. Para frente ela galopou, para a escuridão acolhedora.

5

Lucy sonhou com a neve. Ela estava deitada em uma extensão infinita e sobre ela, de um céu escuro, flocos brancos e macios caíam aos milhares e se instalavam em seu corpo trêmulo. Gradualmente, os tremores pararam e uma espécie de dormência sonolenta tomou conta dela. Ele estava quase quente agora e um sono profundo a dominava. Tinham-lhe dito que era assim que as pessoas morriam. Ela não se importava de morrer assim, em uma dormência flutuante e confortável. Era como se seu corpo já a tivesse deixado e só seu espírito permanecesse. No entanto, seus sentidos ainda funcionavam porque ela podia ouvir o relinchar de um cavalo.

O relincho ficou mais alto, perfurando seu sonho e forçando-a a acordar. Ela tinha feito sua cama sob uma rocha saliente para se proteger do orvalho da noite e puxara a saia e a camada superior de anáguas ao redor dos ombros, para se manter o mais quente possível. Mesmo assim, a noite de setembro estava fria e o chão pedregoso embaixo dela era desconfortavelmente irregular, e ela desejou ter trazido uma capa quente para se aconchegar.

Ela ouviu o relincho novamente e, com um súbito medo de

27

que Imperador estivesse sob ataque de algum animal selvagem, rastejou de seu esconderijo, esticou os membros rígidos e partiu em seus finos chinelos de cetim através da úmida e espinhosa urze até o local onde ela o amarrou no tronco de uma árvore. O cavalo estava de pé, olhando para ela. Suas orelhas estavam levantadas e sua postura sugeria atenta observação, mas não havia sinal de nenhum animal ou pássaro saqueador. Nada, nem mesmo um rato ou uma coruja de caça, se mexeu neste trecho solitário do alto pântano.

De repente, sem aviso, algo envolveu sua cintura e a agarrou com força. A princípio ela pensou que tinha caído em alguma armadilha para animais, e gritou alto, mas a risada grosseira de um homem atrás dela lhe disse que a "armadilha" era humana e não mecânica.

A lua tinha se escondido tentadoramente atrás de uma nuvem, e mesmo que ela tivesse sido capaz de se girar o suficiente para enfrentar seu agressor, Lucy teria sido incapaz de distinguir seus traços na escuridão que agora envolvia o pântano. Tanta coisa tinha acontecido com ela nas últimas horas que agora, mesmo nesse momento aterrador, ela se sentia entorpecida ao invés de sentir medo.

Sua mente estava limpa e seus nervos firmes. Ela sabia que, realisticamente, não tinha força o suficiente para atacar e dominar seu captor. Ela duvidava que houvesse alguém ao alcance da voz, mas, com a pequena chance de haver um caçador furtivo ou um viajante noturno nas proximidades, ela abriu a boca e soltou um grito agudo, usando todo o poder de seus pulmões.

O homem que a estava segurando não parecia impressionado.

— Grite, minha querida. Ninguém vai te ouvir. Existem apenas quilômetros de colinas, pássaros noturnos e as águas escuras — e eu e meus companheiros.

O coração de Lucy afundou. Então existia um bando inteiro. Não valia a pena, então, gritar e lutar e arriscar danos físicos a si mesma. Ela não tinha nada para lhes dar além do Imperador, e eles seriam tolos em roubá-lo, pois ele era um cavalo conhecido que poderia ser facilmente rastreado. Melhor, ela pensou, ir com o homem de boa vontade e calma, e manter sua inteligência para ela. Talvez esses "companheiros" dele provassem ser uma benção disfarçada, pois, se eles a levassem junto, ela teria menos chance de ser encontrada pelo pai.

— O que você quer comigo? — ela perguntou ao homem, ainda incapaz de ver seu rosto.

Ele permaneceu calado.

Ela tentou novamente.

— Quem é você?

— Meu nome é Rory McDonnell — ele respondeu em um sotaque suave, uma mistura de irlandês e inglês do norte do país.

— Então, senhor McDonnell, por favor, me solte. Você está me segurando com tanta força que mal consigo respirar. Eu não vou fugir, prometo.

Como ela *poderia* fugir? Uma vez fora de vista da estrada, ela sabia que só se perderia entre as pedras e lagos e, se não tivesse o Imperador, teria poucas chances de alcançar a civilização.

— Que nome você tem? — ele perguntou a ela. A voz dele era suave e soava jovem. Lucy desejava que as nuvens se dissipassem para permitir que o luar revelasse o rosto dele. Tudo o que sabia é que ele era mais alto do que ela.

Não parecia haver mal em revelar o nome dela para ele.

— É Lucy. Lucy Swift.

— Rápida como o cervo, minha pequena corça branca! Não vou atirar em você, minha linda, você está bem segura com Rory, mas temo que devo fazer isso, embora saiba que você não vai gostar. É para seu próprio bem, querida. Você não quer correr e quebrar seu lindo tornozelo no pântano selvagem, onde ninguém a encontrará.

Lucy se encolheu quando um pedaço de corda foi enrolada firmemente em seus pulsos. Então seu captor foi para o lado, o fim da corda enrolada na mão dele. Uma vez que a pressão dos braços dele desapareceu, Lucy respirou fundo várias vezes, então olhou para o homem com curiosidade. A altura dele era um pouco acima da média, os ombros eram largos e o rosto estava meio coberto por uma barba negra. Na escuridão da noite, ela não conseguia distinguir claramente as feições dele, mas imaginou que ele estava perto dos trinta. Enquanto ela estava lá olhando-o, ele puxou a corda.

— Siga-me — ele ordenou e partiu propositadamente na direção do Imperador. Ele fez um estalido com a língua, e depois estendeu uma mão. Para surpresa de Lucy, o garanhão espirituoso caminhou docilmente na direção do estranho e permitiu que seu focinho fosse acariciado, e Rory agarrou seu cabresto, descendo a colina e levando seus dois prêmios.

Foi nesse momento que a dormência que tinha se instalado nos pensamentos de Lucy se dissipou e ela se viu tomada por uma onda de puro pânico. Para onde ele a estava levando? Quem eram seus amigos? Eles eram ciganos? Ela esperava que sim, porque haveria mulheres e crianças entre eles. Ela estaria mais inclinada a confiar e se sentir segura com um membro de seu próprio sexo.

Enquanto tropeçava nas pedras e samambaias, sentindo talos afiados e pedrinhas entrando dolorosamente em seus sapatos frágeis, Lucy ansiava pelo conforto e segurança de sua casa. Ela sentiu uma onda de carinho por sua mãe. Talvez ela nunca mais a visse!

No entanto, ela nunca poderia voltar para enfrentar as coisas que seu pai lhe reservara, especialmente agora que ela havia roubado seu melhor cavalo. Não, sua vida naquela casa estava no passado. No entanto, o futuro, como estava agora, não parecia muito melhor — mais medo, mais violência, mais ameaças. Ela se sentiu totalmente perplexa com os acontecimentos que a levavam em um ritmo tão acelerado, como uma vítima relutante.

Quando viraram a esquina, Lucy ainda sendo liderada por

Aprisionada Pelo Conde

seu captor, Imperador ainda seguindo obedientemente sem nem um relincho, ela notou que o céu parecia estar ficando mais claro, iluminado por um brilho laranja. Eles arrodearam um afloramento rochoso e a razão ficou imediatamente aparente; os companheiros de Rory, quem quer que fossem, tinham construído uma grande fogueira e ela conseguiu distinguir as silhuetas de duas ou três figuras contra as chamas. Rory deu um tipo de piado, como uma coruja de caça, e uma figura enorme se desenrolou de posição sentada e se aproximou deles.

As esperanças de Lucy despencaram quando o homem entrou em seu campo de visão na luz laranja tremeluzente. Ele era gigante, maior do que qualquer um que ela já tinha visto em sua vida. O casaco de pele de vaca que ele usava estava rachado e velho, o cabelo manchado como o de um cachorro. Ele, também, exibia uma barba bem desenvolvida e seu rosto largo exibia uma mistura de sujeira e cicatrizes. Quando ele sorriu, seus dentes eram pretos e marrons como os caules de cogumelos podres. Ela nunca tinha visto alguém que parecesse tanto com um bandido.

— Be-e-em — disse o gigante, empurrando o casaco para trás para prender os polegares no cinto e revelando uma roupa toda preta que o fazia parecer um carrasco. — Então, o que é que nós temos aqui? Vamos ver... Hmm...

Ele andou em um amplo círculo em volta do trio, olhando-os de cima a baixo.

— Foi uma boa caçada para você, Rory meu rapaz. Dois belos exemplares, um garanhão puro-sangue e — dobrando o corpo, ele abaixou o rosto feio tão perto de Lucy que ela quase se afastou da força do licor em seu hálito — uma égua de raça também, pela aparência dela! Endireitando-se e erguendo-se contra o céu, ele soltou uma risada rouca que fez o Imperador se encolher nervosamente.

— Eu mesmo não me importaria de procriar um pouco com ela.

A nova voz saiu da esquerda de Lucy e ela virou a cabeça

para ver que um terceiro homem havia se juntado a eles, sem ser notado até esse momento. Ele era um indivíduo magro, velho e de aparência pouco saudável, com bochechas e olhos fundos. Do lábio superior brotava um bigode fino. Lucy pensou que ele parecia uma fuinha doente. No entanto, ele parecia ser um especialista em cavalos. Ele passou uma mão pelo pescoço de Imperador, na cernelha, nos flancos, inspecionou os jarretes e finalmente pegou cada casco por vez. Por fim, evidentemente satisfeito, ele se virou para Lucy.

— Ele é seu? — ele perguntou brevemente, quase imediatamente entrando em um espasmo de tosse que fez seu corpo fraco tremer como junco retorcido pela brisa.

— Sim, ele é meu — ou melhor, do meu pai — respondeu Lucy, da forma mais séria e corajosa que pôde. Ela tinha que mostrar que era melhor do que esses homens. Mas, em seu coração, ela se perguntava se realmente era. Ali, de um lado da fogueira, tinha um grupo de cavalos, amarrados uns aos outros. Os homens eram obviamente comerciantes de cavalos, a caminho de uma feira. Na pior das hipóteses, eles poderiam ser ladrões. Mesmo assim, isso não os tornaria piores que ela, pois ela não tinha roubado um cavalo campeão debaixo do nariz do próprio pai?

— Ele pagaria um bom preço para tê-lo de volta? — perguntou o Cara de Fuinha, tendo se recuperado de seu acesso de tosse.

Lucy sufocou um arquejo. A última coisa que ela queria era que os homens arrastassem ela e o Imperador para a casa de seu pai, entregando-a de volta às garras de tudo que ela estava fugindo para evitar, além do horror adicional da ira de seu pai, que provavelmente era quase assassina.

No entanto, ela não poderia realmente explicar a homens desse tipo que eles poderiam levar o cavalo de volta, mas não ela. Isso seria convidá-los a usá-la de formas que ela se recusava a imaginar. Talvez a melhor saída fosse contar-lhes parte da verdade:

Aprisionada Pelo Conde

— Sem dúvida. Mas, veja bem, eu mesma já o roubei.

Sua revelação provocou um silêncio chocado dos três homens. Então, em uníssono, eles caíram em gargalhadas, Gigante deu um tapa nas costas do Cara de Fuinha que o fez cambalear, e até Rory ao seu lado parecia que ia explodir.

Eventualmente, Gigante, enxugando as lágrimas dos olhos, inclinou-se para Lucy novamente e segurou o queixo dela. Ela ressentiu-se de um tratamento tão familiar e, por maior que ele fosse, ela o encarou da forma mais violenta que pôde.

— Coisinha linda. Um pouco tola e mal educada, no entanto. Roubando um cavalo do próprio pai!

Ele começou a rir novamente, depois se controlou.

— Tenho certeza de que podemos lhe ensinar algumas maneiras, não é, rapazes?

— Eu aposto — concordou Cara de Fuinha com entusiasmo. A ponta de sua língua saiu e umedeceu seus lábios, mostrando pequenos dentes amarelos.

Lucy estremeceu. Esses homens eram bestiais. Ela não suportaria ser tocada por eles. Mas sua intuição, aumentada pelo medo, estava tão aguçada quanto a de um animal e ela podia sentir uma carga sensual no ar, o tipo de eletricidade que é gerada quando homens lascivos, famintos de companhia feminina, se encontram na presença de uma mulher atraente. Ela lançou um olhar para Rory, o homem que a havia capturado inicialmente. Ele tinha permanecido em silêncio durante todo este tempo. Ela se perguntou se ele não concordava com os sentimentos dos outros dois — ou talvez, ele fosse pior do que qualquer um dos outros?

À luz do fogo, ela conseguia distinguir as feições dele: um nariz forte e bem formado, uma sobrancelha larga da qual seu cabelo negro e rebelde brotava como ervas daninhas incontroláveis, e um queixo escondido pela barba. Ele parecia mais jovem do que ela tinha pensado antes, talvez apenas três ou quatro anos mais velho que ela. Ele era certamente mais agradável do que seus companheiros feios e esfarrapados.

LORNA READ

Mas ela teve pouco tempo para refletir. O Cara de Fuinha começou a assobiar uma música que Lucy reconheceu como uma cantiga grosseira que às vezes ela pegava os rapazes do estábulo do seu pai cantando. De repente, ela se viu arrancada do aperto de Rory pelo grandalhão e girando em uma espécie de dança. Em segundos eles se aproximaram do fogo. Lucy, com as mãos amarradas atrás das costas, perdeu o equilíbrio, cambaleou e teria caído nas chamas se Rory não tivesse notado a tempo e a empurrado para fora do caminho.

— Cuidado! — ele gritou. — Nós não queremos a queridinha assada, não é?

Arfando, com os pulmões queimando por respirar a fumaça, Lucy caiu de joelhos, apenas para ser levantada novamente pelo Cara de Fuinha, girando, ser capturada por Rory e arremessada na direção do gigante. Ela sentiu como se estivesse sendo usada em algum tipo de jogo pervertido de passe o pacote. Com Rory se juntando à diversão e, obviamente, gostando, ela estava desprovida do único homem que ela esperava que fosse seu aliado e estava à mercê desses três rufiões, que pareciam dispostos a atormentar e abusar dela da pior maneira possível.

A manga esquerda do seu vestido rasgou na costura do ombro enquanto ela girava loucamente. Logo, ela estava muito tonta e exausta para perceber se suas roupas estavam inteiras ou não. Ela sentiu dedos lhe puxando com força, hálito podre em seu rosto, mãos apalpando seus seios e nádegas e fechou seus olhos, rezando para desmaiar.

— Smithy — aqui, pegue! — chamou Rory, entregando-a com um tapa forte na bunda nos braços do próximo homem. Abrindo os olhos brevemente, Lucy descobriu que "Smithy" era o Cara de Fuinha. A visão de seu rosto cinza e seus olhos desanimados a enojaram.

Ela se encontrou nos braços de Rory novamente, que estava sorrindo para ela, seus dentes surpreendentemente brancos e saudáveis em comparação com os de seus companheiros.

Aprisionada Pelo Conde

— Por favor — ela gemeu, esperando que talvez pudesse encontrar alguma compaixão nele. — Por favor... faça-os parar.

Ele não respondeu, apenas a empurrou para longe dele, chamando:

— Pat! Sua vez!

Lucy sentiu-se cambalear e aterrissou com um baque duro no chão e ficou lá, sem fôlego.

Ela estava ciente de alguém se agachando sobre ela; cheiros masculinos de suor e licor. O rosto dela estava inclinado para cima e uma barba espinhosa arranhou seu queixo. Um homem, respirando com força, prendeu os lábios com tanta força nos dela que sua boca foi forçada a abrir. Ela não precisava abrir os olhos para saber quem a estava molestando. Era o homem de quem ela tinha menos chance de se proteger — o gigante, Pat.

Desesperadamente, ela moveu a cabeça de um lado para o outro, tentando fugir do beijo revoltante dele. Os braços dela estavam torcidos embaixo do corpo, as mãos presas dolorosamente entre seu corpo e o chão pedregoso.

— Pare! A palavra cortou o ar como um chicote. Ela sentiu o corpo acima do seu ficar tenso, a língua se afastar de sua boca. — *Eu* achei o garanhão baia e a égua branca! Eu sei que compartilhar e compartilhar igualmente é o nosso lema, mas isso é para os cavalos, não as mulheres. Eu farei um acordo com você. Você pode ficar com o cavalo, vendê-lo, dividir o dinheiro. Mas eu vi a garota primeiro. Eu a capturei e a trouxe aqui.

— Estou lhe dizendo há muito tempo, eu preciso de uma esposa. Bem, aqui está ela. Minha esposa, Lucy.

6

sposa? A mente de Lucy girou. Ainda ontem, ela tinha fugido de um pretendente indesejado, e agora aqui estava ela, diante de outro. Como ela ia fugir disso desta vez, com as probabilidades tão severamente contra ela? Era quase como se o destino tivesse decretado que agora era a hora para Lucy Swift se casar e não importava com quem.

Ainda ofegante por ter sido usada em um jogo de passe o pacote humano, ela esfregou os braços machucados, passou a mão limpando os lábios e sentou-se, jogando o cabelo para longe dos olhos.

A figura de Pat parecida com um urso ainda pairava sobre ela, seus olhos pequenos e malvados enquanto passavam por ela com o que parecia uma mistura de luxúria e desprezo. Ele deu um tapa na lateral da cabeça de Smithy, então se virou para Rory.

— Meu amigo irlandês, — disse ele, sua voz pesada com sarcasmo — menino bonito Rory. Sempre ajudando as mulheres. Nunca pensei que você a ajudaria a se casar.

O rosto dele se iluminou com um sorriso astuto. Ele veio até Rory e colocou um punho como um pedaço de carne no ombro dele. Lucy arfou. Ele poderia matar Rory com um golpe. Mesmo

Aprisionada Pelo Conde

assim, Rory o olhava frio e calmo, seu corpo imóvel, sua postura amável.

— Então é casamento que você quer agora, meu pequeno duende verde — continuou o gigante.

Lucy viu o canto da boca de Rory se contorcer, como se ele estivesse contendo sua raiva. Ela tinha que admirar o autocontrole dele. Ela também estava impressionada com a maneira rápida de pensar dele, ao trazer algo legal e santificado como o casamento para o meio de uma cena feia e básica, ele a tinha salvo da violação.

Tendo temido por sua própria segurança apenas minutos atrás, agora ela estava assustada por ele. Se ele brigasse com Pat e fosse ferido ou morto, o que seria dela então? Não haveria ninguém para parar o progresso dos desejos malignos do terrível gigante e ela preferia morrer a ser forçada a se submeter. Mas ela não conseguia entender o curso que a discussão estava tomando agora. Rory certamente só tinha sugerido se casar com ela para salvá-la, não é? Ninguém poderia forçá-lo a cumprir sua sugestão inspirada, mas impossível.

Pat estava olhando Rory com um brilho feio nos olhos. Um sorriso astuto passou por seu rosto feio e cheio de raiva.

— Se você vai ser egoísta e ficar com ela só para você, então por Deus, você a terá de forma correta e honesta. Smithy!

O homem pequeno e magricela ficou de pé, deixando o conforto da fogueira e correu para o lado de Pat.

— Você será a testemunha — ordenou o gigante. — Agora, traga meu livro sagrado.

Lucy olhou para eles horrorizada. O que diabos estava acontecendo? Ela deu um olhar intrigado para Rory. Ele olhou para ela, sem sorrir e então, com a mesma expressão séria, tirou uma faca do bolso das calças e cortou a corda que amarrava os pulsos dela. Os dedos dela estavam inchados e doloridos, os pulsos com marcas fundas e roxas onde o fio tinha machucado sua pele delicada. Elas as esfregou com tristeza, estremecendo ao tocar a carne danificada.

— Venha aqui — gritou o gigante. — Que o serviço comece.

Lucy deu uma boa olhada no livro preto que Smithy havia trazido, e que agora estava nas mãos de Pat. Estava, de fato, escrito, *Bíblia Sagrada*. Um arrepio de apreensão percorreu sua espinha. O que era esta zombaria, essa farsa? O gigante tinha um estranho senso de humor. Talvez fosse melhor simplesmente deixá-lo encenar sua fantasia, ao invés de arriscar enfrentar sua fúria e a possível retomada de seu ataque a virtude dela.

Lucy tinha ido ao casamento de sua irmã Helen. Ela sabia o que era dito nos votos. Para seu horror, o gigante falou exatamente as mesmas linhas. Rory pegou a mão dela e a apertou com firmeza. Ela testou puxar as mãos e o aperto dele imediatamente aumentou, deixando-a sem dúvida de que seria impossível para ela se libertar e fugir.

Ela lutou para chamar a atenção de Rory. Ele estava olhando para Pat como se estivesse hipnotizado, mas, sentindo o poder do olhar de Lucy, ele inclinou a cabeça para encará-la. Havia tanta coisa que ela precisava dizer para ele, tanta coisa que ela queria perguntar.

— ... qualquer impedimento legal — entoou o gigante.

Lucy fez o possível para sussurrar sem deixar os lábios se moverem, esperando que Pat não notasse.

— Ele não pode fazer isso, pode?

Um leve aceno de cabeça foi sua resposta. Lucy sentiu o sangue latejar em suas têmporas e as mãos ficarem geladas. Era tudo uma piada — tinha que ser. Ela deve deixar Pat terminar essa cerimônia falsa, deixá-lo acreditar na fantasia de que ela e Rory estavam realmente casados, e então ele não tentaria molestá-la novamente. As palavras que ele estava falando a tornariam um tabu para ele e Smithy. Mas Rory? Certamente ele não acredita que esses votos eram legais?

Ela tinha que se certificar duplamente, então o cutucou e sussurrou pelo canto da boca:

— Ele não é um padre de verdade, é?

Outro aceno.

Aprisionada Pelo Conde

Lucy sentiu seu coração martelando com pânico. Ela tinha que fugir, agora, antes que fosse tarde demais — antes que esses homens loucos tentassem fazê-la acreditar que estava casada com um total estranho! Usando a mão livre, ela tentou afastar os dedos de Rory da outra mão, mas ele apenas a segurou com mais força. Emoções a inundaram, cada uma mais forte do que a anterior; medo, súplica, fúria, desamparo, desesperança.

De repente, sua mão foi apertada. Um sussurro urgente soou no ouvido dela.

— Vamos. Você precisa falar. Ele vai te matar se você não falar.

Ela se viu sendo levada para frente e forçada a se ajoelhar diante das botas rachadas do "vigário".

Acima de sua cabeça, Pat perguntou:

— Qual é o nome completo dela?

— Lucy Swift — ela ouviu Rory responder.

— Lucy Swift, você aceita este homem como seu marido...

Houve um rugido em seus ouvidos semelhante ao que ela experimentara no dia anterior, pouco antes de desmaiar. Ela se sentiu balançar, mas um cotovelo afiado a cutucou com urgência nas costelas.

— Diga "sim" — implorou Rory.

Grogue como ela estava, ainda captou o tom de aviso na voz dele. Ela nunca teve que lutar com tantas emoções ao mesmo tempo. Como ela poderia falar essa palavra, a palavra mais importante que qualquer mulher já falou durante sua vida? Por tudo que sabia, ela realmente estava se comprometendo com algo legal e obrigatório.

O sussurro urgente veio novamente.

— *Diga.*

— Sim — murmurou Lucy. Segundos depois, ou assim pareceu, ela ouviu Rory repetindo a mesma palavra.

O corpo enorme do homem acima dela mudou de posição como uma árvore em um deslizamento de terra. A voz estridente dele declarou:

— O noivo pode beijar a noiva.

Ela foi levantada e envolvida no abraço de Rory. Ela fechou os olhos e enrugou

os lábios, se preparando para zombar do beijo do marido. Em vez disso, Rory roçou os lábios superficialmente nos dela e murmurou:

— Muito bem, garota. Não se preocupe.

— Uma bebida. Um brinde à noiva e ao noivo! Smithy tinha uma garrafa de algum tipo de licor na mão, que ele ofereceu a Pat, que a colocou nos lábios e tomou um profundo gole.

— Aagh — suspirou Pat, limpando a boca com as costas da mão imunda. — Não casei ninguém por um longo tempo.

— Não desde que você foi expulso de São Barnabas, se eu estiver certo — chiou Smithy, rindo através do catarro.

— Por apertar aquela velha na sacristia? Oh-ho-ho, aquilo foi engraçado! Você deveria ter visto a cara do pároco auxiliar quando ele entrou e me pegou com a mão na massa. Oh, o pecado da fornicação nunca foi um contra o que *eu* preguei, meu garoto Smithy! — Pat bateu a mão entre as omoplatas de Smithy para dar ênfase, forçando o frágil homem a outro de seus terríveis acessos de tosse.

Smithy estava dobrado, suas bochechas ficando ocas e inchadas enquanto lutava para respirar.

— Aqui, tome um gole disso. — O grandalhão empurrou a garrafa contra os lábios cinzas de Smithy e, entre espasmos, Smithy estendeu a mão trêmula, pegou a garrafa e sugou-a com força. Por fim, o terrível e borbulhante espasmo cessou.

— Ele vai morrer! — observou Lucy preocupada, esquecendo completamente sua própria situação diante do estado desesperador do homem.

— Sim, provavelmente. Não vamos todos? — respondeu Rory.

Lucy, chocada com sua insensibilidade, olhou para ele de boca aberta.

— Como você pode ser tão cruel? — perguntou ela, pronta

Aprisionada Pelo Conde

para censurá-lo por estar tão despreocupado com um companheiro mortal.

— Smithy tem tido essa tosse por anos. Nunca piora, nunca melhora. Claro, é a cruz que ele tem que carregar.

— E qual é a sua?

— Calada, esposa!

— *Esposa?*

Lucy o rodeou, sentindo-se pronta para golpeá-lo agora que suas mão estavam livres novamente. O fogo tinha diminuído agora e o ar estava esfriando ao redor deles. Ela podia ouvir o movimento inquieto e os cortes enquanto os cavalos se moviam pelo chão, procurando grama entre a urze espinhosa. Pat havia guiado Smithy até o lado da fogueira e estava puxando um cobertor esfarrapado sobre ele.

— Eu não sou sua esposa e você não é meu...

— Seu marido — forneceu Rory, colocando um braço em volta dos ombros dela, o qual ela empurrou com raiva. — Isso eu sou!

— Mas você *não* é meu marido! — Seu tom estridente fez Pat erguer os olhos de sua vigília em Smithy e no fogo.

— Ele é, você sabe. E se você não parar de incomodá-lo, mulher, ele vai levar o cinto até você! — Uma gargalhada retumbou profundamente no peito do gigante enquanto ele afundou ao lado das brasas que morriam e puxou um cobertor de cavalo ao redor de si mesmo. O céu ainda estava nublado e, tirando a área próxima do fogo, todo o ambiente estava totalmente escuro.

— Você fica aí. Vou buscar um cobertor — disse Rory, caminhando em direção a uma pilha de bolsas e selaria.

Lucy sabia que se alguma vez teria a chance de fugir, era isso. No entanto, algo a manteve presa no local. Ela não tinha ideia de por que estava ficando e examinou sua mente para ver se poderia ser confusão por não saber para onde correr, ou medo da vingança do terrível Pat.

Enquanto assistia Rory vasculhando a bagagem, ela percebeu

algo que a princípio, foi tentada a descartar por não ser digna dela. Mas quanto mais ela pensava a respeito disso, mas forte a convicção crescia. No final, ela sabia com certeza que o que a tinha impedido de correr era curiosidade. Ela precisava descobrir a verdade sobre essa cerimônia bizarra que acabara de ser realizada, e a única pessoa que poderia ajudá-la era Rory.

Além do que — e essa percepção era ainda mais difícil de aceitar do que a anterior — havia algo nele que a levou a ficar. Ela precisava falar com ele, para agradecê-lo por salvá-la de Pat — e talvez por salvar sua vida também. Depois de falar com ele, depois que a luz do dia tivesse chegado e ela tivesse se orientado, talvez fosse procurar uma forma de escapar.

Mas parte dela desejava sentir o toque dos lábios dele nos dela. Não um beijo superficial como ele lhe dera antes, mas um beijo quente, cheio e longo. Ela sorriu sonolenta ao se imaginar na noite de núpcias, recebendo o marido em lençóis limpos e macios, corando timidamente quando ele abaixasse uma alça de sua camisola branca.

7

Seu ombro doía de forma abominável. Lucy se contorceu, procurando um lugar confortável em seu colchão de penas. Seu travesseiro também era irregular e duro, firme ao bater em sua cabeça. Ela levantou o punho para bater e redistribuir o recheio de penas de ganso — e sentiu algo segurar seu braço enquanto ele abaixava.

— Cuidado, garota, você vai se machucar.

Esse não é o Geoffrey. O que ele está fazendo no meu quarto, afinal? Não, Geoffrey saiu, ele não está mais em casa. — Pai? — O tom sonolento e inquisitivo de Lucy só encontrou silêncio.

Ela estendeu um braço e não encontrou cobertores macios e quentes, mas seixos e talos afiados de samambaia embaixo da mão. Suas pálpebras se abriram. O teto de seu quarto não estava lá. Havia céu azul acima dela, com nuvens brancas e finas como manchas de leite derramado. O que aconteceu? Onde ela estava?

O coração de Lucy disparou em pânico e ela se sentou, sentindo uma brisa no rosto. Imediatamente, seus olhos caíram no rosto de um homem que estava deitado ao lado dela debaixo de um cobertor esfarrapado. Ele estava olhando para ela, como se ela fosse tão estranha para ele como ele era para ela. Recordações dispersas voltaram par a ela — sua fuga, sua captura, sua provação ao redor do fogo. Ela lembrou de Pat segurando uma Bíblia, Smithy e seu acesso de tosse e sua terrível ansiedade sobre se a cerimônia pela qual ela havia passado havia resultado ou não em seu casamento... com quem, exatamente? Ela olhou para Rory novamente. Os olhos castanhos dele encontraram os dela e ele sorriu e lhe tocou o braço com familiaridade. Não, foi tudo uma piada. Eles estavam bêbados, haviam brincado com ela. Agora, a brincadeira tinha acabado e ela seria capaz de explicar sua posição e a verdadeira razão de estar sozinha no pântano. Eles a levariam aonde quer que estivessem indo, a ajudariam a ficar longe de Prebbedale.

De repente, lhe ocorreu que não tinha lembrança de ter adormecido na noite anterior. Certamente ela não poderia?... Certamente ele?... Ela tirou metade do cobertor e respirou fundo, aliviada por se encontrar ainda completamente vestida e, ao que parecia, intocada pelo homem que tinha partilhado o seu lugar de descanso.

Ela percebeu que devia ter caído direto em um sono profundo e exausto, logo que colocou a cabeça no travesseiro. Ela sentiu embaixo dela e descobriu que o "travesseiro" era, na verdade, uma capa dobrada: a de Rory. Ela não tinha lembrança de ele ter colocado ali.

Ela ainda a olhava com uma expressão divertida. Talvez ele a tivesse salvo de um destino horrível na noite anterior, mas isso não significava que ela lhe devia um lugar em sua vida ou compartilhar seu corpo. Ela empurrou o cobertor e começou a se levantar. Sua boca estava seca, sua cabeça doía e ela se sentia cansada, machucada e estava dolorosamente consciente das cicatrizes deixadas pelo castigo de seu pai.

Quando seus pés tocaram o chão, ela estremeceu e descobriu que as solas dos chinelos finos de couro estavam divididas e os pés estavam cortados e sensíveis.

Aprisionada Pelo Conde

— Não se preocupe, Lucy. Não vamos sair daqui hoje. É sábado e não tem mercados ou feiras no dia santo. Você devia descansar e se curar. Sinto muito pela maneira como meus bons amigos trataram você ontem à noite, mas você não vai precisar se preocupar com eles nunca mais. Não agora que é minha esposa.

O mesmo medo frio que afligira Lucy na noite anterior a inundou novamente, turvando o novo dia azul com incerteza cinza, como se ela tivesse acabado de acordar de um pesadelo para descobrir que ele ainda continuava enquanto ela estava acordada.

— Rory McDonnell — se esse é seu nome verdadeiro... — Ela parou, mas não houve reação do jovem barbudo que estava deitado, completamente vestido, apoiado em um cotovelo, sorrindo para ela. — Diga-me, o que *são* você e seus amigos mal-educados? Ladrões de estrada? Ciganos? Estão fugindo de algum crime? Você me usou ontem à noite como algum tipo de brinquedo. Não estou acostumada a esse tipo de tratamento.

Ela franziu as sobrancelhas severamente para o companheiro, mas achou impossível ficar com raiva de alguém que parecia tão alegre e amigável, tão parecido com um irmão.

— Tudo bem. Então talvez você tenha me ajudado. Mas já é dia agora. Eles — quer dizer, minha família — estarão procurando por mim. Lembra que eu disse que tinha roubado um cavalo do meu pai? É verdade. Mas o que você não entende é por que eu fiz isso, e...

A voz de Lucy sumiu. Ela se perguntou por que estava se preocupando em tentar explicar tudo isso a um bandido comum que não a tratar melhor do que se ela fosse uma vagabunda de alguma pousada inferior. Além disso, ele não estava tentando responder nenhuma das perguntas dela.

Ela ficou olhando para ele, indecisa. Um olhar por cima do ombro mostrou-lhe as cinzas da fogueira da noite anterior, os contornos de dois corpos adormecidos e uma fileira de cavalos, alguns mastigando, outros em pé, de cabeça baixa, cochilando ao sol da manhã. Imperador estava com eles, seu cabresto amarrado em um talo cinza. Se ela fosse apenas passear, dar um tapinha nele, desamarrar a corda...

Uma risada invadiu seus pensamentos, levando-a de volta ao momento em que foi capturada na noite anterior. Uma mão apareceu de debaixo do cobertor e agarrou seu tornozelo, fazendo a gritar em protesto.

— Eu sei o que você está pensando, querida. Mas não é bom. Pat não aceitaria isso depois do que você o privou ontem à noite. Não se lembra do voto que fez, Lucy McDonnell?

McDonnell? Meu nome é Lucy Swift!

Ela congelou. Por que ele persistia em continuar com essa mentira? Ele não podia ver que ela já tinha tido o suficiente? Ela cuspiu as palavras:

— O que você quer dizer?

— Sente-se — disse ele.

Talvez ele estivesse certo sobre Pat. Nesse caso, seria prudente obedecer. Ela ajeitou um canto do cobertor e se sentou, pensando que era melhor ele dar uma boa explicação. Ela mal podia acreditar que estava a vários quilômetros de casa, e que passara a noite com um trio grosseiro de homens, e as palavras de Rory pouco fizeram para que ela se sentisse mais à vontade.

— Vou lhe contar sobre mim, certo? E então você pode me falar sobre você. Eu sou Rory McDonnell — você já sabe disso. Tenho vinte e três anos, chegando aos vinte e quatro em novembro, uma ótima idade para um homem. Eu nunca fui muito bom para ninguém, especialmente para mim mesmo. Meu pai era um cigano; minha mãe... bem, você a teria amado, todos amavam. Mas ela está morta.

— E quanto ao velho, não o vejo há mais de sete anos. A última vez foi em um parque de diversões, quando ele estava prestes a entrar no ringue — ele era boxeador, veja bem, e um lutador justo também. Ele piscou par mim e disse: — Rory meu

Aprisionada Pelo Conde

filho, onde há dinheiro a ser ganho e você tem talento, precisa segui-lo. Ouro, é isso que importa primeiro, depois sua alma imortal.

— Eu rezei por ele, querida, rezei por ele, eu rezei, mas eles o levaram.

— Morto? — sussurrou Lucy.

Ele não tinha antecedentes, não tinha educação, ela pensou. A maioria dos cavalariços de seu pai poderia reivindicar uma linhagem melhor que Rory. Até a linhagem de seu pai ia até grandes reis da Irlanda, ou assim disse o pai dela. No entanto, por alguma razão, ela sentiu como se não houvesse nada que ela preferisse fazer no calor crescente daquela manhã de outono do que ficar sentada ouvindo as lembranças vívidas derramadas dos lábios desse contador de histórias nato, mesmo que ele não estivesse respondendo diretamente às perguntas dela.

— Não, abençoado seja — continuou ele — não morto. Ele foi levado para a forca — ou para navios de transporte, não sei qual.

— Mas por quê?

— Não foi culpa dele ter matado o nobre que lutou contra ele, mas ele matou. Milorde estava bêbado, fez isso por uma aposta. Ele era um homem grande, e lá estava meu velho pai, com quase quarenta anos, leve e escorregadio com uma enguia e astuto como ela. Milorde tinha a constituição de um boi, socando o ar, na esperança de encontrar um nariz, e lá estava meu pai, calculando seu momento e, depois, *oof*, um direito de esquerda na ponta da mandíbula.

— A cabeça do Feller se inclina para trás, todos nós ouvimos, então ele cai, *racha*, e todos estão agitados e gritando. Então eles vêm e o levam embora. Foi uma luta justa, mas o pai do Milorde insistiu que por ser cigano, ele usou algum truque de mágica, e por isso foi acusado de assassinato.

O pai dele, um assassino? Lucy sentiu um calafrio. Como ela podia ter certeza de que Rory estava dizendo a verdade? Talvez ele fosse um maníaco de uma linhagem de degoladores! Tudo o que sabia sobre ele era o que podia ver com seus próprios olhos, um homem jovem, com cabelo escuro despenteado, conversando animadamente, agachado e balançando para frente e para trás nos calcanhares, as calças marrom e a jaqueta verde escura amarrotadas e sujas.

— Você chegou a vê-lo novamente? — ela perguntou.

— Nunca. Quando eles vieram levá-lo, eu corri. Não que eu fosse um covarde, Lucy, mas eram vinte deles contra meu pai e eu, e uma vez ele me disse: — Rory, filho, se alguma vez o Diabo ou a Lei vierem, tenha certeza de que eles levarão apenas um de nós, deixando um para continuar.

— E sua mãe? O que aconteceu com ela? — Lucy ficou chocada com sua própria curiosidade. Ninguém nunca tinha contado a história de sua vida antes e ela nunca teria tido coragem de perguntar. Mas aqui em cima, no topo das colinas, com um grasnar em algum lugar na urze e a brisa agitando seu cabelo, a etiqueta normal parecia não importar.

— Minha mãe, Kathleen... Uma garota bonita, é o que me disseram. Veio de Wexford para se estabelecer em Lancashire com seus pais.

— Será que ela conheceu meu pai? — perguntou Lucy impulsivamente. — A família dele fez a mesma coisa — veio da Irlanda, em um barco pelo mar até Liverpool. Não, esse era o meu bisavô. Foi muito antes do tempo da sua mãe.

— Ainda assim, podemos ser parentes. Quem sabe? — sorriu Rory. Lucy se viu sorrindo de volta.

Rory parecia ansioso para completar sua história.

— A família dela não aprovou que ela se casasse com meu pai. Ela deu à luz a mim, pegou um resfriado e nunca se recuperou. Meu pai cuidou dela por dois anos inteiros depois disso, enquanto ela ficava cada vez mais magra, até... Bem, é assim que o mundo é.

Ele olhou para o vazio, depois se puxou rapidamente de volta ao presente.

Aprisionada Pelo Conde

— Agora nós? Cavalos são o nosso jogo. Nós trocamos, compramos, vendemos... marcamos alguns aqui e ali.

Lucy sabia pelo pai o que era "marcar" — disfarçar um cavalo roubado para que pudesse ser vendido como um animal diferente e aparentemente legítimo.

— Agora, pegue esse seu belo animal. Nem todo o corante do mundo poderia torná-lo marrom ou branco. Podemos lhe tornar uma espécie de cavalo malhado, no entanto.

Lucy riu ao pensar no Imperador pintado como um pônei de circo.

— Meu plano era soltá-lo e mandá-lo para casa — ela o informou.

— Talvez seja isso que tenhamos que fazer, se você não quiser que seu pai venha lhe procurar — respondeu ele.

Então ele se lembrou do que ela tinha dito a ele e seus companheiros na noite passada. Obviamente, uma mente alerta estava trabalhando por trás do exterior casual e descuidado. O quê, então, ele teria a dizer sobre o assunto do falso casamento?

Antes que ela pudesse fazer essa pergunta tão importante, ele se levantou e estendeu a mão para ela.

— Uma caminhada? Até o topo da colina? — ele convidou.

Lucy não precisava ser convidada duas vezes. Suas pernas estavam apertadas e doloridas devido ao turbilhão de rodopios da noite anterior. Além disso, ela queria ver se algo era visível do ponto mais alto. Talvez ela ainda estivesse perto de Prebbedale. Ela não tinha como dizer até onde ela e Imperador haviam viajado em sua fuga feroz.

A encosta era íngreme, as samambaias ficando marrom e quebradiças no outono. Um maçarico gargarejou tristemente, tentando afastá-los de seu ninho e Lucy arfou e pulou quando uma lebre surgiu quase debaixo de seus pés e correu, com as orelhas achatadas, através de um túnel de vegetação rasteira.

Enquanto se aproximavam do cume e o chão pedregoso e áspero se desdobrava abaixo deles, um panorama emergiu e quando Rory a ajudou a subir em um pináculo rochoso, a vista fez Lucy ofegar de espanto. Ondulando abaixo dela havia acres de terra não cultivada em tons de roxo, castanho e verde; grupos de árvores atrofiadas, manchas brancas de ovelhas; um lago cinza e opaco na sombra de uma rocha imponente. Até onde ela enxergava, não havia sinal de um telhado ou de uma torre de igreja. Perto deles, um riacho salpicava pedras brilhantes, caindo em cachoeiras gêmeas para descer em uma fenda decorada com plantas vários metros abaixo. Pouco antes de se enroscar cremosamente sobre a queda acentuada, séculos de água corrente tinham feito um buraco em sua base, formando uma piscina de talvez um metro de profundidade. Lucy ansiou por entrar nela e banhar seu corpo empoeirado e dolorido.

Ela mencionou seu desejo a Rory, que imediatamente lhe disse para ir em frente, prometendo que ficaria no topo vigiando para garantir que ninguém invadisse sua privacidade. Agradecida, Lucy levantou a bainha do vestido, que estava muito rasgada por estar constantemente presa nas rochas e no mato. Ela olhou para Rory para verificar se ele estava de costas, então deu um pequeno grito quando suas pernas foram subitamente envolvidas em água gelada até os joelhos.

Era purificante e revitalizadora, reativando seu sangue lento, limpando sua cabeça dolorida. Lucy se agachou e enfiou as mãos no frio ardente da piscina, depois jogou no rosto. Água escorria de seu cabelo, encharcando suas roupas.

O sol do outono estava quente em seu rosto. *Por que estou aqui completamente vestida? Eu deveria estar nua*, pensou ela.

Confiando que Rory não se viraria, ela rapidamente se despiu e afundou na piscina, onde se sentou nas pedras suavizadas pela água e, colocando as mãos em concha, jogou deliciosos jatos de água espirrando sobre seus ombros e seios. Esquecendo-se de si mesma, ela começou a cantar, a cabeça jogada para trás, o cabelo castanho-avermelhado escorrendo como algas ao seu redor.

Foi um pequeno som, como o estalar de uma galho, que fez

Aprisionada Pelo Conde

Lucy olhar para cima. Ela estivera tão absorta em sua tarefa de lavar a si mesma e a seu cabelo que momentaneamente esqueceu a existência de seu guarda masculino.

— *Não!* — Ela gritou de choque e medo quando viu Rory nu se aproximando, o cabelo viril, preto e encaracolado brotando de sua virilha e peito, as coxas e ombros poderosamente feitos, a penugem suave e escura em seus braços e pernas. Apesar de tudo, ela sentiu um pulsar de desejo.

Ela tentou pular para fora da piscina e correr para suas roupas, mas a água arrastou suas pernas e impediu seu progresso. Com um grande respingo que jogou água por todo o seu corpo seco, Rory pulou na piscina e caiu ao lado dela.

Ela estava quase fora da água quando ele a puxou para trás, sua mão deslizando sobre a pele molhada. Reunindo todas as suas forças, Lucy deu um chute forte nas canelas dele, mas a água diminuiu o balanço de seu pé, dando tempo a ele para se esquivar.

Os braços dele a cercaram, esmagando-a sem vergonha contra sua masculinidade. Lucy afundou os dentes no ombro dele e ficou satisfeita ao ouvi-lo estremecer de dor. Ela estava chocada e com raiva. Ela pensou que poderia confiar nele. Ele tinha lhe dado sua palavra de que ela podia banhar em segurança e com privacidade, e agora ele estava tirando vantagem dela enquanto ela estava totalmente desprotegida e vulnerável.

Ela tentou mordê-lo novamente, depois sentiu seu cabelo longo e molhado sendo preso e puxado para trás, inclinando seu rosto para ele. Os lábios dele se fecharam nos dela, a língua disparando em torno da ponta da língua dela, depois contra o céu da boca, oscilando como uma cobra. Então ele afrouxou a terrível pressão de sua boca e seus lábios ficaram macios, procurando, explorando, até que ela se viu respondendo com uma sensação pesada e drogada em sua cabeça, uma dor arrastada e inchada em sua virilha, os mamilos endurecidos e

51

uma necessidade urgente de ser afagada, acariciada e pressionada ainda mais contra o corpo poderoso dele. Ela mal sabia o que estava acontecendo com ela. Tudo o que sabia era que não queria mais lutar com ele. A mente dela gritou: *Ele decepcionou você, você confiou nele, ele abusou de você. Chute! Morda! Corra!* mas seu corpo estava reagindo sem nenhuma ordem de sua mente.

Ela não resistiu quando ele a levantou, a carregou para a margem e a deitou gentilmente em um pedaço de grama embaixo de um arbusto de alguma erva aromática que soltava um cheiro forte no sol. Ela não estava mais consciente de sua nudez.

Ela sentiu a mão sendo pega e um objeto duro sendo pressionado firmemente em um de seus dedos. Ela levantou o dedo na altura dos olhos e viu o sol brilhando sobre o ouro. Ela girou e viu a ruptura do metal e, agindo com uma súbita suspeita, olhou para as orelhas de Rory. Uma delas tinha um anel idêntico e a outra tinha um pequeno buraco, sem o ornamento que um dia tinha carregado.

— Um para cada um de nós — disse ele, sorrindo para ela. — Vou ver se consigo um melhor na Feira de Pendleton.

— Nós estamos... nós estamos realmente casados?

Ela prendeu a respiração, esperando a resposta dele, consciente apenas do calor físico e emocional que emanava do homem ao seu lado e das sensações recém-descobertas e profundamente desconhecidas dentro dela.

O olhar firme dele nunca deixou seus olhos.

— Sim.

Suas pálpebras se fecharam e seu coração trovejou em seu peito enquanto ela tentava dar sentido às palavras dele. Ele começou a falar, no ar acima da cabeça dela.

— Patrick treinou como padre há muitos anos. Ele é o único de nós que sabe ler e escrever. Ele desistiu disso em troca da vida de viajante, cerveja, mulheres, mas ainda está qualificado para realizar casamentos e batismos e oficiar um enterro. Aqueles

Aprisionada Pelo Conde

votos que fizemos ontem à noite eram tão reais quanto os feitos em ema igreja. Você é minha esposa, Lucy, aos olhos de Deus e você é mais bonita aos meus olhos do que as montanhas, o mar e o amanhecer.

A boca de Rory mais uma vez se envolveu com a dela. O corpo dele se moveu sobre o dela e a pressionou, esmagando o suco da grama e das flores selvagens embaixo dela. Os mamilos dela formigaram e endureceram quando roçaram a pele macia e escura do peito dele e ela apertou as coxas, com medo do que estava por vir.

Se ela era realmente esposa dele, então era isso que se esperava dela. Mas ela estava com medo, tanto medo, não apenas da dor que sua irmã havia dito a ela que todas as mulheres experimentam na primeira vez que dormem com um homem, mas do poder avassalador de seu próprio desejo. Certamente era errado querer tanto um homem?

Ela tremeu quando a mão forte dele alcançou e separou suas coxas. Os olhos dela se arregalaram ao ver a masculinidade tumescente dele. Certamente seu corpo não era construído para acomodar nada tão grande assim? O pânico aumentou nela.

— Seja gentil, por favor — ela murmurou. — Eu nunca...

— Calma, Lucy. Eu sei como entrar em uma potra. — Os olhos dele dançaram e ele a beijou, e ela sentiu seu próprio gosto nos lábios dele, um sabor doce e salgado como uma ostra açucarada. — Apenas relaxe.

Ele a beijou novamente, um beijo mais longo desta vez, sua língua dançando com a dela, então ele se agachou sobre ela e ela ficou tensa quando a cabeça macia e dura da masculinidade dele buscou a entrada de seu corpo.

Houve uma súbita dor aguda quando ele a penetrou, e ela gritou, instintivamente tentando se afastar dele.

— Pronto, querida, pronto — ele sussurrou, acariciando o cabelo dela. As mãos dele flutuaram sobre o corpo dela, parando aqui, acariciando ali, acalmando-a e relaxando-a até que ela

53

sentiu como se estivesse flutuando sonolenta à beira de um sonho.

Então, em uma mudança abrupta de humor e ritmo, os lábios dele encheram seu rosto e pescoço com beijos duros, os dentes dele beliscaram o ombro dela, morderam sua orelha. O corpo dela foi puxado para o abraço dele, torcido, pressionado, e enquanto ele estava incorporado profundamente dentro dela, ele montou as ondas rítmicas de seu próprio prazer.

Lucy foi apanhada e carregada na urgência do desejo dele. Toda a dor tinha passado agora e as estranhas pulsações dentro de sua barriga, que a forçaram a empurrar os quadris espasmodicamente para cima, a fizeram gemer de prazer. Ela nunca experimentara um êxtase tão penetrante e pungente. Todo o seu ser foi dominado por uma série de ondas que a fizeram tremer. Ela se entregou a elas, sacudindo a cabeça de um lado para o outro, jogando os braços para fora, gritando, e seus gemidos logo foram acompanhados pelo grito rouco de satisfação de Rory.

Mais tarde, Lucy acordou de uma soneca refrescante e sorriu suavemente para si mesma enquanto o indicador traçava o contorno da sobrancelha do parceiro adormecido, que parecia uma tira de veludo. Finalmente ela tinha um aliado, alguém que se importava com ela, alguém que a agradava, um homem cuja visão poética e o jeito com as palavras a surpreendia e deleitava. Talvez agora, seu futuro caminho não precisasse ser percorrido sozinho.

Marido... A palavra era estranha para ela. Ela não se sentia como uma esposa. O casamento perfeito que ela teria planejado para si mesma era com um homem que a amava e a desejava e que tivesse despertado uma paixão igual nela. Mas, ela foi forçada a admitir para si mesma, que foi exatamente isso que Rory havia feito. Talvez o destino tivesse tido que se mover de formas estranhas para trazer as coisas que eram melhores para ela, pensou.

Embora ela odiasse não estar no controle de seu próprio

Aprisionada Pelo Conde

destino, ela sentiu vontade de abençoar a mão invisível que tinha juntado os dois. Ela ainda se sentia como Lucy Swift, e nem um pouco como Lucy McDonnell que a argola de ouro em seu dedo agora a proclamava. Mas ela sabia que certamente levaria tempo para se tornar parte da vida de qualquer outra pessoa — e, por agora, sua individualidade estava submersa no resplendor da união e da satisfação sensual.

8

Desde criança Lucy adorava feiras. Seu pai a levara a várias e ela nunca deixara de se fascinar pelas multidões de pessoas alegremente vestidas, a diversão, a excitação.

A Feira de Pendleton era apenas um pequeno evento local, mas a população de muitas aldeias vizinhas parecia ter comparecido em peso. Era preciso ficar atento aos bandos de ladrões de carteira que vagavam por aí, procurando por uma mulher distraída pelas fofocas ou um homem absorvido pela cerveja, que não sentiriam os dedos leves e hábeis em seus bolsos, ou a mão rastejando em sua capa ou cesta.

Ela tinha passado ao todo cinco semanas com Rory, Smithy e Pat. A atitude dos companheiros de Rory em relação a ela tinha melhorado, especialmente quando descobriram que ela sabia tanto quanto eles sobre cavalos, com exceção dos truques que eles faziam para passar um cavalo doente como saudável, ou até, ocasionalmente, para fazer um cavalo em forma parecer danificado, para que pudessem comprá-lo mais barato. Ela não aprovava essas práticas afiadas e se perguntou se seu pai estava ciente de sua existência.

Seu pai... Ele estava lhe causando uma preocupação sem fim.

Aprisionada Pelo Conde

Cada vez que eles visitavam uma feira, que era duas ou três vezes por semana, já que em cidades diferentes o mercado era aberto em dias diferentes, ela estava constantemente procurando por ele, especialmente porque ele naturalmente iria ver as vendas de cavalos. Lucy só podia rezar para que o visse antes que ele a visse.

No entanto, ela refletiu, um mercado ou feira seria o último lugar que ele esperaria encontrar sua filha desaparecida. Sem dúvida, ele estava feliz por ter o Imperador de volta. Pat e Smithy tinham relutantemente visto o sentido em sua sugestão de que, como ele era um cavalo facilmente reconhecível, ele deveria ser solto e permitido a vagar para casa, e assim eles o levaram à trilha que descia dos pântanos até o vale e o haviam deixado usar seu instinto natural para achar o caminho de casa.

Talvez sua família presumisse que ela tinha tido uma queda e morrido. Lágrimas inundaram seus olhos com o pensamento da tristeza de sua mãe. Se ao menos houvesse alguma maneira de enviar uma mensagem a Ann para que soubesse que ela estava viva e bem...

Um grupo de rapazes passou por Lucy e ela se encolheu. Mas ela não tinha nada a temer de ladrões gananciosos e batedores agora; ela não tinha nada de valor que eles pudessem querer roubar. Na primeira feira em que estiveram, ela trocou o odiado vestido de cetim creme por um razoável vestido simples e uma capa quente. Relutantemente, ela havia se separado do colar de ouro que fora um presente de seu pai para marcar seu décimo sexto aniversário.

O colar alcançou um preço bem abaixo do valor, mas pagou por suas outras compras, um par de botas de couro para si mesma e uma camisa azul para Rory, e ainda havia dinheiro sobrando. Mas, nas últimas semanas, a chuva e o frio muitas vezes obrigaram ela e seus companheiros a buscar refúgio em uma série de pousadas, e o suprimento de moedas de Lucy diminuiu rapidamente.

Ela parou quando um cheiro de ervas e flores secas flutuou

em suas narinas. Vinha de uma grande cesta de palha colocada na lama úmida. Pequenos feixes de tomilho, alecrim e outras espécies que ela não podia nomear, foram misturados com ramos de lavanda e pequenas bolsas de musselina contendo pétalas murchas de rosas de verão que emitiam um perfume inebriante.

Num impulso, ela se agachou, pegou uma das bolsas perfumadas e segurou-a no nariz, inalando profundamente.

— Duas por uma moeda, só uma moeda — uma voz rachada entoou.

Lucy viu que vinha de uma velha enrugada que balançava atrás da cesta como um pardal. Ela pescou na bolsa quase vazia sob a capa e tirou a quantia necessária, escolhendo uma bolsa de pétalas de rosa e um raminho de lavanda.

Ela se virou para ir embora quando a voz seca e rouca a chamou de volta.

— Aqui, senhora...

Lucy a ignorou no começo, suspeitando que a velha estava prestes a acusá-la de trapaça ou roubo, um truque comum para extorquir mais dinheiro de um cliente inocente. Mas havia algo no tom da mulher velha e feia que a fez obedecer.

A velha mulher saltou de trás da cesta e agarrou Lucy com uma mão ossuda e manchada. Lucy recuou alarmada. Ela não tinha nenhum desejo de pegar alguma doença desagradável que este saco de ossos antigo pudesse estar carregando.

— Você não é casada, é querida? — disse a velha. Era uma afirmação, não uma pergunta. Lucy estava prestes a mostrar a mão com seu anel de ouro, mas mudou de ideia.

— Eu *sou*, mãe — ela respondeu.

— Uma noiva bonita você será, em um vestido de seda, com seu marido ao seu lado. Um homem alto, com cabelo castanho. E uma esmeralda tão bonita.

Ela pronunciou "bonita" de tal maneira, dando-lhe quatro sílabas e implicando uma avareza tão alegre, que Lucy pensou que a mulher devia estar louca e tendo visões senis. No

Aprisionada Pelo Conde

momento em que se perguntava a melhor maneira de tirar a mão de espantalho de sua manga, ela viu Rory lhe procurando. Ela acenou com a mão livre e chamou seu nome.

— Aquele é o meu marido — informou à velha — aquele homem alto e moreno de barba.

A velha voltou para trás de sua cesta e agachou-se, sacudindo suas mechas brancas e pegajosas. Ela não disse outra palavra ou sequer olhou para Lucy, mas, enquanto Lucy abria caminho entre a multidão para se juntar a Rory, ela ouviu uma risada como o cacarejar de uma gralha a seguindo e ficou feliz quando conseguiu colocar seu braço no cotovelo tranquilizador dele.

— Vendemos o alazão e você nunca acreditará, finalmente nos livramos do velho cavalo cinza — ele a informou, com os olhos brilhando e um tom rosado nas bochechas.

Lucy achou que ele ficava mais bonito a cada dia. Ele certamente ficou mais amoroso. Ele possuía uma natureza apaixonada, rápido para expressar raiva e impaciência, rápido para perdoar e sempre pronto para amar. Lucy respondia às exigências sexuais dele com entusiasmo.

Ela pensara que o sexo tinha sido maravilhoso naquele dia nos pântanos, quando ele a seduziu pela primeira vez, mas mesmo essa experiência tinha se tornado insignificante diante das muitas ocasiões felizes que tinham tido desde então. Mesmo agora, ela sentiu um pouco de desejo quando moveu o quadril contra o dele e aumentou seu passo para igualar com o dele.

Ela tinha se surpreendido consigo mesma muitas vezes desde que conheceu Rory. Quente como ele era, ela estava sempre pronta e ardendo por ele. A princípio, ela tinha se preocupado que houvesse algo de errado com ela. Certamente só os homens deveriam se sentir assim?

Será que sua mãe ou sua irmã já sentiram essa necessidade dolorosa, esse derretimento lânguido, que ela experimentava sempre que Rory olhava para ela ou falava com ela de uma certa maneira? Sempre que seus corpos acidentalmente ou deliberadamente se tocavam? Rory disse que a amava. Bem, talvez isso fosse amor. Ela deve ser a esposa mais sortuda do mundo por habitar um paraíso de sentimentos mútuos e felicidade compartilhada.

Sua mente voltou ao dia anterior, quando, rindo e protestando, ela tinha permitido que Rory a puxasse para um pedaço de floresta densa. Antes mesmo das mãos dele terem chegado para desatar o corpete do vestido, ela já estava em chamas por ele, se odiando tanto pela resposta rápida do corpo, que ela sentia que a colocava no mesmo nível de qualquer vagabunda comum, quanto por adorar a sensação de se sentir tão plena e cheia de vida.

Ela temia ficar grávida. Ela não estava pronta. Ela esperava que isso não acontecesse por um longo tempo — um ano, pelo menos. Na verdade, ela tinha secretamente comprado um chá de ervas que bebia todas as manhãs e noites para que não engravidasse. Ela também tinha um frasco de um extrato especial, que, se ela suspeitasse que estava grávida, deveria beber sem demora. No entanto, ela duvidava que algum tratamento preventivo funcionasse quando o sexo com Rory era tão doce e seus sentimentos tão fortes.

— Você está muito bonita hoje — disse Rory, sua voz saindo de suas lembranças felizes. Lucy se perguntou se o rubor quente em suas bochechas era responsável por seu esplendor.

— Aqui, minha querida menina, eu te comprei um presente.

Ele pescou no bolso de suas calças cinza e pegou algo com um brilho dourado. Poderia ser o anel de casamento há muito prometido? Seu coração saltou.

Ele a colocou na mão dela e, para sua decepção, acabou por ser apenas uma bugiganga, uma corrente de ouro falso com uma pequena pedra verde em uma moldura com formato de flor. Lucy pensou com tristeza que não era exatamente a esmeralda da qual a velha mulher falara, depois tirou as palavras da bruxa louca da cabeça. Podia não ser valioso, nem ser um anel de casamento de ouro, mas mesmo assim foi uma bagatela, e um presente do homem que ela amava.

Aprisionada Pelo Conde

Ela agradeceu, ficou na ponta dos pés e beijou sua bochecha, depois prendeu o colar em volta da garganta.

— Algum dia, quando eu for rico como seu pai, lhe comprarei uma safira para combinar com seus olhos — prometeu Rory.

Lucy tinha descoberto que ele conhecia seu pai, tendo o conhecido em vendas de cavalo no passado. O mundo dos cavalos era pequeno. Lucy descobriu que Rory tinha muito respeito por Martin Swift, embora a princípio, ela não o tivesse ligado a Lucy.

Ela nunca tinha pensado em sua família como sendo rica, mas para Rory, que estava acostumado a anos dormindo ao ar livre ou em pousadas simples, uma grande casa da fazenda com vários acres de terra, uma coleção de bons cavalos e alguns criados, sem falar dos ajudantes contratados e cavalariços, deve realmente ter soado como luxo.

Lucy não gostava de pensar no futuro, preferindo viver dia após dia, mas ela tinha que admitir que isso a preocupava. Ela certamente não queria passar o resto da vida vagando como uma cigana. Que maneira era essa de criar uma família?

Ela sabia muito bem a quê sexo levava, e só podia esperar que as consequências naturais disso fossem adiadas, pelo menos até que ela convencesse Rory a abandonar Pat e Smithy e a vida itinerante e a aceitar um emprego em uma fazenda, onde um pequeno chalé estaria a disposição deles ou, melhor ainda, economizar o suficiente para começar sua própria pequena propriedade.

Rory tinha um bom olho para cavalos e alguns acordos inteligentes poderiam resolver isso. Por que compartilhar os lucros com Pat e Smithy? Ele não precisava deles, especialmente agora que a tinha, com toda a sua experiência.

Ao passarem por uma barraca onde um voluntário tolo estava com a cabeça em um buraco em uma tábua e sendo coberto de frutas podres jogadas em sua direção, com um prêmio sendo concedido de acordo com o tempo que ele pudesse suportar esse tratamento ofensivo, Lucy caiu em um devaneio em que estava um grande encontro de corrida, envolta em peles, e dona dos melhores cavalos de corrida do país.

Enquanto seu puro-sangue passava com facilidade pelo posto vencedor, o nome de Lucy Swift estava nos lábios de todos. Taças de champanhe foram erguidas para ela. A realeza a convidaria para jantar. Ela teria uma bela casa na cidade com sua própria carruagem e criados, além de uma mansão no campo onde seus cavalos seriam mantidos e treinados. Suas cores de corrida seriam verde esmeralda e azul martim-pescador, com suas iniciais, LS entrelaçadas na manga.

Mas eu já não sou LS, sou LM, ela lembrou a si mesma, redesenhando mentalmente seu design. "Lucy McDonnell" simplesmente não tinha o mesmo toque.

Ela ainda estava se repreendendo por ser esnobe quando Rory entrou pela porta de uma tenda de lona onde uma briga de galos estava acontecendo, puxando-a com ele. Lucy não suportava ver nenhuma criatura machucada. Ela detestava a forma como os pássaros eram dotados de espinhos cruéis nas pernas para rasgar o oponente em pedaços, mas Rory ignorou seus protestos.

Todos os homens da plateia, e as poucas mulheres presentes também parecias estar bêbados. Como um bando de lobos, eles uivaram de alegria quando a barriga de um pássaro infeliz foi cortada e, escorregando no lodo das próprias entranhas, foi cortado em pedaços enquanto ainda estava vivo pelo bico feroz de um galo de olhos vermelhos e aparência maligna, cujas penas pretas pingavam sangue. Percebendo que seu inimigo foi derrotado, o pássaro abriu o bico ensanguentado e cantou, e todos na audiência, com exceção de Lucy, pisaram no chão e rugiram.

Ela se sentiu doente e queria ir embora, mas Rory a informou que ele tinha apostado na próxima luta e prometeu ir embora assim que terminasse.

A bela galinha branca na qual Rory imprudentemente

Aprisionada Pelo Conde

colocou seu dinheiro foi logo reduzida a carne e penas. Amaldiçoando sua má sorte, Rory manteve sua palavra e levou Lucy agradecida ao ar fresco novamente. Esses eram lados do marido que ela não gostava; a facilidade com que ele jogava e seu óbvio prazer em esportes sangrentos. Brigas de cães, bullbaiting, brigas de galos, eram tudo a mesma coisa para ele. Ele fazia uma aposta e assistia à disputa com excitação crescente, enquanto seu corpo seguia os movimentos do animal em que seu dinheiro estava, gritando de prazer ao ver uma ferida jorrando, gemendo quando seu campeão caía. Depois da disputa, ele se voltava para Lucy e murmurava algo ardente em seu ouvido, ou lhe fazia uma carícia que a deixaria sem dúvida que ele estava se sentindo estimulado e lascivo. E ela fingiria responder, embora estivesse se sentindo enjoada e enojada.

Mas os homens eram assim. Ela seria capaz de respeitar Rory se ele ficasse pálido e doente com a visão de sangue, ou se ele pregasse de forma santa contra os males da bebida e do jogo? Ela sabia, em seu coração, qual era a resposta.

— Temos que voltar ao Campo de Jamieson, querida, ver como estamos nos saindo — disse Rory, apressando o passo.

Ele parecia já ter esquecido seu desapontamento com o jogo. O humor dele mudava tão rápido que Lucy tinha dificuldade em acompanhá-lo. Mal ela tinha se acostumado ao fato de que ele estava alegre e assobiando, sua testa se enrugava e de repente ele ficava furioso com o clima, com o fato de que Smithy estava atrasado para molhar os cavalos, ou sobre a vida em geral.

Ela imediatamente adaptaria seu humor ao dele e estaria prestes a dizer algo consolador quando, do nada, ele começaria a brincar e sorrir novamente e perguntaria por que havia um vinco tão preocupado entre as sobrancelhas dela.

Lucy desistiu. Rory era Rory e talvez ela nunca o entendesse.

— Pat está fazendo lances em um tordilho que deve ser três quartos de um puro-sangue ou eu sou um violinista. Smithy colocou um pouco da minha poção mágica perto do traseiro dela quando examinou os pés e ela deve estar mancando agora. Eu disse a Pat, se não nos livrarmos daquela égua castanha hoje, todos seremos homens famintos.

— Ela come tanto e fica tão inchada, que parece que está prestes a dar à luz a um rebanho inteiro. Acho que poderíamos enganar qualquer um que ela está prenhe. O que diz de tentarmos, minha querida?

Ele estava com um humor irreprimível e Lucy desejava que a feira terminasse, para que eles pudessem ficar sozinhos. Eles ficariam aquela noite na Cabeça de Carneiro, uma estalagem movimentada na praça do mercado. Eles tiveram sorte de conseguir um quarto para si mesmos, já que acomodações em dias de feira são sempre escassas. Muitas vezes, Lucy tinha sido forçada a ficar acordada por metade da noite, coçando picadas de pulgas, seus ouvidos atormentados pelo som da tosse de Smithy e pelos poderosos roncos de Pat emanando de seus colchões de palha.

O Campo de Jamieson era um pequeno pedaço de grama cercado, onde os comerciantes de cavalos sempre se reuniam. Os animais eram mostrados um por um e os preços eram recebidos com gargalhadas, o que fez com que a visão do vendedor fosse sensivelmente reduzida e as ofertas começassem com seriedade.

Lucy e Rory chegaram ao local e tiveram que abrir caminho entre uma multidão de cocheiros, que tinham deixado seus veículos e estavam ocupados, ruidosamente bebendo grandes quantidades de cerveja de canecas rachadas e desgastadas. Um sólido nó de homens estavam gritando ofertas, cada um com a intenção de fazer uma pechincha. Uma venda foi acertada, um cavalo foi levado, e era a vez da égua castanha, liderada por Pat.

Embora muitas pessoas o conhecessem de vista, seu tamanho e aparência ainda chocaram a multidão, que ficou em silêncio. Lucy tinha que admitir que a égua realmente parecia estar prenhe. As laterais dela estavam inchadas e ela andou com as pernas abertas de uma mãe grávida, uma espécie de gingado presunçoso. Ela era um animal bonito com quartos fortes, um peito vasto e um nariz levemente côncavo que falava de sangue árabe.

Pat recitou a ascendência falsificada dela, contou sobre o potro de boa raça que ela estava carregando, e pediu vinte guinéus. Para a surpresa de Lucy, a voz de um homem respondeu:

— Sim.

Rory deu um ofego de espanto e até Pat revirou os olhos, tentando não mostrar o quão surpreso ele estava com esse desvio da norma. A confiança do licitante desconhecido levou outro homem a oferecer vinte e cinco. O primeiro homem se opôs com trinta. A oferta subiu rapidamente para a espantosa soma de cinquenta guinéus, quando a égua foi arrematada pelo homem que tinha falado primeiro.

Rory e Lucy correram até Smithy, que estava com o resto de seus animais. O velho homem bufava de alegria.

— Heh-heh! E pensar que ele achou que estava recebendo dois pelo preço de um! Uh-oh, aquele é rico! Algumas pessoas não sabem nada sobre cavalos, não é? Heh-heh — deveria ter visto seu cavalariço! — Smithy se curvou, ofegando, agarrando-se às coxas.

Rory deu um tapa no ombro dele.

— Calado, seu tolo. Segure sua risada. Aí vem o rapaz!

Lucy podia ouvir o tom estrondoso de Pat e uma voz educada o respondendo.

— Sim, eu sei. Gerada por Fleetwood da Corte de Darley, não é? Eu não acredito, mas vou aceitar sua palavra nisso — e se ela der à luz a um burro peludo, vou enforcá-lo pessoalmente!

A voz era leve, jovem, refinada, e Lucy olhou para cima com interesse. O homem andando ao lado de Pat era alto, mais magro que Rory e usava um magnífico casaco amarelo com brocado sobre um colete e calças cinza, todos extremamente bem cortados. Enquanto as mechas grossas e negras de Rory caíam selvagens em torno dos ombros, o cabelo escuro e brilhante deste homem estava ordenadamente preso com uma fita de veludo preta.

Sua pele era pálida e sua feições finamente esculpidas e havia algo de altivo em sua postura que fez Lucy se sentir insultada, como se ele estivesse implicando que não era digno ele se misturar com tamanha ralé.

— Tenho alguns assuntos a tratar hoje e não voltarei até amanhã. Faça a entrega da égua às oito horas em ponto amanhã de manhã. Mansão Darwell — cerca de cinco quilômetros na Rua Oeste, no topo da colina. Pergunte a qualquer pessoa na pousada onde você está hospedado. Eles lhe mostrarão o caminho.

— Sim, senhor — disse Pat, balançando a cabeça. Era estranho ver um gigante ser complacente com um homem tão mais baixo que ele.

— E a quem devo entregá-la, senhor?

— Philip Darwell, o filho do Conde de Darwell.

O comportamento altivo, as roupas caras, o tom de voz aristocrático: Lucy sabia que ele não poderia pertencer a nada além das classes altas. Quando ele se virou para ir embora, ele parou e olhou diretamente para Lucy e Rory. Rory estava murmurando algo para Smithy em voz baixa e Lucy pensou que talvez o novo dono do cavalo estivesse desconfiado, imaginando que eles estivessem falando dele.

Lucy olhou para Rory, depois de volta para o estranho, e de repente percebeu que era para ela que seu olhar cinza estava direcionado. Envergonhada, ela olhou para seus pés, depois para Rory novamente, depois finalmente retornou o olhar do estranho com seu próprio olhar altivo. Dois poderiam jogar nesse jogo!

Um leve sorriso curvou os lábios dele. Então ele deu um breve aceno de cabeça, virou-se e seguiu seu caminho.

Quase imediatamente, Rory a rodeou.

— Mulher imoral! — ele sibilou.

— O que você quer dizer? — perguntou Lucy indignada, sentindo-se duplamente injustiçada.

— Vi como aquele homem chique olhou para você, e como

Aprisionada Pelo Conde

você olhou de volta para ele — na minha frente, seu próprio marido! Rory nunca tinha ficado zangado com ela antes. Lucy sentiu-se desolada. Esse ataque foi extremamente injusto da parte dele; ela não tinha feito nada para convidar o estranho a olhar para ela, a não ser corar de vergonha. Talvez Rory tivesse confundido o rosado em suas bochechas com outro tipo de rubor. Sua testa estava enrugada de raiva. Ele parecia selvagem, bonito e feroz. Lucy mal podia acreditar que ele pertencia a ela, que ele a amava. Ela deve encontrar uma maneira de consertar essa briga boba.

Mas não era para ser. Ele discutiu durante todo o caminho para a pousada e não via a razão. Quando chegaram ao pequeno quarto no sótão, com sua cama de madeira precária e uma mesa grosseira, Lucy se sentia cansada e deprimida. O que havia dado nele que tinha provocado esse ciúme totalmente infundado? Ela não tinha comido nada o dia todo, e seu estômago roncava de fome. Ela estava acostumada a ter ele cuidando dela melhor do que isso.

— Rory — ela disse, cobrindo a mão que estava sobre a coxa dele. Os dois estavam sentados na cama, ela do lado mais próximo da janela, ele na ponta de frente para a porta. — Rory, eu amo você. Eu nunca olharia para outro homem. Não há ninguém que se iguale a você. Você me tem, de corpo e alma, pelo tempo que me quiser. E se você não me quiser mais, diga-me e irei embora. Eu nunca te incomodaria. Tudo o que quero é que você seja feliz.

Custou muito para ela dizer essas palavras, zangada como estava com o comportamento irracional dele, mas era a verdade. Ela não conseguia imaginar fazer amor com outro homem. Ninguém seria capaz de fazê-la se sentir viva ou satisfazê-la assim. E ninguém poderia ser mais interessante, imprevisível, em constante mudança, ou mais amoroso e atencioso com ela, exceto neste exato momento.

Ele desviou o olhar, ignorando sua confissão apaixonada.

67

— Rory — ela implorou — por favor acredite em mim, eu não flertei com aquele idiota metido. Estava tudo em sua mente. Não pude evitar que ele olhasse para mim.

— Oh, pare de choramingar, mulher, você está fazendo minha cabeça doer. Apenas fique quieta, sim?

Lucy se encolheu com as palavras indelicadas e incomuns vindas dele. Este não era o Rory que ela conhecia. Parecia haver alguma amargura, alguma preocupação dentro dele que o corroía e inquietava o deixando irritado. Não havia nada que ela pudesse fazer para que ele revelasse seus pensamentos, mas ela desejava que ele confiasse nela o bastante para compartilhar suas preocupações com ela. Talvez fosse uma dívida de jogo?

Ela se mexeu desconfortavelmente na cama dura e olhou pela janela para se distrair do silêncio desconfortável no quarto. Ela não podia acreditar que seu casamento já estava indo mal, depois de apenas cinco semanas. Todas aquelas pessoas andando do lado de fora, indo visitar amigos, família, amantes, ou passeando a dois; nenhum deles parecia estar sobrecarregado com tantos problemas como ela.

De repente, Lucy avistou um casaco amarelo familiar e fez uma oração silenciosa para que Rory não se virasse e visse seu rival imaginário. Ela não ousou respirar até que o jovem nobre desapareceu de vista atrás de uma fila de carruagens.

Atrás dela, Rory suspirou, e a cama rangeu quando ele se levantou. Ele pegou os ombros dela e a virou de frente para ele, depois colocou os lábios nos dela. O espírito de Lucy se rebelou. Como ele poderia esperar que ela fizesse amor quando ele a tinha deixado tão infeliz? Ele não tinha nenhuma sensibilidade? Agora, se ele apenas pedisse desculpas, implorasse por perdão, dissesse que a amava...

Lucy nunca tinha recusado Rory, mas agora algo dentro dela se perturbou ao pensar neste homem que a tinha deixado tão chateada, se satisfazendo dentro de seu corpo. Ela desejava passar algum tempo sozinha; tempo para pensar, tempo para perdoar.

Aprisionada Pelo Conde

— Não, Rory — disse ela, as palavras engasgando na garganta. — Não! Ela se encolheu com o olhar de pura fúria que passou pelo rosto dele.

— O que quer dizer com, "Não"? Você é minha esposa e terei meus direitos de marido. Alguns homens tirariam o cinto para você por isso! Lágrimas surgiram em seus olhos e o rosto dele se suavizou.

— Eu não vou forçar você — disse ela. — Tudo o que vou pedir é que veja a razão, garota, e se entregue a mim. Agora. Vamos, Lucy.

Ele puxou o braço dela e ela se afastou, enfiando-se em um canto do quarto que era mais próximo da porta. O rosto dele ficou vermelho de raiva. Ela sabia que ele ia bater nela.

Soluçando, Lucy afundou-se no chão, abraçando os joelhos contra o peito, se balançando e inclinando a cabeça para que ele não pudesse bater em seu rosto ou, pior, chutá-lo. O humor dele era como rajadas de vento, sacudindo-a, explodindo-a até que ela se sentiu tonta e esgotada. Se apenas ela pudesse lê-lo como fazia com os cavalos. Mesmo com um cavalo nervoso, você consegue prever seus movimentos e reagir de acordo, mas não com este homem. Ele era igual a um mar tempestuoso.

Ela ouviu a porta bater e olhou para cima. Ele tinha ido embora.

9

L ucy acordou e achou a pele de seu rosto seca e tensa de tanto chorar. Ela se sentiu exausta e emocionalmente esgotada. Uma onda de solidão a invadiu quando ela examinou o quarto e o encontrou vazio. Seu lado da cama estava amarrotado, mas o outro lado estava liso, o lençol e o travesseiro frios ao toque. Ela teve certeza de que Rory não tinha voltado.

Afastando a cortina para o lado, ela viu que as pessoas já estavam fazendo seus negócios diários na rua úmida, os colarinhos puxados ao redor do pescoço para protegê-los dos dedos frios, úmidos e ondulados da névoa de novembro. Ela estava vazia, dormente, sem mais lágrimas para chorar — e ainda assim, olhando para trás, a discussão deles parecia tão trivial, uma mera briga por causa de um olhar imaginado, uma fantasia ciumenta. Certamente ele não a deixaria por causa disso? Não era como se ele a tivesse pego nos braços de outro homem.

Talvez ele tivesse ido jogar em algum lugar, ou estivesse bêbado em alguma outra pousada e estava agora esparramado em um banco, ou em um monte de palha, dormindo. Mesmo tentando pensar com a razão, Lucy ainda sentiu um tremor de apreensão ao deslizar seus membros rígidos do colchão de palha

Aprisionada Pelo Conde

irregular, espirrar um pouco de água gelada no rosto da jarra de pedra rachada sobre a mesa e se preparar para descer em busca de Pat e Smithy.

Ela se lembrou do cavalo que tinha que ser entregue naquela manhã para o homem que era a causa do seu problema conjugal, e se perguntou quem o tinha levado. A sala principal da pousada estava vazia de hóspedes. Uma menininha estava limpando as cinzas da lareira e um homem assobiava alegremente enquanto limpava panelas com um pano úmido e sujo. Lucy se aproximou dele, descreveu seus companheiros e perguntou se ele sabia do paradeiro deles.

— O grandalhão? Aquele com a roupa preta que combina com os dentes dele? Oh sim, eu o vi, e o pequeno avozinho, também — um caso certo de tuberculose, se é que eu já vi um.

Ele parou, torceu o pano esfarrapado e o colocou no balcão de madeira do bar. Ele era um homem pequeno, gordo e careca com bochechas vermelhas e olhos de camponês estreitos e astutos. Ele continuou, gostando do assunto.

— Eu lembro de Samuel Smethwick. Um bom homem, Samuel, mas nunca foi forte, sempre estava mal. Agora, ele ficou magro e pálido e tossia bastante, como aquele seu homem e, tossiu uma espuma rosa com sangue. Continuou por cerca de um ano...

Lucy estava impaciente, mas com medo de se intrometer e irritar o homem que estava obviamente determinado a contar a história dele, caso ele se recusasse a dar a informação que ela tanto precisava. Então ela curvou os dedos dos pés dentro das botas e se preparou para parecer interessada.

— Um dia... Sua voz lenta e monótona parecia mastigar quarenta vezes cada palavra antes de a cuspir. — Um dia, ele estava andando pela Rua Alta, quando de repente ele tossiu e uma grande fonte de sangue jorrou dele, *whoosh*, por toda a capa branca de uma bela senhora que passava. Ela estava encharcada de sangue, como um cordeiro no matadouro.

Ele parou e riu de sua própria piada. Ele já tinha obviamente

71

LORNA READ

contado sua história sangrenta muitas vezes e Lucy ficou presa, tremendo, mentalmente pedindo que ele chegasse ao fim e respondesse suas perguntas.

— Oh, ho-ho, certamente foi uma visão engraçada, o rosto dela todo verde, e as adoráveis roupas dela todas cobertas de...

Lucy tentou não ouvir.

— Quando o enterramos, ele estava branco como se não houvesse nem uma gota de sangue vermelho em suas veias. Ele estava todo cinza e fundo. Horrível.

Ele olhou para Lucy com um sorriso satisfeito, que prontamente se dissolveu quando ele percebeu que ela não estava prestes a gritar ou empalidecer como as outras senhoras a quem ele tinha contado sua história horrenda. Ele pegou seu pano novamente e começou a bater nas panelas ao redor.

— Ahem. — Lucy limpou a garganta de forma audível para recuperar a atenção dele. — Meus amigos. Onde eles estão?

Ele fez um gesto vago que parecia indicar que ela deveria sair pela porta e vivar à esquerda. As direções dele a levaram a um barracão de madeira grosseira ao lado da pousada. Havia algo sobre os barulhos profundos que vinham de dentro que lhe soavam muito familiar. Entrando pela porta, ela espreitou o interior sombrio e, quando seus olhos se acostumaram à escuridão, ela distinguiu as formas deitadas de vários homens, esparramados de formas descuidadas nos montes de palha que cobriam o chão áspero de terra.

Uma era Pat, sem dúvida; os roncos dele levaram os olhos dela diretamente para ele. O gigante estava deitado de costas, com a boca cavernosa aberta, e uma caneca de cerveja vazia ainda na mão. Curvado em posição fetal perto dele estava Smithy. Rory estava com eles?

Silenciosamente, mal ousando se mexer em caso de ela acordar alguém e provocar sua ira induzida pela cerveja, ela inspecionou cada figura. Um, que inicialmente ela pensou ser Rory por causa da camisa azul e do cabelo escuro, suspirou e se virou revelando ser um homem muito mais velho.

Aprisionada Pelo Conde

Talvez ele tivesse levado o cavalo para a Mansão Darwell. Só havia uma maneira de descobrir. Fazendo seu caminho até o campo atrás da pousada, onde eles tinham deixado os animais a cargo de um vigia, o estábulo era um prêmio em dia de feiras e com o inverno chegando, ela fez um balanço dos animais presentes.

Eles estavam todos lá, incluindo a égua castanha com o estômago falsamente inchado. O coração de Lucy deu um pequeno solavanco. Ela não tinha ideia de que horas eram e Philip Darwell não parecia o tipo de homem que devia ser mantido esperando.

Ela correu de volta para a pousada e perguntou a hora para o lavador de louças.

— Sete, senhorita — respondeu ele.

Ela sabia que o uso da palavra "senhorita" era um insulto deliberado, implicando que ela não era uma mulher casada respeitável ficando lá com o marido, mas uma prostituta que tinha sido escolhida e se passava por "esposa". No entanto, com tantos assuntos mais importantes em mente, ela não podia se dar ao luxo de entrar em uma discussão para defender sua virtude.

Ela decidiu ir direto ao ponto.

— Meu marido, Rory McDonnell, um jovem com barba e um brinco de ouro. Você o viu?

— Seu *marido*? — zombou o homem. Um olhar astuto passou por suas feições inchadas. — Não, não posso dizer que sim. Deve ter acordado cedo e saído para caminhar, depois de uma noite com uma moça quente como você!

Seu olhar malicioso fez o estômago de Lucy se agitar. Ela se viu xingando Rory por a forçar a levar o tipo de vida em que se esperava que ela se misturasse com escória como esse homem. Rory deveria estar aqui ao lado dela, defendendo-a, acertando a boca deste patife e o ensinando a se comportar na presença de mulheres.

E então ela se virou e o viu — e ele a viu. Os dois ficaram congelados como estátuas, ele aparentando culpa, ela

LORNA READ

aparentando horror, decepção e angústia. Ele estava saindo de um quarto atrás do bar, abotoando a camisa e ajustando as calças, enquanto a forma nua de uma garota gorda, com seios grandes e flácidos balançando como pedaços de massa crua, era claramente visível atrás dele.

Lucy tentou falar, mas sua garganta se fechou. Ela sentiu uma transpiração pegajosa irromper em seu rosto e mãos, e as pernas começaram a tremer. Ela ouviu a garota nua arfar e a viu empurrar Rory para fora do quarto para poder fechar a porta nos olhos acusadores de Lucy. Lentamente, como um homem em transe, Rory se aproximou dela, recusando-se a olhá-la. Então, sem dizer uma palavra, ele saiu correndo e tropeçando pela porta para a rua.

Por impulso, sem saber o que diria ou faria, Lucy correu atrás dele, ouvindo o riso do homem da panela atrás dela. Rory estava correndo cegamente, como um animal assustado, esbarrando em pessoas e as jogando de lado. Xingamentos soaram atrás dele, então pararam quando os transeuntes empurrados pararam para assistir à perseguição.

— Vá em frente, moça — você vai pegá-lo — riu um velho enquanto Lucy passava correndo, as saias enroladas na mão para evitar tropeçar.

Mas não adiantou. Rory foi rápido demais para ela. Ele desapareceu em uma rua lateral e ela ficou ofegante, encostada em uma parede, desejando poder morrer ali, naquela manhã fria de novembro, com mais nada no mundo pelo qual valesse a pena viver.

Por um tempo, ela ficou ali, com a cabeça baixa, soluçando, mas eventualmente a névoa úmida penetrou em suas roupas, deixando-a tremendo e a forçando a começar a caminhar para aquecer o corpo, embora cada passo parecesse um progresso inútil para lugar nenhum.

De repente, ela se lembrou do cavalo, e dos cinquenta guinéus a serem recebidos de Philip Darwell. *Ela* teria esse dinheiro! Rory a traiu, deixou-a sem casa e sem um tostão. Pat e

Aprisionada Pelo Conde

Smithy ficariam bem. Eles tinham os outros cavalos, e, apesar de nunca conseguirem uma quantia tão grande, pelo menos os permitiriam a continuar comendo e viajando. Era ela quem precisava desesperadamente, e certamente eles a perdoariam, se descobrisse o que aconteceu?

Enquanto voltava para a pousada, com os braços ao redor de si mesma para se aquecer, ela pensou em seus pais sentados ao redor da lareira — seu pai que, apesar de todas as falhas, era um homem inteligente e amoroso; sua mãe adorável e fraca; seu gato de estimação, Ha'penny; Imperador; o cheiro limpo e vibrante dos estábulos... Seu coração ansiava pela familiaridade nostálgica de tudo o que ela tinha deixado para trás.

O rosto de Rory surgiu em sua mente e, com um enorme esforço, ela afastou a visão dele. Ela tinha confiado nele, o amado, oferecido a ele toda a sua vida se ele quisesse, e ele tinha escolhido rejeitá-la da maneira mais vil, preferindo a companhia e o corpo sujo e vulgar de uma prostituta de taverna à sua.

Oh, se ao menos ela não estivesse presa a ele pelos laços do matrimônio! Ele a havia capturado, forçado sua vontade nela. Como ela podia ter sido tão ingênua a ponto de acreditar que ele a queria como uma companheira para toda a vida? Por que ele simplesmente não a tinha violentado e a deixado para vagar nos pântanos, sem sua inocência, mas com seu corpo, mente e coração ainda intactos e livres?

Parando para verificar se ainda conseguia ouvir os roncos estrondosos de Pat, Lucy abriu o portão para o campo e acenou para o jovem rapaz que vigiava os animais. Ele sabia que ela era do grupo que os havia deixado lá no dia anterior e ele ajudou-a a selar a castanha, esticando a cilha com dificuldade sobre a barriga inchada dela.

— Tem que montá-la suavemente, não é? — ele comentou, com um olhar conhecedor.

— Sim, eu vou fazer isso — ela murmurou, tão preocupada que mal sabia que tinha falado.

Sua mente estava em tumulto, no meio do qual apenas uma

coisa ficou clara: que ela deveria levar esse cavalo para a Mansão Darwell e coletar cinquenta guinéus. E depois? Com aquela grande quantia tinindo em sua bolsa, ela poderia ir a qualquer lugar, fazer qualquer coisa e ela começaria comprando seu próprio cavalo.

Dinheiro e cavalos... Era somente em torno disso que sua vida parecia girar. Era assim desde que ela era uma criança, desde que se lembrava. Dinheiro e cavalos, e os modos imprevisíveis e não confiáveis dos homens.

Ao segurar a rédea da égua, ela notou o brilho do seu anel de casamento improvisado. Um caroço grosso de lágrimas se juntou em sua garganta enquanto ela olhava o aro de ouro que uma vez tinha adornado a orelha de Rory. Eu uma onda de fúria, ela o arrancou do dedo e jogou no campo.

Quando ela levou a égua para a viela, ela viu o garoto procurando entre a grama. *Deixe que ele venda se quiser,* ela pensou, *é muito mais útil para ele do que para mim.* A aliança de ouro sempre pareceu temporária e sem sentido, como o casamento fingido que ela simbolizava. Agora ela tinha perdido os dois, mas não se sentia nem um pouco livre ou com o coração leve quando partiu na chuva em busca da Mansão Darwell.

10

Theodore, o nono Conde de Darwell, levantou a cabeça fracamente de seus travesseiros quando ouviu cascos batendo no pátio. Uma mão amarelada e magra, usando um pesado anel de ouro com o brasão da família gravado, mexeu no lençol, e depois alcançou vacilante em direção à corda do sino.

Ele puxou e o som soou no aposento dos criados, mas lembrando que agora a Mansão Darwell estava reduzida a um grupo de três, uma cozinheira, uma criada doméstica e um mordomo, todos ocupados cumprindo tarefas de pelo menos quinze pessoas, ninguém respondeu o chamado do velho.

— Negócio condenável — ele murmurou para si mesmo — condenável.

O que tornava as coisas piores é que ele sabia que era inteiramente culpa dele, e só dele, que a família Darwell estava reduzida a uma situação tão penosa. A morte de sua jovem esposa, muitos anos atrás, tinha tornado o que eram atividades prazerosas, que ele pouco participava, em um modo de vida. Beber e jogar eram os passatempos de vários cavalheiros com tempo livre, embora poucos fossem tão indulgentes como Theodore Darwell, que tinha permitido que tanto sua fortuna quanto sua saúde se esgotassem até que agora só restassem meros vestígios de qualquer um destes.

— Eleanor... oh, minha querida e bela Eleanor — murmurou o velho homem, deixando que seus olhos fracos se enchessem de lágrimas. — Você poderia ter sido um grande conforto para o seu marido moribundo.

— Bobagem, pai! — soou uma voz alegre. — Você não está morrendo. Bebendo demais, talvez, mas suas entranhas devem estar tão bem conservadas que eles o encontrarão em seu túmulo daqui a duzentos anos, parecendo como se você tivesse acabado de dormir.

Os lábios do velho se apertaram em petulância. A única coisa que ele não suportava era que alguém o lembrasse de sua própria mortalidade. Por que eles não o deixaram alcançar a única coisa que ele queria, que era deslizar para o passado e viver ao lado de suas memórias?

— Faça algo por mim, garoto. Traga-me minha cerveja.

Um suspiro profundo saiu de seu filho, Philip, que estava parado na porta. Ele olhou para seu pai com um olhar sério, mas indulgente, como se estivesse prestes a reclamar como uma criança travessa.

— Agora, pai, você ouviu o que seu médico disse. Não podem passar mais de dois copos por seus lábios em um dia e, pelo que sei, você já teve três. Quem você acha que é — Rei George?

— Ele pode ter o dinheiro para beber o dia todo e comer faisão e cisne a noite toda, mas devo lhe lembrar, querido pai, que nosso armário está vazio. Quando ouvi seu sino tocar, eu pensei, "Será que o pai achou um rubi no colchão? Uma reserva de dobrões nos painéis?" Então eu pensei, "Não tenho tanta sorte, ele apenas quer uma bebida".

Philip Darwell achou seu pai irritante e tolo. Ele o tinha amaldiçoado muitas vezes por perder o dinheiro da família, deixando-se enganar por bastardos como George Hardcastle de Rokeby Hall, que, Philip sabia por um fato, carregava sempre

Aprisionada Pelo Conde

um baralho marcado. No entanto, ele também sentia simpatia, triste pela vida solitária que Theodore tinha levado por tanto tempo, sofrendo tanto por ter perdido sua Eleanor que não conseguiu se casar novamente.

Philip fora educado por uma série de governantas e tutores, até que o conde decidiu que era menos dispendioso mandá-lo para o exército por um curto período. Ele logo se tornou um oficial da cavalaria popular e seu bom julgamento das pessoas levou a vários negócios astutos que trouxeram capital suficiente para comprar roupas, pagar os criados e comprar a amada cerveja de seu pai, embora não houvesse sobrado o suficiente para impedir que as paredes do seu assento ancestral de desmoronar.

Só que não era mais o seu assento ancestral. Não desde o último jogo de cartas de seu pai com Hardcastle, quando o conde fez sua última grande aposta, a Mansão Darwell, e a perdeu... para aquele trapaceiro, enganador e vigarista.

Philip se ofereceu para lutar em um duelo para reconquistar a escritura de sua casa, mas Hardcastle — gordo, de nariz roxo, bruto e covarde, que não tinha vestígios de sangue azul, mas tinha feito seu dinheiro na indústria do algodão, usando os habitantes locais como mão-de-obra escrava — havia recusado, citando um violento ataque de indigestão como desculpa. Indigestão! Philip gostaria de tê-lo espetado na barriga inchada com a ponta da espada para aliviar a pressão interna do velho saco de ar!

E quanto à sua filha com cara de cavalo... Philip apenas esperava que ele pudesse realizar o casamento com sucesso. Assim que o casamento trouxesse a Mansão Darwell de volta a suas mãos, Philip logo a ensinaria seu lugar, a arrogante e petulante. Mas por enquanto, ele se passaria pelo noivo charmoso, cheio de palavras gentis e doces. Mais tarde, depois que ele tivesse plantado um herdeiro em seu corpo pegajoso e voltasse para o seu regimento, haveria tempo de sobra para o amor.

Então Philip ouviu o barulho de cascos nas pedras. Olhando através de um painel de diamante distorcido na janela gradeada, ele distinguiu uma figura em um cavalo rechonchudo. Este era o momento que ele estava esperando. Pode haver muitas coisas injustas em sua vida, ele pensou, mas em algumas delas ele poderia fazer algo a respeito, e por júpiter ele os faria pagar por isso.

Desonestos e trapaceiros de qualquer tipo deviam sair do país ao invés de enfrentar Philip Darwell. Seria uma satisfação imensa ver a corda do carrasco mordendo seus pescoços.

Lucy pensou que nunca tinha visto um lugar que parecia tão negligenciado e desprovido de vida. No entanto, poderia ter sido uma casa bonita e graciosa, com trepadeiras floridas entrelaçadas nas paredes, tapeçarias ricas nas janelas e criados sorridentes à porta. Ali deveria ter risos de crianças, constantes visitas de senhoras e senhores da nobreza em carruagens elegantes, ao invés desse ar de tristeza silenciosa e negligência que escorria das calhas quebradas e peitoris apodrecidos.

Talvez ela tivesse chegado muito cedo e os ocupantes da Mansão ainda estivessem deitados. Como o jovem cavalheiro tinha dito no dia anterior, a grande casa era fácil de encontrar. Na verdade, teria sido difícil de não a ver, com suas torres cinzas apontando como dentes pontudos no meio das árvores que a cercavam, um trecho de majestade e mistério situado no belo pasto das Colinas Pendleton.

Tinha levado mais de uma hora para a preguiçosa égua castanha percorrer a longa encosta até a mansão. Lucy tinha esperado algum tipo de boas-vindas, mesmo que apenas do chefe dos estábulos. Certamente eles estavam esperando por ela? Ou Philip Darwell já tinha se arrependido de sua compra e se escondido nos recantos mais distantes de sua casa grandiosa?

Aprisionada Pelo Conde

Talvez o "negócio" dele o tenha mantido longe por mais tempo do que ele esperava. Após sua experiência mais recente, Lucy tinha sérias dúvidas sobre a natureza da ausência de qualquer homem da casa.

Ela não tinha intenção de deixar o cavalo sem receber o pagamento por ele. A nobreza, Lucy sabia bem, podia enganar tanto quanto qualquer homem comum, e pensar menos sobre isso. Não, ela esperaria; o dia todo, se necessário.

Era uma manhã fria e úmida e a garoa do amanhecer estava dando lugar a uma chuva constante e mais forte. A égua desgostou tanto quanto Lucy, e ficou com a cabeça caída e o rabo preso aos jarretes. Uma lembrança vívida de Philip Darwell veio à mente de Lucy, enquanto ela tremia em sua capa molhada. Aqueles olhos cinzentos, tão altivos e indiferentes, tinham uma ponta de interesse quando encontraram os de Lucy, e não era apenas uma apreciação física, mas algo mais intelectual, um tipo de reconhecimento, como se ele percebesse que Lucy era diferente de seus companheiros e de alguma forma superior.

Atrás de sua fachada aristocrática e autoritária, Lucy havia sentido gentileza e humor. Talvez fosse intuição, ou talvez ela só estivesse se enganando, mas ela tinha sentido que haviam algumas qualidades admiráveis no jovem intrépido, e era por isso que ela estava se sentindo tão culpada agora por lhe trazer um cavalo sem raça, um mero vira-lata, que nem estava prenhe.

Ela não estaria tentando tirar-lhe dinheiro sob falsos pretextos se não precisasse tanto. Sua natureza honesta a impelia a pedir desculpas, explicar e se recusar a vender o animal para ele, mesmo que isso significasse enfrentar a fúria dos outros quando ela voltasse.

No entanto, se esse fosse apenas um dia normal, ela não estaria sentada aqui agora, molhada, fria e confusa. Em vez disso, Pat ou Smithy teriam entregue a égua castanha e ela estaria de volta à pousada com Rory, fazendo os preparativos para seguir para o próximo destino. Rindo, brincando,

LORNA READ

aproveitando o fato de terem o quarto só para si, e fazendo amor.

Lucy sentiu uma pontada de emoção passar por ela como uma espada. Não haveria mais horas íntimas de riso e amor com seu marido. Tinha acabado. Rory se foi. Ele a decepcionara da pior maneira que um homem podia trair uma mulher, através de outra mulher.

Aquela vagabunda! Lucy pensou nela agora, o cabelo castanho despenteado, provavelmente sujo, os lábios carnudos e sensuais, a pele de banha de porco e as tetas caídas. Um animal estúpido, que só sente algo quando é trazido à vida por uma taça de vinho, uma moeda de ouro e um homem entre suas coxas frouxas. Ugh! Lucy desejava ter marcado aquele rosto comum e sem graça com suas unhas, arrancado os cabelos, machucado e a jogado nua na chuva e na neblina por se atrever a seduzir seu amado Rory.

No entanto, ela pensou, deliberadamente acalmando seus pensamentos, talvez não fosse totalmente culpa da garota. Talvez — não, não podia ser verdade, com certeza não seria? — talvez Rory tivesse se sentido atraído pela mulher imunda. Se fosse isso, então Lucy só poderia ficar feliz por ele ter partido, pois, como ela poderia suportar deixá-lo se aproximar de seu corpo novamente? E a tensão de sempre ter que observá-lo quando ele estivesse na companhia de outras mulheres, fossem belas damas ou moças comuns... Não, isso nunca teria funcionado. Ela teria sofrido anos de miséria.

A raiva provocada por suas reminiscências a fez desmontar, colocar as rédeas em um bloco de montaria para impedir que o animal vagueasse e caminhou pela lateral da casa até a grande porta de carvalho. Segurando a aldrava de ferro pesada, ela a ergueu e depois deixou cair com um baque forte na madeira decorada.

Quase imediatamente, como se alguém estivesse esperando por ela, a enorme estrutura de carvalho se abriu para revelar uma figura familiar parada lá dentro. Vestido em uma camisa

Aprisionada Pelo Conde

branca com babados, uma jaqueta verde sobre um colete cinza, calças creme e botas marrom bem polidas, Philip Darwell era um espetáculo para deixar o coração de qualquer donzela palpitando.

Lucy, em seu estado exausto, não estava com humor para ser impressionada. Desconfortavelmente ciente de seu estado molhado e enlameado, ela esperava que ele ao menos a convidasse para entrar e secar as roupas ensopadas à lareira e tomar uma bebida quente.

Mas não havia simpatia ou convite em seu rosto, apenas uma frieza insondável que não entendia, e quando ele falou, seu tom era como lascas de gelo.

— Suponho que você teve vergonha de vir direto para a porta. Eu observei você pela janela, sentada naquele cavalo miserável, tentando reunir coragem para me roubar.

— Eu... Eu n-não entendo — gaguejou Lucy.

O problema é que ela *entendia*. Então Darwell não era um tolo, afinal. Ele conhecia cavalos e agora ela ia sofrer por causa do conhecimento dele. Ela viu o brilho frio nos olhos dele mudar e se tornar decidido, e recuou, esperando poder montar na égua e partir antes que ele pudesse persegui-la.

Ela se virou, correu e pulou, e logo estava em cima da égua, mas Philip Darwell estava logo atrás dela. Agarrando a capa azul dela, ele puxou com força. Incapaz de manter o aperto na rédea, Lucy se viu caindo na direção dele. Ela chutou furiosamente, fazendo a égua se afastar em baixo dela. Por um segundo ela sentiu como se estivesse suspensa no ar, depois com um baque doloroso, bateu o quadril e o cotovelo nas pedras duras e escorregadias.

Antes que ela pudesse se levantar, Philip Darwell a pegou e arrastou em direção à porta aberta dos estábulos.

— Me solte, você ouviu? Tire suas mãos de mim, seu...

Todo o ar foi arrancado dela quando ele apoiou o pé atrás de seu tornozelo e a empurrou girando a um grande fardo de palha na parte de trás do estábulo escuro. Sem fôlego, Lucy levantou os braços para se defender quando Philip, com os olhos estreitos e cruéis, estendeu a mão para ela.

Naquele momento, a memória do espancamento que recebeu de seu pai na noite em que fugiu de casa voltou a ela com detalhes desconcertantes. Ela tinha lutado, mordido, arranhado e chutado, mas ainda assim foi dominada.

Talvez houvesse outra forma de lidar com esse tipo de situação — com calma racional e lógica fria. Philip não parecia o tipo de homem que era influenciado pelos pedidos ou lágrimas de uma mulher, mas talvez, se ela pudesse enfrentá-lo, ganhar seu respeito...

Ela olhou para ele e chamou sua atenção, para que seu movimento em direção a ela ficasse preso no ar.

— Eu entendo por que você está com raiva — ela disse.

Ela falava sério. Ela também teria ficado zangada na posição dele. Então ela fez uma pausa, pensando bastante. Se ele já sabia que tinha sido enganado e que égua não estava prenhe, ele deve ter sabido no momento em que fez a oferta pelo cavalo.

Ou alguém o informou mais tarde, Pat ou Smithy talvez, em troca por um presente financeiro de Philip por expor seu truque? Não, eles nunca fariam isso. Seria o fim de seu sustento se assim fizessem. Eles tinham que ser cuidadosos, especialmente quando tantos cavalos que manuseavam eram propriedades roubadas. Um homem podia ser enforcado por menos que isso.

Enforcada! Um tremor repentino tomou conta de Lucy quando ela olhou nos olhos de aço de Philip. Ele estava vindo em sua direção novamente. Ele agarrou seu braço, torcendo sua carne, fazendo-a chorar de dor.

O rosto dela deve ter mostrado o quanto ele a estava machucando, porque ele de repente sorriu e disse:

— Continue, sua ladrazinha, chore! Haverá tempo suficiente para lágrimas quando o carrasco a levar até a forca!

A boca de Lucy se abriu em descrença. O que ela fez? Ela era inocente de tudo. Não tinha sido ideia dela passar a égua como se fosse de raça e estivesse prenhe. Infelizmente, coube a ela

Aprisionada Pelo Conde

entregá-la, só isso. No entanto, enquanto pensava nisso, ela corou, lembrando-se do plano de manter os cinquenta guinéus de Philip para si mesma.

Ele a segurou na palha espinhenta, seus dedos enfiando cruelmente em seu antebraço. Lucy ficou parada. Não parecia ter sentido em gritar ou lutar. Não, a primeira ideia dela era melhor — argumentar com ele.

Mas ela teria que escolher suas palavras com muito cuidado, pois se falhasse em convencê-lo, ele poderia cumprir sua promessa de jogá-la na prisão, até que fosse levada perante o magistrado e sentenciada à morte por enforcamento. O perigo em que ela estava serviu para aguçar seu cérebro. Ela ouviria com muito cuidado o que ele diria, depois tentaria se opor a seus argumentos com lógica, se não com a verdade.

Ele começou a falar, lentamente, como se estivesse falando consigo.

— Ladrões, trapaceiros, vigaristas. Eles tiraram muito de mim.

Então, olhando para Lucy de uma forma que a assustou, ele falou diretamente com ela, com veneno em suas palavras.

— Eu tenho observado seu grupo. Tenho acompanhado seu progresso, sabe. Oh sim, você pode pensar que conseguiu disfarçar Silver Maiden, aquele cinza que desapareceu do pomar de Lady Pettigrew junho passado!

— Não tive nada a ver com isso — Lucy apontou calmamente, embora seu coração estivesse martelando em seu peito. — Eu não conhecia nenhum deles. Se você me deixar explicar...

— Segure sua língua, garota! — retrucou Philip, sacudindo-a.

— É seu azar ter ficado com eles e, para mim, vocês são todos maus. Você sabe a pena por roubar cavalos e enganar cidadãos honestos. Tenho minhas mãos em você agora, e você vai me levar aos outros. E então... Ele parou.

O coração de Lucy estava batendo tão forte que ela mal pode

ouvir suas últimas palavras, que ele falou de forma suave e sibilante, com um ar de triunfo presunçoso.

— E então terei uma grande satisfação em ver todos vocês serem enforcados juntos.

— *Não!* — A palavra saiu dos lábios de Lucy antes que pudesse evitar. De repente, a calma a deixou e ela se virou violentamente tentando escapar das garras determinadas de Philip.

Ao mesmo tempo, ela calculou o quão longe estavam as pernas dele, e deu um chute forte na canela esquerda dele. Mas as botas de montaria de couro de Philip eram de excelente qualidade, e ele reagiu não mais do que teria feito se uma borboleta tivesse pousado nele.

— Você ouviu o que eu disse, não ouviu? — Ele se aproximou tanto de Lucy que ela não tinha mais espaço para o atacar. — Pessoas como vocês são a escória da terra. Não merecem viver.

Raiva quente bateu na garganta de Lucy.

— Você pode ser filho de um conde, mas seus modos não são melhores do que as de um filho de açougueiro — disse ela, tentando combinar com o tom frio e cortante dele. — Eu exijo que você me solte agora e, além do mais, se desculpe pelo seu comportamento imperdoável com uma dama.

A gargalhada de Philip foi tão alta que, no extremo oposto do estábulo, houve um repentino bater de asas e uma coruja de celeiro branca enorme voou sobre suas cabeças e deslizou pela porta, fazendo Lucy gritar de terror quando sentiu o vento do seu voo agitando seu cabelo.

— Fingindo ser uma dama, não é, agora que a sombra da corda está em volta do seu pescoço? Vai se retratar, não é? Chamar um vigário e confessar seus pecados? Bem, talvez Deus perdoe você, mas eu não sou Deus e não tenho intenção de deixar você escapar impune por nem mais um momento por seu roubo e fraude.

— Estou tentando rastrear seu grupo em particular há muito tempo. Tem aquele imbecil enorme que finge ser da igreja.

Aprisionada Pelo Conde

— Mas ele *é*! — interveio Lucy com veemência.

Philip a ignorou.

— Aquele ratinho murcho com tuberculose, e aquele barbudo mulherengo.

O primeiro instinto de Lucy foi partir em defesa calorosa de Rory e dizer que ele era seu marido e um homem honrado. Então, os eventos daquela manhã voltaram e ela segurou a língua.

— E então há *você*, minha linda. — Ele prendeu o lábio superior atrás dos dentes como um cão prestes a atacar sua garganta.

Lucy se afastou dele. Ele ia ter um ataque? Ela ouvira dizer que os aristocratas costumavam ter ataques; algo a ver com consanguinidade, tinham lhe dito. Ou ele iria estrangulá-la ali, para salvá-la da agonia e humilhação pública do enforcamento?

Logo ficou óbvio para ela que ele não faria nenhum dos dois. Prendendo os braços dela atrás das costas, ele agarrou o fecho da capa dela e a soltou. A roupa encharcada caiu de seus ombros e Lucy se sentiu subitamente vulnerável, sabendo que não havia nada além de seu vestido frágil e suas roupas íntimas entre os olhos dele e sua pele nua.

Parecia terrivelmente com a situação em que ele esteve com Rory e seus companheiros, mas naquela ocasião ela foi salva pela intervenção de Rory — embora, agora ela refletisse, isso não tenha lhe feito muito bem.

Ela estava começando a aprender muito sobre os homens, a descobrir o que os motivava: dinheiro e sexo. Com ambos, seus instintos eram gananciosos e urgentes. Ela não era mais virgem, era verdade, mas ainda não tinha vontade de ser violada por ninguém, muito menos por um homem cruel que se recusava a deixá-la explicar suas circunstâncias e parecia ter a intenção de tomar não somente seu corpo, mas sua própria vida.

— Philip Darwell. — Ela tinha que tentar argumentar com ele novamente, apelar para sua melhor natureza, se ele tivesse uma. Era sua única arma. Se estupro era o que ele realmente tinha em

LORNA READ

mente, ele certamente estava tomando seu tempo, tocando os cordões que seguravam à frente de seu vestido.

Seu corpo tremeu repentinamente e a traiu. Ele realmente era muito bonito. Que pena não terem se conhecido em melhores circunstâncias.

— Se você é um cavalheiro e um ser humano inteligente e justo, pelo menos me deixe apresentar minhas circunstâncias antes de me entregar às autoridades. Eu não estava com aquele grupo de homens por vontade própria. Eu...

Suas palavras foram cortadas quando os lábios duros de Philip se fecharam nos dela. Ele estava brincando com ela, como um gato brinca com um rato; agora o jogo tinha acabado e a presa deveria ser devorada. A palha espinhosa arranhou as costas de Lucy quando ele agarrou o decote do vestido dela. Ele rasgou a costura lateral para que um de seus ombros fosse exposto.

Lucy chutou, se retorceu e ofegou. Apesar de seu melhor julgamento, a luta a estava excitando. O cheiro do suor fresco de Philip era como um afrodisíaco. Ela percebeu que o desejava. Até o cheiro do suor dele era como um afrodisíaco para ela. *O que há com você?* — ela se perguntou. Nenhuma mulher deveria se sentir assim quando um homem estivesse se forçando nela. Ela deveria estar procurando maneiras de o incapacitar, ao invés de estar com o corpo palpitando e derretido por ele.

De repente, houve um grito agudo vindo da direção da porta.

— Philip! O que está fazendo com essa garota? — A voz era feminina e parecia horrorizada e chorosa. Então houve o som de passos correndo pelo pátio.

— Rachel! Oh não — Rachel! Rachel, espere! — Philip soltou-a e correu.

Ela estava livre! Este milagre tinha acontecido afinal. Ela deveria ir agora. Sua mãe sempre disse que ela tinha um anjo da guarda e, pela primeira vez, Lucy achou que devia estar certa. Fazendo uma careta por causa da sensação úmida de sua capa

88

molhada, ela a colocou mais uma vez sobre os ombros e prendeu o fecho para esconder seu vestido rasgado.

Ela estava prestes a se esgueirar para fora do estábulo quando ouviu vozes se aproximando da porta. Eles estavam discutindo. Philip estava implorando e se desculpando, Rachel furiosa e implacável. Lucy se encolheu de volta nas sombras para ouvir.

— Não, Philip, eu não vou te perdoar! Seu traidor sem coração! Como pôde fazer isso comigo? Dois meses antes do nosso casamento, e eu pego você com... com uma rameira! — A voz dela quebrou em soluços e a de Philip assumiu.

— Rachel, meu querido amor, não é o que parece, eu juro. Há um bom motivo. Eu vou te dizer se você apenas ouvir. Não tem nada a ver com você, ou com amor. Não era nem uma fantasia passageira. Não é nada. Aquela garota — ela me enganou, roubou de mim. Ela tinha que ser punida, então...

— Uma ótima maneira de puni-la! O tom de Rachel era ácido. Lucy sentiu uma pontada de simpatia. Ela sabia exatamente como ela estava se sentindo.

— Minha doce querida, este foi um incidente infeliz e isolado.

A voz de Philip era lisonjeira e persuasiva e Lucy o odiou pelas tentativas de se livrar do problema. Ela quase sentiu vontade de sair em seu estado esfarrapado e machucado e mostrar a garota como seu precioso namorado tinha abusado de uma completa estranha, fazendo-a odiá-lo ainda mais.

Mas as próximas palavras de Rachel fizeram sua mente e simpatia girarem na direção oposta.

— Tal pai, tal filho — ela zombou. — Seu pai foi tolo o bastante para perder o dinheiro da sua família e sua bela casa para o meu pai, no virar de uma carta. E agora seu filho igualmente tolo, você, Philip Darwell — Lucy, de seu esconderijo no estábulo, podia imaginar Rachel apontando um dedo elegante para ele, — jogou fora sua única chance de recuperar parte de sua herança. Agora percebo que você nunca meu amou, embora uma vez estupidamente imaginei que você me amava.

— Mas Rachel...

— Não, sem desculpas. Você realmente acha que eu, Rachel Hardcastle, desejo casar com um ninguém sem dinheiro e com um título sem sentido, que corteja putas a cada momento que minhas costas estão viradas? Eu seria motivo de chacota em minha própria casa! Não quero ouvir sua explicação mentirosa.

— Não haverá perdão, nem de mim, nem do meu pai. Estou totalmente enojada com o que acabei de ser forçada a ver. Não quero seu título, nem quero você. Espero nunca mais pôr os olhos em você. Assim que seu pai morrer, a Mansão Darwell será minha, pois meu pai me deu de presente a escritura.

— Quanto ao que acontecerá com você, sem dúvida você pode encontrar alguma criadinha com um corpo vantajoso que ficará muito satisfeita em recebê-lo. Adeus, Philip.

Lucy ouviu o som dos cascos de um cavalo e arriscou um olhar para fora da porta do estábulo. Ela viu as costas rígidas vestida em veludo azul, e um cabelo claro e longo com um laço marrom, desaparecendo em cima de um ruão castrado, com Philip correndo atrás dela, chamando seu nome.

Esta, finalmente, era a oportunidade perfeita para que escapasse.

11

A culpa era dela. Ela devia ter corrido ao redor do estábulo e encontrado algum caminho para longe da mansão, mas hesitou. O que a impediu foi o conhecimento de que ela corria um perigo terrível, não apenas com Philip, mas também com Pat e Smithy.

Talvez, neste momento, eles estivessem descobrindo o roubo da égua e o desaparecimento dela e de Rory. Eles chegariam a conclusão errada, claro; eles assumiriam que ela e Rory tinham roubado a égua e fugido juntos.

A Mansão Darwell seria o primeiro lugar que eles pensariam em procurar, mas se viessem para cá, entrariam direto em uma armadilha. No entanto, ela não tinha como avisá-los, nem como explicar suas ações a eles. Philip esperava que ela o levasse diretamente aos membros restantes do grupo.

Se eles tivessem notado alguma coisa no dia anterior — aquele olhar que Philip lhe dera, por exemplo — ou se Rory o tivesse informado de suas suspeitas ciumentas, eles pensariam, naturalmente, que ela estava se juntando a Philip contra eles. Mas, se ela se recusasse a obedecer a Philip, a situação era igualmente ruim para ela. De qualquer lugar que olhasse, a perspectiva era igualmente sombria.

Agora era realmente tarde demais, pois ela viu a silhueta de Philip na porta, examinando as sombras em busca dela.

— Eu sei que você está aí. Devo pegar um lampião e encontrar você, ou será uma boa garota e se mostrará?

Ela estava imaginando coisas, ou a voz dele não estava tão séria como antes de seu encontro com Rachel? O tom de acusação fria parecia ter desaparecido.

Um rápido olhar ao redor mostrou a Lucy que não havia outra saída do estábulo. Ela estava em um beco sem saída, com nada além de uma fileira de caixas soltas entre ela e Philip. Dando um passo à frente, ela disse suavemente:

— Estou aqui.

Ele não fez nenhum movimento para se aproximar dela, então Lucy caminhou até ele, ainda segurando a capa firmemente em torno do seu vestido rasgado. Mais uma vez, sua intuição dizia que ela devia tentar argumentar com ele, apesar da maneira como ele a tinha abusado.

— Não pude deixar de ouvir o que aconteceu entre você e sua noiva. Eu sinto muito. Mas se você deixar uma mulher que você nem conhece dar a opinião dela, eu diria que foi o melhor. Ela não parece o tipo de garota que faria um homem muito feliz.

Pronto! Ela tentou o seu melhor para ser consoladora. Agora, ele suavizaria seus sentimentos por ela?

Para sua surpresa, Philip levantou um punho e bateu contra o arco da porta. Gotas de sangue brotaram ao longo dos nós de seus dedos, mas ele não fez nenhuma tentativa de esfregá-los ou chupá-los, simplesmente deixou sua mão ferida cair ao seu lado. Parecia haver algum tipo de conflito interno acontecendo dentro dele.

Pacientemente, Lucy esperou uma resposta ou uma ordem.

— Qual é seu nome? — Sua voz parecia vir de longe, como se ele estivesse falando em transe.

— Lucy, er, Swift. — Ela estava prestes a dizer "McDonnell", mas o pensamento de ser conhecida por esse nome fez seu

Aprisionada Pelo Conde

estômago revirar. Ela não queria mais nada com esse nome, ou com o homem que o usava.

Ele não comentou sobre a hesitação dela, apenas olhou para o chão coberto de palha e murmurou:

— É um desastre. Se eu a perdi, perdi tudo.

Lucy queria salientar que a culpa foi dele — que se ele ao menos a deixasse explicar, nada disso teria acontecido — mas de alguma forma conseguiu segurar a língua e dizer, o mais suavemente que pôde:

— Acho que havia mais em jogo do que simplesmente amor.

Philip levantou a cabeça e olhou para ela, como se a visse claramente pela primeira vez.

— Olhe, eu... isso é... — ele vacilou — Quero dizer que sinto muito pelo que fiz com você.

Suas palavras começaram a sair às pressas, tropeçando umas nas outras. Um leve rubor apareceu nas bochechas pálidas dele.

— Eu estava com muita raiva. Era verdade que eu tinha decidido acabar com o roubo de cavalos e o comércio ilegal que está acontecendo, mas eu não devia ter tratado você assim. Eu vi você apenas como uma ladra, não como mulher. Uma dama — ele se corrigiu.

— Suponho que se eu fosse homem, você teria me dado um bom esconderijo?

— Sim, é claro, embora eu não saiba que chance eu teria contra aquele seu gigante.

— E você realmente teria nos entregado às autoridades, e assistido enquanto fôssemos enforcados?

Ele ficou em silêncio, mordendo o lábio inferior, pensativo. Então ele levantou o queixo desafiadoramente e disse:

— Não posso mentir sobre isso. Sim, era essa minha intenção.

Sentindo que o momento perfeito tinha chegado, Lucy falou corajosamente.

— Gostaria que você soubesse que não entrei em um grupo de ladrões, trapaceiros, comerciantes de cavalos, ou como você quiser chamá-los, inteiramente por vontade própria.

— Eu estava cavalgando sozinha à noite, e estava em um lugar isolado quando fui capturada. Por várias razões, não consegui me afastar deles. Fui tanto vítima deles quanto agora sou sua.

Ela o encarou tão desafiadoramente quanto ele a encarou. Ela tentou não piscar ou deixar seu olhar vacilar enquanto seus olhos cinzas e inescrutáveis seguravam os dela.

Finalmente, ele interrompeu a disputa, desviou o olhar e disse, pensativo:

— Acho que acredito em você.

Lucy sentiu-se fraca de alívio. Então existia alguma esperança para ela. Talvez, se ele a deixasse contar a história completa, talvez houvesse alguma forma de ele a ajudar.

De repente, ele pareceu notar que estava chovendo, e entrou no abrigo do estábulo, ao lado de Lucy. Ele tentou ficar um pouco afastado dela, como se tentasse manter alguns pedaços de sua dignidade. Tomando o silêncio dele como incentivo para continuar, Lucy se viu explicando os eventos que levaram à sua captura no pântano.

Ela deliberadamente ocultou as informações sobre o suposto casamento que ela tinha sido forçada a se submeter. Uma voz interior estava pedindo para ela não revelar a Philip que ela era mercadoria suja. Em vez disso, ela deu a impressão que tinha permanecido com sua virtude, apesar dos constantes assédios de Rory, e que era alívio, o que tinha sentido naquela manhã ao descobri-lo com a garota na pousada.

Quando ela contou seu plano de roubar os cinquenta guinéus e usar para comprar um cavalo e ter onde ficar, ele soltou uma gargalhada.

— Sua garota boba. Você realmente acha que eu teria dado a você? Realmente pareci tão idiota assim ontem?

Lucy não se atreveu a dizer "Sim", então se contentou em dizer com tato, mas de forma enigmática:

— Eu tinha minhas dúvidas.

Philip franziu a testa.

— Posso ver que você está em considerável sofrimento e em apuros, garota. Ainda assim, embora sua situação me toque, sinto que não posso voltar atrás na promessa que fiz a mim mesmo de pôr um fim a todo esse negócio de vendas de cavalos.

— Ainda está em meu poder acabar não somente com os meios de subsistência, mas também a sua vida e de seus companheiros. Contudo, eu acredito, depois do que me contou, que você é uma vítima inocente das circunstâncias.

Lucy sentiu um enorme alívio, mas instintivamente sabia que haveria um preço a pagar. Philip Darwell obviamente não era um fraco e inútil de classe alta, seja o que for que Rachel tenha dito. Ela tinha uma ideia de que ele estava prestes a fazer algum tipo de barganha com ela. Significaria dar seu corpo a ele? Ela seria forçada a trair Pat, Smithy e Rory? O que ela teria que fazer em troca de ele poupar sua vida?

Mas a curiosidade de Lucy não seria satisfeita. Philip Darwell parecia não quere revelar o que estava em sua mente. Em vez disso, ele sorriu sombriamente.

— Venha comigo — disse ele, empurrando-a para fora dos estábulos e através do pátio. — Você vai ficar um tempo na Mansão Darwell.

12

A sala do térreo estava quase vazia. O tapete devia ter pelo menos cem anos, pensou Lucy, e as tábuas arranhadas do piso podiam ser vistas pelos buracos de traças. A cama e o armário de carvalho gigante em um canto eram decorados com um padrão de folhas e o mesmo brasão de família que Lucy notara acima da porta da frente da mansão. A casa inteira falava não de austeridade, mas de grandeza desbotada para uma pobreza distinta. Uma criada trouxe alguns troncos e acendeu o fogo, e Lucy sentiu seu tremor convulsivo começar a diminuir. A janela estava montada em dois pés de pedra cinza sólida e abria para uma varanda com vista para um trecho de um parque. Um dia, deve ter sido bonito, pois as árvores do lado de fora estavam alinhadas em fileiras retas que ladeavam uma ampla avenida, agora uma selva de galhos caídos e vegetação rasteira emaranhada. Através da chuva forte, Lucy viu um brilho de água além das árvores e alguns restos de estátuas antigas — ou eram apenas tocos de árvores cobertos de hera?

Um dia, ela pensou, belos senhores e senhoras devem ter passeado de braços dados naquela avenida, para relaxar junto às fontes enquanto músicos tocavam no gramado ao lado do

Aprisionada Pelo Conde

laranjal. Em sua mente, ela limpou as ervas daninhas e galhos mortos, arrancou as folhas caídas e o mato e restaurou a alvenaria caída aos pés das paredes.

Então, depois de arrumar o jardim, ela começou a revitalizar o coração da mansão em sua imaginação, cobrindo as paredes nuas com pinturas e tapeçarias, colocando uma mesa ornamental aqui, um vaso ali, acrescentaria tapetes, almofadas e brocados em cores ricas e brilhantes. Então ela a povoou, imaginando as conversas, as intrigas e romances, as roupa finas, a música doce e a, comida rica e deliciosa, comida adequada para o monarca George IV em pessoa.

Ela estava tão perdida em suas fantasias que não ouviu a criada entrar novamente no quarto e pulou quando sentiu o leve toque em seu cotovelo.

— Desculpe, senhorita. O jovem mestre disse que eu deveria lhe trazer roupas secas. Receio que não esteja muito na moda, mas então, veja bem, é um dos meus. Eu mesma o fiz, senhorita.

Lucy olhou para ela, e para o simples vestido cinza por cima do braço, uma camisa de algodão sob ele. A mulher tinha cerca de sessenta anos, um rosto fino e marcado por linhas, e cabelo grisalho preso em um coque. Ela parecia ter visto dias de fome, mas havia um ar de resignação contente nela e sua boca sorria com orgulho enquanto ela oferecia o vestido.

Lucy pegou a roupa e a examinou atentamente. Embora o material fosse simples lã caseira, a costura era tão fina que ficava quase invisível, as mangas encaixadas perfeitamente e a cintura tinha pregas macias que caíam por todo o comprimento da saia.

— É lindo.

Um sorriso iluminou o rosto da mulher, fazendo seus olhos castanhos dançarem. Era como acender uma lâmpada. Ela deve ter sido bonita, pensou Lucy.

— Terei orgulho em usá-lo.

— O jovem mestre disse que, depois de se vestir, você deveria se juntar a ele para almoçar no salão de banquetes. Eu vou lhe mostrar o caminho.

Lucy não resistiu a fazer uma pergunta.

— Você disse "o jovem mestre". Isso significa que o velho conde ainda está vivo?

— Sim, senhorita, embora ele esteja fraco. Hoje em dia ele nunca sai da cama. Matthew — esse é meu marido — cuida dele. Ele não fica perto de mulheres desde que sua senhora faleceu. Meu conselho para você é que fique no térreo desta casa e nunca se aventure no andar de cima onde ele e o jovem mestre dormem.

— Por quê?

— O conde é frágil. O choque de ver um estranho seria ruim para ele. Ele já foi um homem tão bom, mas a morte de sua esposa mudou tudo isso.

Os olhos da criada escureceram como se estivesse revivendo uma lembrança triste, então ela recuperou a compostura e começou a ajudar Lucy a remover suas roupas molhadas. Quando Lucy tirou a capa, revelando os rasgos no vestido, a mulher fez uma expressão de incredulidade e pediu a permissão de Lucy para consertar o dano, e Lucy assentiu de bom grado.

— Você vai ficar muito tempo, senhorita? — ela perguntou.

— Vou tentar terminar a costura hoje à noite, mas se Matthew insistir que não podemos gastar a vela, terei de continuar amanhã. Eu vou me levantar antes do amanhecer e...

Lucy cortou suas promessas ofegantes.

— Eu acho que ficarei aqui por um tempo, pelo menos alguns dias. Você terá tempo de sobra para terminar o trabalho. Estou muito agradecida.

O vestido era um pouco grande, mas pelo menos era quente, e Lucy estava agradecida. Ela lembrou que ainda estava usando a bugiganga que Rory tinha comprado para ela na feira. Ela sabia que deveria ter jogado no campo com o brinco, mas era a única peça de joia que ela possuía, por isso estava relutante em se separar dela. Não apenas isso, mas cada vez que a tocava, ela pensava com tristeza no quanto ela amara Rory naquela época.

Havia algumas memórias que nem mesmo o tratamento mais cruel poderia destruir.

Ela estava prestes a levantá-la de dentro do vestido e a colocar contra a lã cinza, para dar ao decote um toque de decoração, quando algo a parou. Ela estava na casa de um conde. Mesmo que ele e seu filho estivessem agora com uma situação financeira ruim, deve ter havido um tempo em que tiveram ouro e joias verdadeiras. Ela não queria ficar diante deles usando o tipo de bugiganga que uma criada de cozinha poderia ter usado. Embora ela não pudesse se igualar aos Darwell em linhagem, seu pai era mais rico que eles, e Lucy tinha um senso de bom gosto bem desenvolvido. Então o colar ficou escondido dentro de seu corpete.

Agora a criada estava escovando seu cabelo, tentando suavizar o emaranhado molhado. Lucy suportou a dor pacientemente enquanto a mulher enfrentava cada nó, sabendo muito bem que poderia fazê-lo muito mais rápido. Mas a criada era uma boa mulher e Lucy não desejava magoá-la ou roubar o orgulho do seu trabalho manual.

Enquanto seus cachos castanhos eram puxados para um lado e para o outro, Lucy perguntou curiosa:

— O que aconteceu com a mãe do jovem conde?

— Foi quando o bebê nasceu, senhorita. Ela perdeu muito sangue e morreu. O mestre nunca superou isso.

Havia um estranho controle em sua voz. Lucy se perguntou, mas descartou isso como imaginação.

— Se ele não tinha mãe, quem o criou? — ela perguntou.

— No início, havia a Condessa de Harringford, a irmã do conde. O conde estava no exterior em uma longa campanha e ela contratou uma ama-de-leite e levou Philip para sua própria casa por dois anos inteiros, até que o conde voltou e ela se viu grávida.

— Então o jovem mestre foi trazido de volta para cá e eu e Matthew fizemos o nosso melhor por ele. Ele pensava em mim como sua mãe, até que o conde o ouviu me chamando de mãe um dia e o proibiu. Ele tinha uma governanta e uma enfermeira, até que o conde começou a perder seu dinheiro e elas tiveram que ir embora. Mas estou falando demais.

Ela olhou para Lucy como se estivesse implorando por perdão, e confessou:

— Eu era uma grande tagarela quando era jovem. Matthew nunca conseguiu que eu parasse de falar. E agora, além de Cook, é tão raro que eu tenha chance conversar com outra mulher.

Ela parou, a mão voando para a boca.

— Eu imploro seu perdão, senhorita. Por tudo que sei, você também pode ser uma lady. O jovem mestre não me contou.

— Não se preocupe, er... — Lucy levantou uma sobrancelha indagadora.

A criada de cabelo grisalho rapidamente forneceu a informação:

— É Martha, senhorita. Sou a governanta, a criada e quase todo o resto, senhorita.

— Oh realmente, Martha. Me chame de "senhorita" se for preciso, mas eu preferiria ser chamada de Lucy. Ela gostara desta mulher, que poderia se tornar amiga e aliada dela. — Lamentavelmente, não sou uma lady, uma condessa ou mesmo uma duquesa — sou apenas Lucy Swift. — Não McDonnell. Definitivamente não isso.

O fogo secou o cabelo dela. Martha trouxe um espelho para ela e Lucy ficou satisfeita ao ver o rubor que o calor do fogo havia trazido para suas bochechas e o brilho em seus cabelos limpos. A tonalidade do vestido talvez fosse um pouco monótona, mas sua própria cor natural e vívida a superou. Ela agora se sentia pronta para enfrentar Philip e pediu a Martha que liderasse o caminho.

O corredor não era acarpetado e os passos de Lucy ecoaram até que, com suas botas pesadas, ela imaginou que soava com um exército inteiro em marcha. Ela contou a Martha e as duas riram, até que a criada colocou um dedo nos lábios e anunciou que elas estavam se aproximando do salão de banquetes.

Aprisionada Pelo Conde

Martha foi na frente e abriu uma porta. Lucy passou por ela e se viu de pé no topo de um lance de degraus de madeira que levava ao chão escassamente acarpetado de uma enorme sala retangular. Restos esfarrapados de bandeiras, junto com as cabeças de cervos com chifres magníficos, adornavam as paredes com painéis escuros e, em uma extremidade da sala havia uma longa janela de vitral com o agora familiar brasão da família. Abaixo dela, uma coleção de lanças antigas cruzadas em um padrão ordenado.

Enquanto olhava em volta, fascinada, ela sentiu seus olhos sendo atraídos para o centro da sala, onde uma enorme mesa de madeira com dois candelabros, suas velas acesas contra a penumbra do dia, dominava o chão. Dois lugares foram colocados, mas ninguém ainda estava sentado.

Na grande lareira, um imenso tronco rugia e crepitava, enviando fios de faíscas vermelhas subindo pela chaminé escura. Lucy ficou surpresa por não haver cheiro de umidade ou mofo no vasto salão e disse isso a Martha, que a informou que manter um fogo aceso no salão durante o inverno era uma das poucas extravagâncias de seu mestre.

Um leve rangido fez os olhos de Lucy examinarem a sala. Ela sentiu um movimento e o encontrou. A figura alta de Philip estava silenciosamente posicionada em uma porta no final do salão, logo ao lado da janela ornamental.

Enquanto ela observava, ele desceu um lance de escadas similar àquelas onde ela estava, parou em um dos lugares à mesa e acenou para ela. Sentindo-se inexplicavelmente nervosa, Lucy começou a descer as escadas.

Então a voz de Philip soou:

— Pare!

Lucy sentiu um rubor quente em suas bochechas quando sentiu os olhos dele a observando. Suas próximas palavras a fizeram ficar ainda mais vermelha.

— Esse vestido! Terrível! Simplesmente não combina com você. Martha! — A mulher curvada correu para o lado de Lucy.

— Você sabe onde estão as coisas da minha mãe. Encontre algo melhor para ela. Ela parece uma camponesa naquele seu trapo.

— Desculpe — sussurrou Lucy no ouvido de Martha, enquanto elas refaziam sua jornada pelo corredor. Ela estava furiosa com Philip, não apenas pela maneira como ele a fez se sentir insultada, como se ela fosse um objeto, talvez um móvel, que tivesse que combinar com ele, mas também por chatear a bondosa Martha. Ela viu o olhar ferido no rosto de Martha e se condoeu por ela. Por que Philip tinha que ser tão cruel?

Uma pontada de medo a visitou novamente. Se ele conseguia ser tão cruel com a mulher que o criou desde pequeno, o que ele poderia ter em mente para ela? A lembrança de seu comportamento no estábulo voltou e ela tremeu, mas depois se lembrou de como ele havia ficado diferente naqueles momentos em que baixara a guarda. Ele era um enigma, um homem completamente imprevisível, e ela estava, infelizmente, absolutamente à sua mercê.

De volta ao quarto, Lucy cedeu a uma onda fria de solidão, a primeira que ela experimentara desde que saíra de casa. Ela sentia falta da companhia alegre e amorosa de Rory. Sem dúvida, ele já estava em uma pousada de beira de estrada, se divertindo na companhia de uma puta. Lucy estremeceu e afastou o pensamento. Ela não pensaria nele impressionando outra com suas histórias, pressionando outro corpo com o dele. Uma onda de desejo excruciante e irritante a apunhalou ao pensar no corpo nu e viril de Rory.

Felizmente, naquele momento houve uma leve batida na porta e Martha entrou, carregando uma faixa de material azul que arrastava no chão. Quando a ergueu e sacudiu, Lucy ofegou com a magnificência do vestido antiquado, mas requintado, feito de seda reluzente e chamativa, coberta com renda de um tom mais claro, e trabalhado com miçangas e babados no corpete decotado.

— Não posso usar isso! — exclamou Lucy preocupada. Não era apenas muito grande e velho para ela, sendo mais adequado

Aprisionada Pelo Conde

a uma lady de pelo menos vinte e cinco anos, mas Lucy temia o efeito em Philip ao vê-la em um vestido que um dia agraciou sua mãe morta.

— Mas o Mestre Philip disse que eu deveria lhe dar...

— Não me importa o que Mestre Philip diz. Não vou usar esse vestido. Leve embora. Se ele insistir em me emprestar algo que pertencia à mãe dele, por favor, encontre algo mais simples e adequado. Posso estar jantando em uma casa grande, mas sou só uma garota comum, não uma duquesa viúva! E de qualquer forma — ela abaixou o tom confidenciou — prefiro mais usar seu vestido do que toda essa elegância.

Martha parecia pálida e ansiosa.

— Cook já está com a comida pronta e o jovem mestre tem um bom temperamento quando é estimulado. Você não precisa seguir meu conselho, mas estou dando com a melhor das intenções. Vista este e mantenha Mestre Philip feliz.

— Oh, tudo bem, seu eu preciso — suspirou Lucy cansada. Ela sentia muita fome e, se isso significasse deslizar para a mesa de almoço em um vestido de baile de vinte anos, então ela deslizaria, embora fosse se sentir totalmente ridícula.

Martha tinha aplicado um pouco de pó nos hematomas do seu pescoço para que eles não aparecessem mais. Lucy sabia que ela estava curiosa para saber como os ferimentos aconteceram, mas sentiu que, nesta fase de seu breve relacionamento, ela não poderia dizer que haviam sido infligidos pelo "jovem mestre" de Martha.

Quando Lucy desceu as escadas para o salão de banquetes pela segunda vez, sentiu o calor nos olhos de Philip quando a olharam de cima a baixo. Ela pegou o prato de cordeiro recém cozido, mas o som de alguém pigarreando atrás dela fez com que retirasse a mão.

— Permita-me senhorita. — Um homem com uniforme de criado pegou o prato da mão dela e, com maneiras impecáveis, passou a servir carne, legumes e molho para Philip e Lucy.

Inclinando a cabeça para seu mestre, o criado pediu

desculpas por não ter estado lá antes, pois tinha saído para cortar lenha. Lucy percebeu que esse devia ser o marido de Martha, Matthew, um homem de aparência agradável, com uma postura ereta, cabelo grisalho e um sorriso envolvente.

Philip o perdoou e explicou a Lucy que os criados eram poucos em sua casa devido às circunstâncias difíceis dos Darwell e que se esperava que cada um deles fizessem vários trabalhos. Então era por isso que os jardins pareciam tão abandonados, pensou Lucy. Com tantas funções a cumprir, Matthew teve que negligenciar algo, pois simplesmente não haviam horas suficientes no dia. De qualquer forma, seria necessária uma equipe inteira de jardineiros trabalhando em período integral para manter a propriedade bem cuidada.

— Eu percebi isso — respondeu ela — pelo que ouvi da conversa entre você e, er, Rachel.

Ela deu olhou de soslaio sobre a mesa. O cabelo de Philip estava brilhando à luz do fogo. Ele viu o olhar dela e comentou, de forma bastante amarga:

— Sim. Rachel. A garota com quem eu me casaria. — Ele suspirou profundamente. — É aí que você vai me ajudar.

Uma garfada com carne parou a caminho da boca de Lucy. Talvez ele quisesse que ela agisse como intermediária, levando mensagens e desculpas para Rachel e negociando entre eles. Infelizmente, ela não estava destinada a brincar de cupido, como a explicação de Philip revelou.

— Se você ouviu nossa conversa, provavelmente já percebeu o que aconteceu. Meu pai era, como Rachel apontou corretamente, extremamente tolo. Ele não tinha talento com cartas e podia ser facilmente enganado por pessoas sem escrúpulos como o pai de Rachel. Eu implorei para que ele parasse de jogar, mas ele não quis ouvir. Ele disse que jogar era seu único prazer na vida agora que minha mãe tinha morrido.

— Por que ele nunca se casou de novo? — perguntou Lucy, pensando que um homem com um título e uma mansão e todos os acessórios que o Conde de Darwell já tivera, teria sido um atrativo para qualquer jovem.

Philip suspirou e ela se perguntou se havia passado dos limites com sua pergunta, mas ele foi rápido em responder.

— Ele era dedicado à minha mãe, Lady Eleanor — explicou ele. — Ela era muito bonita, e dizem que também era gentil, bondosa e talentosa. Todos a amavam, como Martha lhe dirá.

— Meu pai se envolveu em um mundo solitário depois que ela morreu. Ele não pensou no futuro. Mesmo agora, sua mente mora no passado. Eu o ouvi falar com minha mãe como se ela estivesse lá com ele no quarto. É por isso que perder o dinheiro e a casa não significava nada para ele. Ele era um homem velho, destinado a morrer em breve. Ele não pensou em seu filho sendo deixado sem nada para herdar.

— A única coisa que não consigo entender é por que ele jogou com as joias de minha mãe. Eu teria pensado que elas teriam sido mais preciosas para ele do que o dinheiro ou a propriedade.

— Você ama Rachel?

Philip congelou no ato de se servir de outra batata, Matthew tendo saído da sala para buscar mais lenha.

Ele ficou em silêncio por alguns momentos, como se estivesse lutando com sua consciência, então finalmente respondeu:

— Não. Eu a admiro e respeito, mas não a amo. Ela é fria — *Assim como você*, pensou Lucy — e ela tem uma veia cruel e insensível como o pai. Eu já o vi chicotear um cachorro até a morte com um chicote de montada só porque ele tinha mastigado uma bota.

"Não, teria sido puramente um casamento de conveniência. Hardcastle quer desesperadamente um título para sua filha. Eu herdarei o de meu pai quando ele morrer, mas é quando Hardcastle tomará a Mansão Darwell. Ele gentilmente nos permitiu continuar morando aqui até que esse dia chegue.

"Eu quero manter essa casa. Eu a amo. Está na minha família

há trezentos anos, embora tenha sido remodelada várias vezes, e partes adicionadas aqui e ali."

Os olhos dele brilharam quando falou da casa, trazendo um calor à sua expressão que suavizou suas feições angulosas e o fez parecer mais novo e um pouco vulnerável. Lucy se lembrou de seu irmão Geoffrey, que tinha o mesmo tom de cabelo, embora seu rosto fosse mais redondo.

— Então, se casando com Rachel, você seria capaz de continuar morando aqui para sempre e ela teria ganho um título, agradando a todos. — As palavras de Lucy era uma declaração do fato e Philip assentiu. — Ao perder Rachel, você perdeu a Mansão Darwell.

Ela empurrou o prato para o lado, sentindo-se cheia. Philip também tinha parado de comer e estava olhando para Lucy como se tentasse decidir se devia ou não dizer alguma coisa. Seu estômago ficou tenso quando lembrou de que ela não era apenas sua convidada para o almoço, mas sua prisioneira.

Por um momento, ela se perguntou onde estava Rory, e se Pat e Smithy já tinham ido para a próxima cidade. Se ao menos ela pudesse enviar uma mensagem para eles, avisá-los. Talvez Martha...

Então Philip falou.

— Lucy Swift, você me impressionou como uma garota de coragem e espírito.

Lucy olhou para ele, assustada. Onde isso poderia estar levando?

— Depois que meu pai jogou seu último jogo de cartas contra Hardcastle, no qual ele perdeu a Mansão Darwell e foi forçado a entregar a escritura àquele velho saco de cerveja obsceno, fui a sala de leitura onde eles estavam jogando e achei — ele colocou a mão no bolso e tirou um objeto que parecia uma carta de baralho — isto.

Ele entregou a Lucy. Na sala escura, parecia como qualquer outro ás de paus com um padrão no verso.

Ela devolveu a Philip como uma expressão confusa.

Aprisionada Pelo Conde

— Não vejo nada de estranho nisso.

Ele levantou da e deu a volta na mesa, indo até Lucy.

— Aqui — disse ele, virando a carta. — Você tem que olhar com muita atenção, mas, apenas para esse desenho vermelho no canto... Você consegue ver?

O dedo indicador dele apontou para o local e Lucy inclinou a cabeça para examiná-lo. Lá, em um lado do padrão giratório, havia uma pequena marcação em um tom diferente de vermelho. Ela olhou para Philip, súbita compreensão em seus olhos.

— Você quer dizer...

— Sim. Cada uma das cartas dele são marcadas de alguma maneira. Eu visitei a casa dele desde então e dei uma boa olhada em cada um dos seus baralhos. Se você não souber o que procurar, não consegue ver, mas eu sabia o que procurar e foi isso o que eu encontrei. Estou surpreso que o velho enganador tenha escapado com isso por tanto tempo. No entanto, ele é esperto e garante que suas vitórias fenomenais sejam intercaladas com algumas perdas, para que seu sucesso possa, por um leve alongamento da imaginação, ser atribuído à sorte.

— Não há nada que você possa fazer? Quero dizer, não há ninguém a quem você possa expor esse truque?

Philip balançou a cabeça. Andando de um lado para o outro na frente do fogo, as mãos atrás das costas, ele parecia estar pensando em como responder.

— Este é um assunto particular — ele disse longamente. — Hardcastle tem muitos amigos influentes. Tudo o que quero é recuperar o que é meu por direito. E quero que você me ajude com isso.

— Como? — Lucy levantou da cadeira, segurando a borda da mesa. Uma pontada de ansiedade a atingiu e ela aumentou seu aperto na mesa. — O que você quer que eu faça?

Ele parou de caminhar. — Não vai ser fácil — disse ele, olhando para ela com atenção.

— Tem que ser mais fácil que a alternativa — Lucy murmurou secamente, imaginando-se na forca.

— Eu quero a escritura da casa de volta — ele anunciou abruptamente. Ele levantou o queixo e olhou para Lucy quase desafiadoramente, como se a desafiasse a se fazer de mulher fraca e choramingasse que era pedir demais dela.

Ele pareceu surpresa quando ela respondeu calmamente:

— E como você propõe que eu faça isso?

Philip pegou uma jarra de vinho de uma mesa lateral e encheu duas taças que estavam ao lado de seus pratos. Lucy estendeu a mão para a taça, mas puxou-a quando viu que Philip ainda não estava bebendo.

— Em resposta à sua pergunta — ele respondeu, seu rosto retomando sua habitual expressão severa que lembrou a Lucy mais uma vez de sua posição precária na casa dele — o que eu proponho é isso — que você pegue a posição de criada pessoal de Rachel Hardcastle, e então encontre uma maneira de roubar a escritura.

13

Se um batalhão de cavalaria montada tivesse, naquele momento, entrado com seus cavalos através da parede e no salão de banquetes, Lucy não poderia ter ficado mais chocada. Entrar na casa de alguém e pegar algo era uma coisa. Isso apelou bastante seu senso de ousadia. Mas o que ele estava propondo era, francamente, ultrajante e, ela sentiu, muito além do seu poder.

— Eu... uma criada? — Foi uma sugestão insultante, implicando que ele considerava que seu nascimento era humilde e, que essa posição era condizente com sua posição na vida. — Não posso... Eu não saberia como. — Ela mordeu o lábio com raiva.

— Não se esqueça, é isso ou sua vida — lembrou Philip.

Com suas palavras afiadas, a perspicácia de Lucy voltou.

— Você acha que talvez ela tenha visto o suficiente e possa me reconhecer?

— Estava escuro lá e além do mais, você estava lutando e seu cabelo estava por todo o seu rosto. A única coisa que ela teve uma boa visão foi das minhas costas.

— Como você sabe que ela precisa de uma criada pessoal?

Philip jogou a cabeça para trás e riu, mostrando até os dentes brancos.

— Rachel está sempre precisando de uma criada. Trabalhar para Rachel Hardcastle não é fácil. Os deveres são, para dizer o mínimo, árduos.

— Mas você não deve ficar por muito tempo. Se você sair depois de quatro semanas, você será apenas mais uma em uma longa sucessão de meninas que, incapazes de trabalhar para Rachel, fizeram exatamente a mesma coisa. A mãe de Rachel é uma mulher gentil; ela sempre lhes dá uma recomendação. Ela sabe muito bem como é a filha dela.

— Mas eu nunca fui uma criada antes. Como devo obter uma recomendação dizendo que sou uma criada boa, honesta e confiável? E se alguém ouviu falar do meu pai e reconhecer meu nome?

Quanto mais Lucy pensava sobre isso, e quanto mais lembrava dos tons imperiosos de Rachel, menos ela gostava da ideia. Quanto a roubar... De repente, ela lembrou do Imperador e foi forçada a admitir para si mesma que era capaz de roubar desde que sua consciência estivesse limpa.

— Deixe os arranjos para mim — disse Philip. — Tenho certeza que minha tia em Londres, Lady Clarence, fará o favor. Ela é de minha confiança e está completamente *a par* da situação.

— Supondo por um minuto que me seja dada a posição, o que acho muito improvável...

— Bobagem, eles estão desesperados por alguém — afirmou Philip.

— Como eu estava dizendo — continuou Lucy — supondo que eles me aceitem. E aí? Eu não tenho ideia de como a escritura se parece ou onde os papeis são mantidos, então como devo pegá-los?

Philip puxou sua cadeira da mesa e a carregou, colocando-a ao lado de Lucy.

Ele afastou os pratos, abriu um espaço e então, colocando o

Aprisionada Pelo Conde

dedo em seu vinho intocado, começou a desenhar no tampo da mesa o mapa do interior de Rokeby Hall.

— Aqui é a entrada e aqui, os corredores que levam à sala de visitas. A sala de jantar é aqui. Aqui a sala de leitura, e aqui, à direita da porta da sala de estudo, é a escada principal.

Lucy assentiu. Ela tinha uma boa memória visual e já estava se imaginava caminhando naquelas escadas, que seriam largas e curvas para permitir a passagem graciosa de um vestido de baile largo e esvoaçante. Ela se forçou a sair de sua fantasia quando Philip começou a desenhar um plano diferente.

— Agora, este é o mapa dos quartos no andar de cima. Os aposentos dos criados estão todos no final, bem aqui. Este garfo representa o corredor principal no primeiro andar. O quarto de Rachel é aqui.

Ele pegou um saleiro de prata e o colocou perto da borda da mesa. Lucy se perguntou quantas vezes ele tinha entrado naquele quarto — se a gelada Rachel o havia permitido, o que Lucy duvidava muito.

— Há um quarto de hóspedes vazio aqui, próximo ao de Rachel. Há o camarim e o quarto da mãe de Rachel, e aqui — ele derrubou uma nova gota de vinho no tampo da mesa — é o quarto principal onde George Hardcastle dorme. Seu camarim se conecta com o da esposa.

Sua manga tocou o braço dela enquanto ele fazia algumas adições ao seu diagrama. Ela estremeceu um pouco e não sabia ao certo o porquê. Philip pegou um lenço e limpou os traços. Mergulhando o dedo em sua taça mais uma vez, ele começou um novo desenho.

— Este é o quarto de Hardcastle. Cama aqui, cômoda aqui, mesa, porta que leva ao camarim aqui. Ele mantém a chave da mesa no baú de carvalho aqui perto da janela. Há uma pequena saliência dentro e a chave está nela.

— Como você sabe disso? — perguntou Lucy, pensativa. Philip apenas sorriu e continuou.

— Dentro da mesa, do lado direito, há uma pequena gaveta

com uma alça de latão. É aí que ele mantém a escritura, não somente de sua própria casa, mas de algumas casas de fazenda que ele possuí, uma propriedade em Londres e... ele fez uma pausa — da Mansão Darwell.

— E ele mantém essa gaveta trancada? — perguntou Lucy, pensando em como tudo parecia complicado.

— Infelizmente, sim. Ele sempre carregava a chave consigo, geralmente no bolso dentro do colete.

— Como eu devo me apossar disso? — Roubar uma chave de um baú era uma coisa, mas ter que ser uma batedora de carteiras exigia um truque que Lucy não possuía.

— Isso, minha querida, é um problema que você vai ter que resolver. Tudo o que posso fazer é colocar você na casa. Quando estiver lá, você vai ter que pensar em seu próprio plano para conseguir a chave e a escritura.

— E depois que eu lhe der a escritura, você vai me deixar sair desta casa como uma mulher livre? Depois de eu passar por tantos problemas por você, não quero pensar que você vai mudar de ideia e me entregar para ser enforcada!

Esse pensamento terrível acabara de lhe ocorrer, junto com a lembrança do lado frio da personalidade de Philip, que ela sabia nunca estar longe da superfície. Talvez ele não fosse confiável. Então ela sentiu um toque suave repentino em seu cabelo. Ela se encolheu com o susto e ele imediatamente retirou a mão como se estivesse em uma chama de vela escaldante.

— Perdoe-me — ele murmurou. — Esses cachos são tão tentadores, especialmente com a luz do fogo brilhando neles, transformando-os em chamas de cobre e esse azul se torna você.

Furiosa com o repentino desejo de ser beijada por ele, Lucy descartou o pensamento e fez uma careta. Ele não iria ganhá-la com palavras doces e poéticas.

— E eu suponho que meu corpo tenha lhe parecido tentador no estábulo esta manhã! — ela estourou.

Ela se arrependeu de suas palavras imediatamente quando viu a expressão que apareceu no rosto de Philip; aquele olhar

Aprisionada Pelo Conde

fechado, frio e desdenhoso que ela estava começando a conhecer bem.

Ele ficou de pé.

— Esta é uma transação comercial, Srta. Swift. Você cumpre o seu lado da barganha e eu cumprirei o meu. E se você falhar...

Deixando essa ameaça não dita ecoar pelo salão elevado, ele subiu a escada, bateu a porta e se foi, deixando Lucy sentada sozinha em suas roupas emprestadas, se perguntado o que deveria fazer agora.

Sua solidão durou apenas alguns segundos antes de Matthew aparecer, silenciosamente como sempre, e começar a recolher as louças. Lucy de repente lembrou-se da égua que ela tinha trazido naquela manhã e perguntou se Matthew sabia algo sobre isso.

— Ela está no estábulo, senhorita. Eu mesmo cuidei disso. Ela está prenhe?

Seus honestos olhos castanhos olharam para Lucy, fazendo-a se perguntar o quanto ele sabia. Decidindo que a honestidade era o melhor, ela balançou a cabeça.

— Achei que não. Do jeito que ela come, ela deve ficar cheia de ar. Eu tive um assim — oh, quase vinte anos atrás. Costumava inchar como uma mulher de nove meses. Você apertaria a sela, depois se arrependeria, porque meia hora depois, você encontraria sua sela deslizando em volta da barriga dela e você no chão!

Lucy juntou-se as risadas dele. Ela tinha visto a égua fazer exatamente esse truque com Rory. Ele tinha caído de costas com um estrondo em um monte de urtigas, em meio as gargalhadas de Pat e Smithy.

Ela se perguntou se Philip ia realmente tentar encontrá-los e expor suas trapaças. Talvez ele estivesse indo até Pendleton neste exato momento. Parte dela, o lado amargo e magoado, queria ver Rory sendo punido. Como qualquer homem merecia viver depois do que ele tinha feito? Mas não enforcado; isso era muito lento e cruel.

Matthew pigarreou. Ele havia terminado de arrumar a mesa e

LORNA READ

estava perguntando se ela queria ser escoltada para o quarto. Ela aceitou agradecida.

Era apenas o final da tarde, mas ela se sentia tonta e sonolenta, embora nem ela, nem Philip tivessem bebido o vinho. Será que ele tinha servido na intenção de brindar ao sucesso da missão dela? Se sim, as palavras apressadas dela tinham estragado o momento. Ela esperava que seu lampejo de temperamento não o tivesse convencido a mudar de ideia. Ela preferia se passar como criada e ladra do que perder a vida, mesmo que essa vida não parecesse mais valer a pena ser vivida.

L ucy acordou e encontrou Martha cuidando do fogo. Ela cochilara deitada na cama e seu lindo vestido estava amarrotado.

Martha olhou para ela com desaprovação.

— Se você estava planejando descansar, senhorita, deveria ter dito a Matthew para me pedir uma camisola — disse ela.

— Desculpe — respondeu Lucy. — Eu não pretendia. É só que... bem, eu tive uma experiência bastante ruim hoje mais cedo que me chateou bastante, e acho que devo estar bastante cansada.

Martha deu-lhe um olhar penetrante.

— Foi assim que você conseguiu esses machucados?

— Não. Bem, na verdade, eu tive duas experiências infelizes esta manhã...

Lucy de repente se perguntou o que Martha deveria pensar dela. Ela havia entrado naquela casa, uma completa estranha, esfarrapada como um funileiro, machucada como uma prostituta — e, pelo que Martha sabia, era exatamente isso que ela era. Talvez ela devesse explicar.

— Eu não sou o que você pensa que eu sou, Martha. Eu venho de uma boa família — ela começou.

— Eu nunca duvidei, Lucy. — Martha falou gentilmente. Ela

Aprisionada Pelo Conde

estendeu a mão e deu um tapinha na mão de Lucy. — Você é jovem o suficiente para ser minha filha, você sabe. Você não tem que me dizer nada, mas se quiser, verá que tenho um ouvido compreensivo.

Lucy fez um gesto para ela vir se sentar ao lado dela na cama. Martha obedeceu, e logo Lucy se viu contando tudo sobre sua vida em casa, sobre como ela tinha fugido e sido capturada pelos comerciantes de cavalos.

A única coisa que ela se viu incapaz de contar a Martha foi sobre seu casamento com Rory na charneca. Ela sentiu que a mulher mais velha seria incapaz de entender como ela tinha aceitado isso de bom grado, ou como se sentira atraída por Rory. Melhor deixá-la pensar nele como um vagabundo que a sequestrara e depois a traiu com outra mulher. Deixe que o ritual sagrado permaneça como seu segredo.

Como ela esperava, os olhos de Martha brilharam com fúria quando Lucy descreveu como tinha visto Rory saindo do quarto da prostituta da taverna.

— Você foi atrás dele? Foi assim que conseguiu essas marcas? — ela perguntou ansiosamente.

Lucy balançou a cabeça.

De repente, um olhar de entendimento surgiu nos olhos de Martha.

— Mestre Philip estava com raiva por causa da égua?

Lucy assentiu agradecida. Então eles sabiam. Isso pouparia muitas explicações constrangedoras.

— Não foi minha ideia vender aquele cavalo para ele. Não deveria ter sido meu trabalho entregá-lo, mas não havia mais ninguém.

— Mas você sabia que o cavalo não estava prenhe? — O olhar indagar de Martha era afiado.

— Sim — disse Lucy gentilmente — Eu sabia. Mas não havia nada que eu pudesse fazer — e, além disso, sem casa para onde voltar e sem Rory, eu precisava do dinheiro. — Ela deu um sorriso culpado.

LORNA READ

— Entendo. — Por um momento, Lucy pensou que Martha estava prestes a censurá-la. Ficou aliviada quando a criada pôs a mão em seu braço e disse: — Pobre coitada. Algo quebrou dentro de Lucy. Talvez fosse a gentileza de Martha, que a lembrou de sua própria mãe, ou seu tom de voz caloroso e compreensivo. Seja o que for, ela de repente se viu soluçando incontrolavelmente e se virando cegamente para Martha em busca de conforto. A mulher maternal passou os braços em volta de Lucy e a embalou, enquanto todo o sofrimento e choque que ela sofrera brotaram e saíram dela em uma série de soluços e lágrimas.

Quando não conseguiu mais chorar, Martha ofereceu-lhe um lenço e Lucy assoou o nariz com força e murmurou agradecimentos.

— Você fica aqui e descansa — ordenou Martha. — Vou buscar uma bebida refrescante na cozinha. — Lucy sorriu fracamente para ela e se recostou nos travesseiros. — Vou encontrar uma camisola para você também.

— E seria demais se eu pedisse emprestado aquele vestido novamente, o que você fez?

O prazer no rosto de Martha fez seu pedido realmente valer a pena.

Martha demorou bastante para voltar. Quando ela voltou, trazendo as roupas que prometera, ela informou a Lucy que o "jovem mestre" havia saído e que ela iria jantar sozinha naquela noite.

— Eu não poderia comer com você e Matthew? Eu gostaria disso — perguntou Lucy.

Mas Martha imediatamente rejeitou essa ideia, dizendo que se Philip descobrisse, ficaria com raiva.

— As paredes têm ouvido — ela adicionou de forma sombria e Lucy sentiu que era melhor não insistir no assunto, enquanto se perguntava o que ela queria dizer.

Então, usando o vestido quente e caseiro, ela comeu uma refeição modesta de frango, legumes e frutas em seu quarto,

116

Aprisionada Pelo Conde

preocupando-se o tempo todo com Philip. Ela sabia que não devia se importar com o destino de seus antigos companheiros, mas eles foram muito gentis com ela e não lhes desejava mal, nem mesmo a Rory.

Ela pediu a Martha algo para ler para passar o tempo e Martha confessou que, como ela própria não sabia ler, não sabia distinguir um livro de outro.

— Apenas me traga qualquer coisa — Lucy disse a ela, e Martha reapareceu depois de um tempo com um volume encadernado em couro que acabou sendo mais divertido, pois tratava de mitos e folclore local e tinha até um capítulo sobre bruxas, que muito interessava a Lucy.

Ela não tinha ideia de quanto tempo havia passado, mas as velas em seu quarto haviam queimado quando ela ouviu vozes vindo de algum lugar perto de sua porta. Ela reconheceu como as vozes de Philip e Matthew, mas, por mais que se esforçasse, não conseguia entender o que eles diziam. Pouco depois, ela apagou todas as velas menos uma, vestiu a camisola e se preparou para dormir.

Assim que ela se aconchegou embaixo das cobertas quentes, foi acordada por uma batida na porta. Ela prendeu a respiração, com medo de fazer algum som e procurou o castiçal mais próximo, caso precisasse bater na cabeça de um intruso.

As batidas começaram novamente e então, par seu horror, a porta começou a abrir lentamente. Lucy ofegou quando um fraco brilho espectral apareceu através da crescente abertura da porta. Ela pensou no livro que estava lendo antes, sobre fantasmas e velas de cadáveres e estava prestes a gritar.

Então ela ouviu uma voz chamando baixinho:

— Lucy? — e viu a figura alta de Philip pairando na porta com um lampião em sua mão. — Você está acordada? — acrescentou ele, no mesmo tom.

— Sim — disse Lucy, mais alto e mais firme do que pretendia, fazendo com que Philip começasse a balançar o lampião e a enviar sombras piscando pelo teto.

— Eu só queria informar que um mensageiro está nesse momento a caminho da minha tia em Londres. Ele deve retornar com a recomendação dentro de dez dias.

Por que ele a tinha perturbado à noite para contar isso? Poderia ter esperado até a manhã. Lucy sentiu a parte de trás do pescoço começar a se arrepiar com inquietação. Ele deve ter mais alguma coisa para lhe dizer, algo desagradável. As pessoas só eram tiradas de suas camas à noite para receber más notícias.

O pressentimento dela se mostrou correto.

— Eu também acho que você deveria saber — anunciou Philip formalmente — que seu velho amigo Rory McDonnell está morto.

14

Todos eles estavam sendo muito gentis com ela, Martha, Matthew e até Philip. Por três dias, Lucy não conseguiu se levantar e, quando ela o fez no quarto dia, Martha ficou inquieta ao redor dela, certificando-se de que ela estava aquecida e bebeu uma tigela de caldo nutritivo. Philip tinha ido vê-la várias vezes naquele terrível primeiro dia, mas ela ficara tão perdida em seu luto que não conseguia falar com ele e, depois de várias tentativas vãs de animá-la, ele saiu, talvez se sentindo impotente perante as lágrimas de uma mulher.

Não foi até o terceiro dia que Lucy se sentiu mais controlada para pedir que ele descrevesse as circunstâncias da morte de Rory. Ela se perguntou se o próprio Philip o tinha matado como parte de sua campanha para acabar com os desonestos, mas quando Philip contou sua história, ela sentiu que acreditava nele.

— Eu estava em Dudcott, fazendo negócios lá, quando ouvi uma terrível comoção vindo de uma pousada. Todos os habitantes da cidade se reuniram para ver o que estava acontecendo, e eu fui junto. Pude ouvir uma mulher gritando: — Assassinato, assassinato! — Então aquele seu gigante correu, com sangue em todo o seu casaco. Três homens estavam agarrados nele, tentando impedi-lo.

— Chamei alguns soldados que estavam comprando suprimentos, para ajudar a deter o gigante e eles largaram seus sacos de viagem e o fizeram parar, mas não sem ter que sacar suas espadas. Depois que ele foi preso, avancei pela multidão e entrei na pousada.

Lucy não tinha certeza se suportava ouvir a próxima parte da história. Pensar no homem que ela amara tão profundamente, morto, nem seus amigos puderam protegê-lo!

— O estalajadeiro estava curvado sobre a figura de um homem deitado no chão — continuou Philip. — Era o jovem barbudo que vi com você naquele dia em Pendleton, sem dúvida. Você realmente quer os detalhes? Eles não são muito agradáveis.

— Quero ouvir tudo — *tudo* — pressionou Lucy e sem pensar, adicionou: — Afinal, ele era meu marido.

— Seu, *o quê?* — As sobrancelhas de Philip se ergueram e ela desejou poder recuperar sua confissão tola e impulsiva. Ele a olhou e ela ficou em silêncio, com o coração martelando.

Um olhar dissimulado passou pelo rosto dele enquanto ele continuava.

— Ele estava esparramado no chão, como eu disse, e uma faca estava saindo de suas costas, uma faca de aparência incomum, com cabo de madeira entalhada.

— É do Pat! — Lucy vira essa faca muitas vezes durante as semanas que passara com o grupo. Ele a levava para todo lugar, não apenas por proteção, mas para cortar cordas de cabresto, tirar pedras dos cascos dos cavalos, até para espetar sua comida e comê-la. Mas certamente Pat não teria...

Philip respondeu à pergunta por ela.

— O estalajadeiro me disse que houve uma briga entre Rory McDonnell e o grandalhão.

— Pat — Lucy interrompeu. — Ele é quem você chama de gigante. Mas por que eles estavam brigando?

— Se você apenas me deixar continuar. Parece que o desentendimento foi por causa de um cavalo, pelo que entendi, era sobre aquele aborrecimento que você me trouxe. Pat acusou Rory de entregar a água conforme combinado e embolsar o dinheiro para si.

— Mas o rapaz que cuidava dos cavalos sabe que fui eu quem levou! Certamente ele teria contado a eles?

De repente, um pensamento terrível ocorreu a Lucy. Supondo que o garoto *tivesse* contado a Rory? Rory poderia ter se sentido culpado por seu comportamento anterior e mentido para Pat que fora ele quem pegara o cavalo. Rory pode ter morrido tentando protegê-la. Ela tinha praticamente o matado com as próprias mãos!

Ela sentiu o sangue sumir do rosto e o quarto começou a girar.

— Lucy? Lucy, você está bem? — Ele estava olhando para o rosto dela.

— Sim, estou bem — ela respondeu de forma inexpressiva. Como esse homem frio e arrogante podia entender como ela se sentia? Rory era tão cheio de vida e risos — e agora ele estava morto. Tudo por causa dela.

— O que vai acontecer agora? — ela sussurrou pelos lábios dormentes.

— Pat será enforcado por assassinato, espero eu. Ele já foi levado para a prisão em Manchester. Quanto ao seu cúmplice, Smithy... Bem, ele ainda tem os cavalos restantes, suponho, e pode continuar o negócio, se é que pode ser chamado assim, por conta própria, ou então ele pode unir forças com outros bandidos como ele. Embora, pelo que vi, ele não esteja com a melhor saúde.

— Não — concordou Lucy, se perguntando se o homenzinho frágil sobreviveria ao inverno.

Philip, com tato, deixou-a neste momento e, uma vez sozinha, Lucy afundou-se em um torpor de miséria, com a mão segurando o pequeno colar que Rory lhe dera como se fosse um

LORNA READ

talismã que pudesse apagar o passado e protegê-la dos
acontecimentos do presente. Se apenas...

N o quinto dia, Lucy se sentiu bem o suficiente para aceitar
o convite de Philip para percorrer a propriedade. Martha
trouxe uma amazona de um verde desbotado, outro item do
guarda-roupa da falecida Lady Eleanor, e emprestou a Lucy sua
própria capa, e assim, Lucy montou um caçador castanho de
Philip e eles partiram para cavalgar na propriedade.

O cavalo deu a Lucy uma cavalgada animada, empinando e
deslizando no ar gelado, ficando tímido toda vez que um
pássaro ou roedor se mexia nos arbustos. Várias vezes Philip
elogiou sua habilidade de montar, e o exercício, e o clima frio e
ventoso trouxeram um brilho ao seu rosto, que ela sabia que se
tornara ela. Ela gostou muito do passeio. Philip apontou os
pontos conhecidos que podiam ser vistos da colina e falou sobre
tudo que ele faria com o terreno se tivesse dinheiro suficiente.

Finalmente, eles pararam no lago ornamental e Lucy viu que
a impressão que ela teve naquele primeiro dia estava correta;
havia estátuas ao redor do lago, precisando muito de limpeza e
reparo. Ela adoraria fazer o trabalho sozinha e mencionou isso a
Philip, que apenas sorriu e disse que era trabalho para um
trabalhador que não se importasse em ficar imundo.

Os próximos dias foram passados de maneira semelhante,
cavalgando, conversando e jantando juntos à noite. Com tato,
Philip não mencionou Rory ou o assunto do casamento deles e,
gradualmente, sua tristeza diminuiu e ela se viu aproveitando a
companhia de Philip agora que ele baixara a guarda da fria
formalidade.

Em várias ocasiões, ela se pegou olhando para ele com
admiração. Ele era um homem bonito, elegante e de maneiras
muito inglesas, que era tão diferente da imagem indisciplinada
de Rory e da pele corada por passar muito tempo ao ar livre. Ele

122

Aprisionada Pelo Conde

era um companheiro divertido e espirituoso, e suas histórias sobre a sociedade londrina e suas experiências com a cavalaria a fizeram gargalhar e quase esquecer o recente luto e o tratamento cruel de Philip no primeiro encontro deles.

Era a noite, quando ela estava sozinha na cama, que a tristeza e a solidão a invadiam. Ela andava pelo que pareciam acres de espaço vazio, desejando que os braços fortes e quentes de Rory a abraçassem.

Às vezes, ela o imaginava deitado ao lado dela na escuridão. A mão dela traçava o contorno dele, seus lábios se moviam sem direção ao lugar onde os lábios dele deveriam estar e não encontravam nada, exceto um vazio inquietante. Então as lágrimas voltavam. Ela chorava até dormir e, na manhã seguinte, Martha secaria a umidade do travesseiro e as manchas do rosto de Lucy, e traria água morna onde ela colocaria essência de alecrim, para acalmar e limpar a pele de Lucy.

Uma manhã, ela acordou e encontrou uma estranha luz fria e branca no quarto. Abrindo as cortinas, encontrou o mundo coberto de neve. Um melro piava na árvore do lado de fora da janela, o único som em um universo morto e abafado. Então, *piando* um aviso áspero, o pássaro voou e Lucy ouviu vozes de homens lá embaixo.

Se vestindo rapidamente, caso a agitação a envolvesse, ela permaneceu em seu quarto até que Martha bateu trazendo o café da manhã — ovos frescos levemente mexidos, pão fresco e um copo de leite quente, que Lucy devorou vorazmente. Ela sempre parecia ter um apetite maior no inverno.

Depois de terminar a refeição, ela vagou pela casa. Todos os pensamentos de fugir já desapareceram, embora ela pudesse facilmente ter fugido. Mas isso significaria roubar outro cavalo e ir para quem sabe onde, para Manchester ou Liverpool talvez, sem dinheiro no bolso e com neve no chão. A Mansão Darwell estava começando a parecer como sua casa e cada dia mais ela estava dependendo da amizade de Martha e da companhia de Philip.

Ela parou na porta da biblioteca, de onde as vozes vinham, e estava prestes a passar quando a porta se abriu. Lucy se achatou contra a parede, meio escondida por um armário grande. Pelo espaço entre o armário e a parede com painéis, ela podia ver Philip acompanhando outro homem na direção do vasto corredor de mármore.

A porta da biblioteca foi deixada aberta e ela podia ver uma folha de papel sobre a mesa. Calculando que levaria alguns minutos até que Philip voltasse, ela entrou na sala e a pegou. A bela escrita que cobria a página em floreios de tinta preta era sua falsa recomendação da tia de Philip, que declarou que Lucy Skinner — Skinner? — tinha sido uma criada excelente e habilidosa.

Com o choque da morte de Rory e sua depressão dos últimos dias, mais o gosto crescente ainda que relutante por Philip e seus passeios juntos, Lucy tinha esquecido completamente do propósito para o qual estava sendo mantida na Mansão Darwell, e descobriu que não gostava nada de ter sido lembrada.

Passando os olhos rapidamente pela página, ela notou que o motivo de sua partida foi a incapacidade de se estabelecer em Londres, com Lucy sendo nascida e criada no interior. Contudo, como Lady Clarence tinha adicionado, ela era honesta e obediente, limpa e confiável e podiam confiar nela para cumprir suas tarefas com rapidez e diligência.

A recomendação era feita com um adorno tão elegante que Lucy se viu admirando a arte da lady e lamentando por não poder encontrá-la, pois ela parecia ser muito inteligente e possuir um vívido senso de humor.

Colocando a carta exatamente como encontrara, Lucy saiu da biblioteca e caminhou pelo corredor, pelo salão de banquetes e pelo salão de festas há muito negligenciado, com suas cortinas desbotadas e teias de aranha. Cheio de uma luz espectral refletida do chão cheio de neve do lado de fora, o salão de festas era um lugar assombrado por figuras incompletas, romances

Aprisionada Pelo Conde

inacabados e um formigamento no ar como a vibração de violinos não ouvidos.

Lucy sabia que era apenas sua imaginação trabalhando, mas adorava ficar no salão de festas, olhando para o parque por janelas enormes que ocupavam toda a extensão de uma parede e davam para uma varanda comprida e coberta da qual se podia descer por meio de degraus de pedra para o gramado inclinado abaixo.

Enquanto ela sonhava junto à janela, tremendo levemente no ar que estava tão frio que podia ver sua respiração flutuando diante dela, o som dos violinos imaginários em sua cabeça ficou mais alto. Cantarolando para si mesma, ela começou a mover seu corpo, deixando seus pés a carregarem em um ritmo de valsa no meio do chão empoeirado. Fechando os olhos, ela imaginou um parceiro a guiando, e ela mergulhou, balançou e girou até que fez um circuito completo da sala e se viu perto das janelas mais uma vez, onde parou, ofegando e se repreendendo por ser boba.

Ela ainda podia ouvir as cordas ecoando e tocando a melodia sonhadora e levemente melancólica e, sacudiu a cabeça para acordar, mas o som continuou. Era apenas um violino, não muitos, e ela não tinha ideia de onde a música vinha, mas a encheu de terror.

Lucy nunca tinha visto um fantasma, mas acreditava neles da mesma forma; e agora parecia que ela estava na companhia de uma sombra do passado. Ela não podia ver nada, mas a qualquer momento ela esperava que um homem de outro século se materializasse, vestindo roupas estranhas e antiquadas. Talvez fosse o próprio Demônio! O livro que ela tinha lido vários dias antes tinha mencionado que o Diabo às vezes anunciava sua aparição com o som de um violino.

Ela começou a tremer. O que ela faria se de repente se deparasse com uma visão satânica? Fazer o sinal da cruz? Recitar a Oração do Senhor?

Falando em voz alta, com toda a convicção que pôde reunir,

LORNA READ

Lucy começou as primeiras palavras: —Pai nosso, que estás no Céu...

Ela chegou até: — Seja feita tua vontade... — sua voz ficou mais trêmula a cada sílaba, quando as gargalhadas demoníacas soaram e ecoaram pela sala vazia. Ele estava aqui! O Demônio! A qualquer segundo agora, ela o veria, de olhos vermelhos e rabo bifurcado, e ele a arrastaria para seu poço subterrâneo sulfuroso para lhe fazer torturas terríveis!

Não! Ele não a pegaria. De repente, a vida voltou aos seus membros e, com um grito agudo, Lucy correu até a porta, rasgando dolorosamente as unhas em seus esforços para abrir a firme barreira entre o pesadelo e a segurança. Ela arranhou, empurrou e puxou com toda sua força, mas estava emperrada, ou trancada pelo outro lado, ou talvez mantida fechada por algum poder sobrenatural.

Quando percebeu que estava presa, afundou no chão, os olhos fixos de forma desafiadora, desejando que o que estivesse no quarto fosse embora e a deixasse em paz. Não havia nenhum som agora, exceto o barulho espasmódico das janelas, que eram golpeadas pelas rajadas de vento com neve, mas Lucy ainda estava lá, tensa e alerta.

E então ela ouviu; um rangido lento e abafado, seguido por outro, um pouco mais alto. Passos... mas de onde eles vinham? Uma névoa cinzenta se formou diante dos olhos de Lucy e a sala pareceu recuar e depois retomar em ondas de penumbra e clareza. Ainda assim, ela não podia ver ninguém e mesmo assim sentiu como se estivesse sendo observada, uma sensação desconfortável que fez seu couro cabeludo e os minúsculos pelos ao longo dos braços se arrepiarem como o pelo de um gato zangado.

Os passos pararam, e a sensação de ser observada ficou mais forte. O coração de Lucy estava batendo tão forte que ela podia ver os pequenos movimentos rítmicos do seu batimento no material trêmulo esticado em seu peito. Pelo canto do olho, ela vislumbrou um movimento. Um dos revestimentos de parede

Aprisionada Pelo Conde

desgastados flutuava como se fosse puxado — e um homem vestido de preto estava parado no centro do salão, observando-a!

Tudo o que ela vislumbrou antes que o barulho em seus ouvidos a dominasse como uma maré escura, era o contorno vago dele e o violino que ele segurava em uma mão.

Lentamente, atordoada, ela percebeu uma pressão quente contra seus lábios e testa. Então ouviu seu nome sendo chamado repetidamente.

— Lucy, acorde. Lucy Swift, você está bem? Por favor, acorde Lucy.

Ela não estava consciente de ter aberto as pálpebras, mas ela o fez e descobriu que estava olhando diretamente para os preocupados olhos cinzentos de Philip Darwell. Assim que ele viu que ela havia recuperado a consciência, um olhar de alívio tomou conta dele e ele colocou um braço sob o dela para ajudá-la a se levantar.

— Sinto muito — disse ele. — Eu realmente imploro seu perdão. Eu não tinha ideia de que você entraria nessa sala em particular e não tinha intenção de assustá-la.

— Eu — eu pensei que você fosse um fan-fantasma — gaguejou Lucy, tremendo com uma mistura de medo e frio.

— Aqui, deixe-me ajudá-la a chegar na sala de visitas. Martha pode pegar uma bebida para lhe aquecer e acalmar seus nervos.

A sala de visitas da Mansão Darwell já foi elegante e atraente. A sala, de proporções nobres como o resto da casa, ficava nos fundos e dava para um jardim de rosas requintadamente disposto que agora, como o resto de Lancashire, estava escondido por um cobertor de neve. Um fogo quente crepitava na lareira, e o calor do quentão que Matthew trouxera enviou fios de fogo que a queimavam até os dedos dos pés.

Ela agradeceu a Philip, e perguntou, por pura curiosidade:

— Você costuma passar tempo no salão de festas?

— Sim, na verdade. Eu amo a atmosfera lá. Anos atrás, quando meu pai ainda tinha dinheiro, tivemos momentos gloriosos. Aparentemente, quando minha mãe ainda era viva, os

LORNA READ

bailes da Mansão Darwell eram discutidos em todo o condado. Parentes vinham de Londres especialmente para participar.

— Meu pai continuou a tradição por um tempo após a morte de minha mãe, porque todos esperavam que isso ajudasse a afastar sua mente da dor — e acho que alguns esperavam que ele acharia uma segunda esposa entre as convidadas — mas quando eu tinha quatro ou cinco anos, o entretenimento em nossa casa diminuiu gradualmente, em parte devido à falta de dinheiro e em parte porque meu pai se cansou das intermináveis tentativas de casamento que estavam sendo feitas para ele. No entanto, acho que meu amor pela música remonta a esses momentos felizes.

— Você toca violino muito bem — disse Lucy, pensando consigo que ele conseguia expressar seus sentimentos muito melhor através das cordas bem afinadas do instrumento do que através de suas próprias cordas vocais. — Não pude ver você quando estava tocando. Onde você estava?

— Na próxima vez que entrar na sala, olhe para cima na direção mais afastada do teto. Você verá uma pequena galeria lá — "a galeria dos beijos", como costumávamos chamar, porque os casais se desviavam da pista de dança e realizavam seu cortejo sobre as cabeças de suas mães e pais e, às vezes, até de suas esposas e maridos.

— Há uma escada estreita que está escondida atrás da tapeçaria, ao lado do grande espelho com moldura dourada. Não é um lugar que você encontraria por acidente. Eu, é claro, sempre soube disso.

— Suponho que existem muitos túneis escondidos e esconderijos secretos em uma casa velha como esta? — Desde a infância, Lucy nutriu um sonho secreto na qual descobriria uma passagem e encontraria tesouros escondidos no final, mas, infelizmente, a fazenda dos Swifts, com apenas sessenta anos de idade, não teve essas surpresas.

— Sim, há uma ou duas — respondeu Philip, sorrindo com o repentino entusiasmo dela. — No entanto, acho que você não terá tempo para explorá-las. Recebi a recomendação de Lady Clarence hoje de manhã. Embora ela já tivesse visto por si mesmas, ela se encolheu por dentro. Isso significava que ele queria que ela saísse imediatamente? Ela não estava nem um pouco preparada e se sentiu triste por ter que terminar o que estava rapidamente se tornando uma existência muito agradável. Tudo parecia estar acontecendo rápido demais.

Philip já deve ter informado Martha da partida iminente de Lucy, porque a criada estava esperando em seu quarto com o vestido em que Lucy havia chegado, agora perfeitamente remendado. Estava embrulhado em um pequeno embrulho, do qual saía um pedaço de material marrom quer Lucy reconheceu — era a peça que Martha havia feito, a que Lucy tanto admirava.

— Martha! Eu não posso aceitar isso, não devo. Você colocou muito trabalho nisso, tanto amor — exclamou Lucy.

— É por isso que eu quero que você fique com ela, minha menina. Você precisará disso em Rokeby Hall. É uma casa fria, é o que dizem.

A ligeira piscadela da criada indicou que suas palavras tinham mais de um significado.

Sentindo uma onda de gratidão, Lucy a abraçou. — Oh Martha, querida Martha, você foi tão boa para mim todo o tempo que estive aqui. Eu realmente não quero ir embora nem um pouco!

— Então por que você precisa ir? O clima está péssimo. Deve ser algo muito importante para forçá-la a sair em tal dia. — A declaração simples da criada continha uma pergunta não dita.

— E é — Lucy disse a ela. — É algo que devo fazer pelo jovem mestre. Deve ser feito imediatamente.

— Entendo. Bem, espero que algo de bom aconteça, pois é um dia ruim para uma viagem.

Martha retomou sua agitação e resistiu à oferta de Lucy de vestir seu vestido velho e devolver o vestido de veludo de Lady Eleanor que estava usando.

— O jovem mestre disse que você deveria ficar com ele. Não queremos que a Senhorita Rachel olhando com desprezo daquele nariz esnobe dela, não é?

Martha mal precisava expressar sua óbvia antipatia pela ex-noiva de Philip. Como Martha conheceu Rachel, Lucy se aventurou a perguntar: — Como ela é?

— Seu rosto e figura superariam os dela em um bicorne. Ela é fria — fria como a neve lá fora e dura como uma ferradura de ferro. O jovem mestre teria as mãos cheias e um coração vazio se ele se casasse com aquela garota. Não tenho tempo para ninguém da equipe de Hardcastle, nem meu Matthew. Eles são maus e desonestos, sorrateiros como raposas num matagal. Tenha o mínimo possível de relação com eles, esse é o meu conselho.

Lucy desejava poder contar a Martha a verdade sobre sua missão em Rokeby Hall, mas ela se absteve por medo, caso Philip descobrisse que ela estava contando seus segredos para a criada, e em parte porque ela sabia que a mulher de bom coração ficaria horrorizada e chateada com o pensamento de ela ter que trabalhar para Rachel Hardcastle.

Quando finalmente entrou na carruagem conduzida por Matthew, que a levaria pelas ruas cobertas de neve até Rokeby Hall, Lucy se sentiu como uma mártir indo para a fogueira. Sua visão final da Mansão Darwell era de um imponente prédio cinza, com Philip de pé, pequenino contra a enorme porta, e o rosto ansioso de Martha olhando pela janela da biblioteca.

15

— Sua gatinha. Você fez isso de propósito! Rachel levou seu rosto para perto do de Lucy e havia um brilho louco e amarelado em seus olhos estreitos. De repente, a mão dela avançou e golpeou Lucy na bochecha. A força do golpe em si não doeu, mas o grande anel de esmeralda que Rachel estava usando a pegou na bochecha, tirando sangue, como Lucy descobriu quando ela levou a mão ao rosto ardente.

A garota tinha a mesma idade de Lucy e, se não fosse pela missão que ela tinha dado sua palavra que cumpriria (como ela poderia esquecer as palavras sombrias de Philip: — É isso ou sua vida?) Lucy teria a golpeado de volta. A garota era tão fria, deliberadamente rancorosa e cruel que Lucy se perguntou se ela estava possuída por um espírito maligno.

Ela estava lá a apenas três dias e já haviam sido os três dias mais longos e desagradáveis de toda a sua vida. Nada do que ela pudesse fazer estava certo aos olhos de Rachel. Assim que Lucy escovasse o cabelo dela em um esplendor dourado e o enrolado em cachos com ferros aquecidos, Rachel torceria seu pulso dolorosamente, como se tentasse fazê-la se queimar nas pinças quentes, depois passava os dedos pelas mechas, desfazendo todo o trabalho cuidadoso de Lucy e insistindo que era exatamente o oposto do que ela queria.

Era a mesma coisa com as roupas.

— Traga-me meu vestido verde — ela ordenaria imperiosamente. Lucy ia obedientemente até o armário e trazia para Rachel a roupa pedida, e depois ela puxava o vestido das mãos de Lucy, o jogava no chão como uma criança birrenta e zangada: — Não esse, estúpida, o azul pavão.

— Mas você disse... Lucy logo aprendeu a não usar essas palavras ou, na verdade, a não discutir com Rachel de qualquer maneira. Pois, discordar da garota de olhos azuis, resultaria em uma reprimenda, ou até um castigo físico doloroso; Rachel não estava acima de pegar um chicote e atacar Lucy furiosamente pelo menor erro.

Lucy olhou para os dedos ensanguentados. Ela não tinha temperamento para suportar muito desse tipo de tratamento, mas... *é isso ou minha vida!*

Engolindo as palavras de reprovação, Lucy pegou a escova de cabelo que havia deixado cair quando Rachel a atingiu e recomeçou a arrumar o cabelo de sua odiada senhora. Como ela a odiava! Quanto mais perto o Natal chegava, mais irritada, Rachel parecia ficar. A véspera de Natal era em três dias e naquele noite um grande baile seria realizado em Rokeby Hall, para qual a pequena nobreza de muitas cidades e vilarejos vizinhos foram convidados.

Tanto quanto Lucy pôde descobrir, a principal coisa que estava atacando a mente egoísta de Rachel era o clima invernal, que impedia os melhores jovens e amantes da moda viessem de Londres e passassem a temporada festiva no Rokeby Hall. Ela não fez nada além de gemer desde que a neve havia chegado, e Lucy temia ter que passar a época mais preciosa do ano, o Natal, em sua companhia desagradável.

Enquanto ela escovava — o mais gentilmente possível para

Aprisionada Pelo Conde

que Rachel não pudesse acusá-la novamente de puxar seu cabelo — Lucy pensou em sua mãe, sozinha e sem ninguém exceto o pai de Lucy para preparar o ganso de Natal. Até ele provavelmente ficaria bêbado e seria ingrato. Pela primeira vez desde que saiu de casa, três meses antes, Lucy sentiu uma pontada aguda de saudade de casa e o cabelo dourado de Rachel desfocou em uma névoa diante de seus olhos enquanto pensava na tristeza e solidão que deveriam estar preenchendo o coração de sua mãe.

Primeiro seu irmão Geoffrey, e agora ela. Como sua mãe poderia suportar isso? Talvez ela estivesse doente, ansiando por seus dois filhos desaparecidos. Lucy desejava de todo o coração poder bater naquela porta familiar no dia de Natal e trazer um brilho de felicidade aos traços desgastados de sua mãe.

— Vadia! Eu te disse para não fazer isso! — O cotovelo de Rachel disparou e acertou Lucy com força na barriga.

Ela sentiu que iria avançar e estrangular a garota se ela continuasse assim. Não é de admirar que todas as outras criadas de Rachel tivesse pedido demissão, ou fugido. Lucy esperava que tivessem encontrado melhores posições com senhoras mais gentis. Pelo menos elas eram criadas treinadas adequadamente. O que ela deveria fazer, sem casa para onde ir e nada além de uma recomendação forjada em seu nome?

Quando finalmente caiu em sua cama estreita e dura naquela noite, Lucy sentiu-se fraca e tonta de exaustão. Não contente apenas em atacá-la e insultá-la, Rachel tinha em um acesso de raiva, jogado um pequeno vaso de vidro pelo quarto. Ele acertou a parede, esmagou-se em pedacinhos e Lucy foi obrigada a se ajoelhar e pegar cada casco de vidro para que Rachel não cortasse os pés ao andar pelo quarto.

Lucy, no entanto, cortou o dedo dolorosamente, e Rachel riu e a provocou. Ela desejava poder pôr as mãos na preciosa escritura de Philip para que pudesse se afastar da tirania de Rachel em direção à liberdade, mas Hardcastle, com a chave vital no bolso,

LORNA READ

estava viajando a negócios em Manchester e não era esperado em casa até a véspera de Natal.

Lucy ainda não tinha posto os olhos no pai de Rachel, mas falara brevemente com a mãe dela, tendo a encontrado primeiro quando foi entrevistada para o cargo de criada pessoal. Lucy ficou impressionada com ela. Ela era uma mulher pequena e cabelo escuro, delicada como uma boneca, totalmente diferente da filha loira e esquisita que, Lucy supôs, deve ter puxado ao pai.

Harriet Hardcastle tinha uma voz fina e prateada que estava em perfeita harmonia com sua aparência delicada.

— Então você é Lucy. Lady Clarence fala muito bem de você. Ela me enviou uma carta para dizer que estava lhe dando uma boa referência, e sua recomendação certamente é boa o suficiente para mim. Espero que você se estabeleça bem conosco e participe das festividades de Natal que sempre proporcionamos aos criados. Maud lhe mostrará seu quarto, que você compartilhará com Daisy, a cozinheira assistente.

Ela dera um sorriso encantador a Lucy e a passara para Maud que, Lucy imaginou, tinha cerca de trinta anos, com um rosto, figura e olhos castanhos amáveis.

Por sua vez, Maud apresentou Lucy a sua colega de quarto, Daisy, que era corpulenta, com cabelo oleoso e manchado e possuía um ronco igual ao de Pat, então Lucy só dia ter breves momentos de sono antes de ser acordada por mais um estrondo gigantesco. Daisy era exigente e resmungona — e também, Lucy descobriu, tinha um gosto pela garrafa, que sem dúvida era responsável pelo excesso de peso e pelos vapores de cerveja que pairavam pesadamente no ar do quarto todas as noites.

De repente, ela foi exposta ao ar frio da noite, quando Daisy se virou na cama como um grande solavanco e um arroto alto, levando todas as cobertas com ela. Ela suspirou resignada e pegou a coberta que estava caída sobre o monte de cobertores de Daisy e se enrolou nela com firmeza. Antes de cair num sono

Aprisionada Pelo Conde

sem sonhos, ela fez uma oração silenciosa para que, durante o período festivo, uma oportunidade se apresentasse para conseguir a escritura e libertar-se da escravidão de Rachel e de sua obrigação com Philip.

N o dia seguinte, Maud adoeceu com um forte resfriado e febre. Harriet Hardcastle declarou que não suportava tê-la por perto, não apenas por causa de seus olhos vermelhos feios e do nariz escorrendo, mas também porque tinha medo de pegar a doença. Então Lucy foi convocada ao amanhecer para atendê-la.

Quando Rachel descobriu que Lucy não estava disponível para receber suas ordens e tormentos naquele dia, ela entrou no quarto de sua mãe e reclamou:

— Realmente, mãe, acho que e isso é muito egoísta da sua parte. Preciso de Lucy mais do que você.

Então, percebendo que sua mãe não estava nem um pouco impressionada com a demonstração de seu temperamento, sua personalidade astuta passou por uma mudança surpreendente de criança mimada para persuasiva.

— Eu quero encontrar outro namorado em breve. Querida mãe, eu sei que você quer que eu consiga um bom casamento. Papai me disse que ele poderia estar trazendo Lorde Emmett de volta de Londres com ele. Você sabe o quanto gostei dele quando ele nos visitou no último Natal, só que ele estava noivo daquela horrível Cecilia Monotony, ou qualquer que fosse o nome dela.

— Condessa Monatova — disse sua mãe gentilmente. — Uma garota muito encantadora, se me lembro bem, mesmo que o inglês dela não fosse perfeito.

— Não gostei dela — continuou Rachel, apertando os lábios.

Se Lucy conhecesse a Sra. Hardcastle melhor, ela teria lhe dado um olhar de simpatia, porque tinha certeza de que a mãe de Rachel achava sua filha única uma provação às vezes. No entanto, sentindo-se insegura, manteve os olhos modestamente em sua tarefa de procurar um brinco de granada desaparecido em uma das caixas de joias transbordantes de Harriet.

— Eu nunca me importei com Philip Darwell, de qualquer maneira. — A tentativa de Rachel de contornar a mãe com conversas amorosas obviamente fora abandonada. — Ele não tem dinheiro, e de que serve um título vazio? Também nunca quis viver naquele mausoléu em ruínas que é a Mansão Darwell. É como uma... uma... A fraca imaginação de Rachel procurou uma analogia e não conseguiu encontrar uma.

Entusiasmada com o assunto de Philip, Rachel continuou a expressar seus sentimentos sobre a maneira como Philip Darwell a tratara. — Encontrando-o no estábulo com aquela — puta barata! Que vergonha!

Lucy sentiu o rosto começar a queimar. Quanto Rachel tinha visto? Se ela se empenhasse, será que encontraria algo familiar em Lucy, algo que a ligasse a esse incidente em particular?

— Eu nunca fui tratada tão grosseiramente — continuou Rachel. — Não era apenas o simples fato de ele estar sendo infiel comigo, mas ela não era nem uma mulher de qualidade! Pude ver isso pelo vestido e pelo cavalo velho que ela tinha como montaria.

Uma fagulha ardente de ódio explodiu no coração de Lucy.

— Mas Rachel querida, ele não estava esperando você. Afinal, homens são homens — protestou sua mãe suavemente, dando a impressão de que ela havia gostado e ficado ao lado de Philip.

— Esse não é o tipo de homem que eu quero — respondeu Rachel, com um movimento zangado. — Quero alguém que não consiga pensar em outra mulher além de mim!

Lucy tinha encontrado o brinco que faltava, mas estava demorando em anunciar o fato para ouvir qualquer outra coisa que Rachel tivesse a dizer sobre Philip. Não que ela se importasse, ela disse a si mesma, mas era, afinal, muito

Aprisionada Pelo Conde

fascinante ouvir fofocas sobre alguém que conhecia — além dos fato de que os comentários de Rachel adicionaram ainda mais combustível ao ódio de Lucy pela menina mimada e maldosa que continuava a enaltecer as próprias virtudes.

— Quero um homem que me adore, que me ame e me dê tudo o que quero e mereço. Quero que ele fique completamente satisfeito comigo, para que não precise procurar outra mulher. Essa é a única razão pela qual eles fazem isso, você sabe, mãe — anunciou Rachel, encarando Harriet com um olhar penetrante. — Olhe para o pai, por exemplo.

— Rachel! Cuidado com a língua. — Para uma mulher de aparência tão frágil, Harriet podia, quando provocada, produzir um tom de voz agudo e cortante.

— É o que eu penso, então vou dizer. Se você não tivesse parado de dividir a cama do pai há tantos anos, ele não teria necessidade de galopar para Londres e Manchester e todos esses outros lugares para onde ele vai.

— São negócios, Rachel, puramente negócios.

— É isso que ele diz a *você!* — retorquiu Rachel com impudência, não deixando sua mãe se meter. — Eu sei tudo sobre Susan em Liverpool, Ellen em St. Albans, Ettie em Convent Garden...

Lucy observou o rosto de Harriet empalidecer até ficar branco e depois corar com uma maré vermelha de fúria. — Rachel! Acabe com essas calúnias venenosas de uma vez! Se você fosse mais jovem, eu a enviaria para seu pai para uma boa chicotada!

— Eu ficaria satisfeita se você mantivesse suas ideias fantásticas para si mesma e evitasse falar delas na minha frente ou de meus criados. Vá para o seu quarto. — O corpo esguio de Harriet tremia de raiva e choque nervoso.

— Eu vi as cartas, os presentes, as contas, todos estão entre os papeis dele. Você pode ir ver também, mãe. *"Para minha querida Ellen, cem libras em pagamento pela generosidade de seu coração quente".* — Vi isso anotado em seu registro, e muito mais. Vá e olhe, vá e olhe!

A voz estridente e irritada de Rachel aumentou para um crescendo e ela girou triunfantemente pelo quarto de sua mãe enquanto Harriet segurava o encosto de uma cadeira, parecendo estar perto de ter um colapso. Na porta, Rachel parou, olhou com expectativa para Lucy e ordenou:

— Você! Venha comigo imediatamente e arrume meu cabelo.

— Sinto muito, estou sob as ordens da Senhora Hardcastle hoje. Não sou livre para atendê-la, a menos que ela me dê permissão — disse Lucy, educada, mas firmemente, esperando que seu tom de voz desse a Harriet coragem e que ela soubesse que tinha uma aliada.

Pareceu funcionar, pois Harriet se retirou para a penteadeira, pegou o brinco que Lucy estava oferecendo e informou sua filha que isso estava correto e que ela enviaria Lucy mais tarde se pudesse dispensá-la.

Rachel lançou um olhar tão venenoso para Lucy que ela quase se encolheu. Se Rachel fosse uma das bruxas de Pendle, Lucy estava convencida de que teria morrido ali por causa do olhar perfurante.

Ela a ignorou, no entanto, e passou a fixar os brincos nas orelhas minúsculas e quase translúcidas de Harriet. Quando ela olhou para cima, Rachel tinha ido embora.

— Obrigada, Lucy — disse Harriet.

A observação poderia ter sido relacionada à descoberta do brinco que faltava, mas Lucy pensou ter detectado algo extra, talvez gratidão por ajudar a lhe dar forças para enfrentar sua filha perversa.

Nenhuma outra palavra foi dita enquanto Lucy colocou pó e ruge no rosto delicado da outra mulher e arrumou a renda na gola e nos punhos. Quando terminou, ela deu um passo atrás, considerou seu trabalho e anunciou, com uma certa dose de orgulho na voz:

— Você parece uma princesa, senhora.

Aprisionada Pelo Conde

Harriet, obviamente satisfeita com sua aparência, sorriu gentilmente para Lucy e respondeu:

— Você faz seu trabalho muito bem, criança. Lady Clarence deve ter lamentado perdê-la.

Lucy sorriu respeitosamente de volta. Ela podia entender agora por que tantas garotas de posições mais inferiores aspiravam uma posição como essa. Cuidar de uma pessoa agradecida e agradável fez com que ganhar o seu sustento parecesse valer a pena e, se a senhora fosse atraente, como Harriet sem dúvida era, apesar da idade, também dava uma boa satisfação criativa.

A própria Lucy tinha escolhido o vestido dentre a considerável coleção de Harriet e achava que a convinha bem. Harriet admitira que nunca o usara, pensando que o tom profundo de vindo do caro brocado era inapropriado para sua pele pálida, mas agora podia ver no espelho que Lucy segurava à sua frente que sua pele ganhava com a cor. Seus lábios e bochechas pareciam mais vermelhos, seus dentes mais brancos e Lucy tinha arrumado seu cabelo em um estilo mais jovem e bonito do que o mais severo que ela normalmente usava.

Enquanto Lucy observava Harriet olhando sonhadoramente para seu reflexo no espelho, ela podia ver cinco, dez anos sumindo. Com sua aparência de boneca, ela parecia quase uma menina novamente e Lucy estava emocionada por ela. Talvez, quando o marido a visse em seguida, ele percebesse o que estivera faltando em sua cama todos esses anos; talvez o casamento deles recomeçasse, revitalizado por essa nova e atraente mudança em sua esposa.

Quando Lucy realmente pôs os olhos em George Hardcastle pela primeira vez, ela desejou que tais pensamentos nunca tivessem passado pela sua cabeça. Ela não teria infligido as atenções desse homem feio, barulhento e porco cafajeste em qualquer mulher. Ele entrou em Rokeby Hall, abrindo portas por todos os lados, deixando cair grandes torrões de lama e leve derretida de suas botas por todo o tapete, em vez de raspá-las no raspador de ferro para as botas ao lado da porta, como qualquer homem civilizado teria feito.

Ele gritou por sua família e seus criados e, quando os últimos apareceram, ele imediatamente os fez atendê-lo com rapidez, trazendo-o roupas secas, servindo-lhe vinho quente, tirando-lhe as botas, oferecendo-lhe comida e dando ao companheiro dele, um jovem de aparência cansada usando roupas adamadas, o mesmo tratamento.

Enquanto essa comoção acontecia, Lucy permaneceu no patamar. Então, aquele jovem fraco e afetado era o pretendente em quem a impetuosa Rachel havia dedicado seu coração! Lucy sentiu pena dele. Sem dúvida, se Hardcastle podia comprar Philip e seu título para Rachel, ele podia comprar esse presumido, também, com seus babados, joias e falar afetado.

— Você, garota! Peguei você vadiando! Venha aqui imediatamente e eu lhe darei muito o que fazer! — Os tons imperiosos cortaram os pensamentos de Lucy e ela se virou para encarar sua odiada inimiga, que estava acenando triunfante da porta do quarto.

— Sim, Senhora Rachel — disse Lucy indiferente, se perguntando que tipo de torturas essa demônia tinha reservado para ela agora.

— Aquele homem no salão com papai é Lorde Emmett, o homem com quem pretendo me casar. Você vai me vestir de uma maneira que o agrade. Eu quero parecer como uma das damas da corte, elegante e sedutora. Sei que você é apenas uma caipira sem gosto, mas tente encontrar algo na minha coleção horrível e desatualizada de vestidos que será adequado para a situação.

Vestido após vestido foi trazido e recusado, com crescente impaciência, por Rachel. Finalmente, ela deu um tapa no braço de Lucy, chamou-a de "uma idiota estúpida", e foi até o guarda-roupa espaçoso, foi quando ela puxou furiosamente um vestido e quase foi sufocada quando uma pilha de roupas pesadas caíram e a jogaram no chão.

Aprisionada Pelo Conde

Lucy mal conseguiu conter uma gargalhada quando Rachel chutou e se contorceu sob a pilha de vestidos.

— Me ajude, sua imbecil! Tire-os de cima de mim! — gritou Rachel. Ela deu um chute extra forte nas canelas de Lucy por causa de suas dores, como se a avalanche de sedas e cetins tivesse sido causada pelo descuido de sua empregada e não por ela.

Rachel finalmente escolheu um vestido de seda amarela com uma saia de renda creme. Lucy pensou consigo que ele a vazia parecer com uma leiteira, e não com a grande dama que ela imaginava ser. O tom drenou o brilhou dourado do cabelo dela, deixando-a parecendo com um campo de feno após a colheita.

Também acrescentou uma aparência doentia à sua pele, mas Lucy sabia que definitivamente não era seu lugar salientar isso, nem mesmo com muito tato, que talvez esse vestido não fosse uma escolha tão boa, afinal. Pelo menos Rachel parecia razoavelmente satisfeita, embora ela resmungasse sobre o decote não ser revelador o suficiente.

— Devo alterá-lo para você, senhora? — ofereceu Lucy.

— O quê? Permitir que você coloque seus dedos desajeitados em um dos meus melhores vestidos? Obrigada, não. Vou usá-lo como está. Talvez Lorde Emmett aprecie uma garota que é um pouco mais recatada do que as mulheres com que ele está acostumado. Ele pode me achar um pouco refrescante, não acha?

Com um movimento de suas saias, Rachel sorriu afetadamente para Lucy, que não tinha intenção de ceder à vaidade colossal dela e apenas assentiu. Instantaneamente, uma nuvem escura atravessou as feições de Rachel e ela alcançou sua penteadeira como se estivesse prestes a atirar algo na cabeça de Lucy.

— Posso ouvir a Senhora Hardcastle me chamando. Se isso for tudo, senhora...

Lucy escapou pela porta e estava convencida de que podia ouvir Rachel xingando como um soldado atrás dela. Onde ela poderia ter aprendido uma linguagem tão grosseira? Enquanto

LORNA READ

passava pela porta da biblioteca em que George Hardcastle
estava envolvendo Lorde Emmett em algum tipo de jogo de
adivinhação com os nomes de mulheres e cavalos, ela descobriu
a resposta para sua pergunta.

Ela não demorou, no entanto, pois agora era sua vez de vestir
seu melhor vestido e tentar se arrumar para participar da festa
de Natal que os Hardcastle faziam anualmente para seus
criados.

16

—Bem, agora, você é uma coisinha bonita, não é, minha querida? Vamos lá, seu mestre não vai te morder. Venha aqui, onde eu possa vê-la na luz.

Obediente, Lucy avançou em direção à poça de luz feita pela lâmpada a óleo que foi colocada no centro da mesa da biblioteca. Ela tinha estado ansiosa por relaxar na companhia de Daisy, Maud e dos outros criados de Rokeby Hall, muitos dos quais ela ainda não havia conhecido, e foi sua má sorte estar passando pela porta da biblioteca no momento em que Hardcastle balançava instável em busca de um novo suprimento de licor. A luz da lâmpada iluminava o vestido emprestado da falecida Lady Eleanor, de modo que Lucy parecia estar vestida dos ombros aos pés em cortinas de ouro cintilante.

— *Perfeito!*

A voz afetada fez com que ela virasse a cabeça, para ver Lorde Emmett caído languidamente em uma espreguiçadeira, lambendo uma ameixa açucarada com uma expressão entediada.

— Acontece que ela é nova. Eu mesmo ainda não a tinha visto.

— Sua esposa fez uma boa escolha. — Os lábios de Emmett se curvaram sardonicamente.

LORNA READ

— Po-posso ir agora, senhor? Lucy fez uma reverência rápida e correu para a porta, mas sua saída foi barrada pelo pé de Hardcastle.

— Não tão rápido, não tão rápido. Fique e beba uma pouco de vinho conosco.

O nariz de veias carmesim dele falava de muitas bebidas ao longo de muitos anos e, para o desgosto dela, ele piscou lascivamente e peidou ao mesmo tempo. Ao olhar para ele, se lembrou de maneira horrível, do incidente que parecia ter acontecido há anos, mas na verdade, foi a apenas alguns meses, entre ela e seu grosseiro cunhado.

Seu cérebro rápido procurou uma forma de sair desse dilema.

— Mas... a festa. Eles estão me esperando.

— Festa? Humph! — Hardcastle bufou e virou-se para o companheiro. — A pequena sirigaita acha que a festa dos criados é melhor do que ser convidada a se juntar aos seus superiores!

— Você não tem interesse na corte, tem, Hettie? — O aristocrata entediado parecia falar sem mexer os lábios.

— Me perdoe, senhor, meu nome é Lucy.

— Hettie. As criadas são todas chamadas de Hettie — disse Emmett.

— Venha aqui, Lucy — ordenou Hardcastle, dando um tapinha em seu colo carnudo, enquanto Lucy se esforçava ao máximo para reprimir um calafrio. — Aqui, eu disse — repetiu Hardcastle, um ligeiro tom afiado entrando em sua voz.

Ela olhou para a porta. Por que essas coisas sempre acontecem com ela? O que havia nela que fazia homens, particularmente velhos e feios, sentirem que tinham que atrair, seduzir e maltratá-la? Se não fosse a missão que ela tinha que cumprir para Philip, ela deixaria Rokeby Hall agora mesmo, nem que acabasse morrendo na neve. Na verdade, esse poderia ser um final melhor para ele do que a forca.

— Aqui, gato, gato, gato! — zombou Emmett, esfregando o polegar e o dedo indicador juntos.

— Mas, senhor, a festa... — Lucy vacilou.

Aprisionada Pelo Conde

— Faça como seu mestre lhe disser! — trovejou Hardcastle, as sobrancelhas grossas se cruzando por cima do nariz bulboso.

— Como animais. Tem que mostrar quem é o mestre — sorriu Emmett.

Com os lábios apertados, fervendo de raiva, Lucy se aproximou de Hardcastle, que estava sentado em uma poltrona profunda perto do fogo. Assim que ela estava ao seu alcance, ele a agarrou pela cintura e a puxou bruscamente para o colo dele.

— Eu digo que você deve dar a ela uma boa foda, George. Vamos ter um pouco de diversão natalina por aqui.

O rosto de Emmett mostrou seu primeiro sinal de animação quando a mão de Hardcastle empurrou o corpete de Lucy, buscando os montes quentes de seus seios.

— Não me importaria em dar uma cutucada no fogo.

— Parece que ela é minha propriedade, então eu vou primeiro — anunciou Hardcastle, seus lábios molhados e gordurosos procurando os de Lucy.

Instintivamente, ela se afastou do beijo dele e foi recompensada com uma forte bofetada na bochecha pelas costas da mão dele.

— Malcriada, malcriada. Precisa fazer o que seu mestre diz — entoou Emmett, e acrescentou: — O que acha de apostarmos ela?

— O que você quer dizer? — resmungou Hardcastle. Os dedos dele entraram no corpete de Lucy e agora estavam sondando debaixo do vestido dela. O toque de seus dedos desajeitados fez a carne dela se arrepiar. Este era um dilema real. Ela não se arriscaria a ser demitida antes de cumprir sua missão, mas simplesmente não suportava ser tratada como um brinquedo por uma sucessão de homens asquerosos. Ela refletiu ironicamente que não incluiu Philip nessa lista.

— Senhores, eu imploro a vocês! — ela implorou, olhando de um para o outro, decidindo bancar a inocente. — Eu sou nova aqui. Cheguei a quatro dias. Quero fazer um bom trabalho como criada da Senhorita Rachel. Não quero fazer nada que possa afetar minha posição na casa.

Os dois homens começaram a rir, Hardcastle rindo até lágrimas escorrerem por suas bochechas vermelhas e inchadas.

— Posição — humph! Ha, ha! A única posição para você, minha querida, é de costas com as pernas abertas!

— Não, em volta do seu pescoço, George, seu *pescoço*! Você não tem imaginação?

Foi então que Lucy percebeu que, com os dois homens se encarando e sem querer perder para o outro, suas chances de escapar eram pequenas.

Hardcastle, ainda ofegante e rindo, puxou o corpete de Lucy, expondo seu decote.

Emmett aplaudiu seu feito com palmas lentas.

— Você abriu o baú, agora vamos ver o tesouro! — brincou ele.

— Não! Como ousa? — Lucy protestou quando Hardcastle enfiou a mão dentro do vestido.

— Mmm, mmm — murmurou Emmett, fazendo um ruído alto de sucção na ameixa e pegando outra na tigela.

— Guarde essas frutas, estas são mais doces — brincou Hardcastle.

— Por favor, senhor, você está me machucando! — Como ela odiava se sentir tão impotente. Em momento assim ela odiava o sexo masculino. Se ao menos todas as mulheres pudessem se levantar, se unir e virar a mesa, e atormentar os homens da maneira que eles maltratavam as mulheres!

— *Por favor, senhor, você está me machucando* — imitou o odioso Emmett, em uma voz de falsete. — *"Por favor, senhor, me machuque"* — é o que você estará implorando em um minuto! Você adora, sua pequena sirigaita. Olhe para você, dando de mamar como uma ama-de-leite! Eu tenho algo que gostaria que você chupasse...

Lucy desejou poder tapar os ouvidos para se proteger de suas palavras rudes. Hardcastle estava afligindo seu seio com os dentes como um cachorro indisciplinado, raspando a pele macia.

Aprisionada Pelo Conde

Ela não ousou tentar se afastar dele, caso ele a mordesse com mais força.

Emmett, ainda reclinado na espreguiçadeira adamascada, passava languidamente os dedos na parte interna da coxa, acariciando a si mesmo, embora suas feições não traíssem um traço de excitação.

Enquanto Hardcastle se atrapalhava com as calças, Lucy descobriu que possuía uma habilidade que ela não tinha conhecimento anteriormente. A única maneira de descrever isso para si mesma era como um sentimento de desapego do que estava acontecendo com ela; como se seu corpo estivesse fazendo coisas, mas ela mesma não estivesse envolvida. Foi como a sensação que ela experimentou pouco antes de dormir ou desmaiar; um sentimento de sonho, como se tudo estivesse acontecendo com outra pessoa.

— Pronto, minha pequena criada. Seja uma boa garota e...

Lucy adivinhou o que ele estava prestes a dizer, mas antes que ela pudesse reagir, houve o som de passos se aproximando da porta.

— Rápido — pode ser minha esposa! Por aqui!

Hardcastle a colocou atrás de uma tela do lado da lareira e Lucy podia ouvir vozes de homens e um tilintar de taças enquanto um criado fornecia alimentos frescos. Ela também descobriu o motivo da tela — ela escondia um penico que já estava meio cheio de um líquido fétido.

Lucy rapidamente se desviou e tropeçou. Quando seu ombro tocou os painéis de carvalho atrás dela, ela ouviu um zumbido e se viu caindo para trás no que parecia ser um espaço vazio.

Abafando um grito, ela estendeu os braços e descobriu que estava em algum tipo de passagem estreita. No brilho alaranjado do fogo, da lâmpada da biblioteca e das velas, Lucy viu os dois primeiros em um lance de escadas de madeira que levavam para cima e para longe da biblioteca.

Sem hesitar nem um segundo, ela começou a subir, sabendo que não tinha tempo a perder, pois, Hardcastle logo a chamaria de volta. Ela rezou para que ele estivesse gordo e bêbado demais para subir a escadaria íngreme e estreita e lhe perseguir.

Ela podia imaginar o sotaque afetado de Emmett informando Hardcastle que haviam "muito mais Hetties."

O raio de luz da biblioteca logo estava muito longe dela. Ela não tinha ideia de quantos degraus havia subido, atrapalhando-se com os pés em cada um para ter certeza de que não cairia em um abismo ou daria de cara com um beco sem saída. Pelo menos a passagem estava seca, embora as paredes de pedra estivessem geladas e enfeitadas com teias de aranha e, em alguns lugares o teto era tão baixo que ela tinha que se curvar e se arrastar.

De repente, ela ouviu o som que ela temia — os gritos distantes e bêbados de Hardcastle.

— Lucy? Lucy! Volte aqui. Maldita garota!

Ela ouviu uma conversa murmurada entre Hardcastle e Emmett, então os sons diminuíram quando ela subiu ainda mais, sentindo seu caminho para cima. Ela desejou que houvesse alguma maneira de prender os painéis atrás dela para esconder o segredo de sua rota de fuga. Teria sido muito melhor se ele pensasse que ela era uma bruxa que se tornara invisível ou que tinha voado numa vassoura! Onde quer que essa escada levasse, não seria de ajuda no futuro, agora que Hardcastle a havia descoberto.

Ela levantou o pé para dar o próximo passo e descobriu que a regularidade dos degraus havia cessado. Ela cutucou a escuridão com o dedo do pé e examinou as paredes com as duas mãos, seus dedos encontrando uma teia de aranha espessa que a fez estremecer. A passagem estava agora virando para a direita. Fazendo a curva desajeitadamente, ela reajustou os passos quando a escada começou a subir mais uma vez.

Ofegando com esforço e medo, Lucy finalmente chegou ao degrau mais alto e se encontrou contra outra extensão de painéis na escuridão total. Em algum lugar, devia haver uma trava que abriria uma porta, se ela pudesse pressionar ou torcer o lugar certo.

Aprisionada Pelo Conde

Mas onde ela se encontraria quando saísse? Será que ela iria estar em algum depósito vazio, fechado com tábuas há muito tempo, e a única saída seria voltar pela passagem e direto para os braços triunfantes dos homens que ela procurava escapar? E se ela se encontrasse, digamos, no quarto de Rachel ou no de algum dos criados? Especialmente se o habitante fosse homem!

Então ela lembrou a si mesma que todos estariam na festa e se ela não aparecesse logo, haveriam murmúrios de que a criada nova da senhora era muito esnobe e cheia de si mesma para participar. Isso não deve acontecer. Ela não pode arriscar a chamar atenção para si mesma de forma alguma. Era vital que ela encontrasse uma saída dessa passagem apertada, fria e coberta de teias de aranha o mais rápido possível.

Começando pelo canto superior esquerdo, seus dedos examinaram sistematicamente cada painel, tocando a superfície de canto a canto, da esquerda para a direita, de cima para baixo. Nada. Ela começou novamente, mas ainda não havia um clique bem-vindo de um trinco ou sinal de uma endentação na madeira obstinada.

Cansada e frustrada, ela caiu no degrau mais alto — e ao fazer isso, seu quadril bateu em uma alavanca de algum tipo que estava saindo da parede. Com um grande rangido, como se um castelo enferrujado estivesse se levantando, uma seção completa de uma parede se abrindo.

Com um suspiro de alívio, Lucy praticamente caiu. Seus pés encontraram um tapete grosso e ela estava ciente do brilho opaco de uma janela em algum lugar à sua direita. Isso não é um quarto abandonado! Era obviamente usado com frequência, se não diariamente.

Ela parou por um momento, ouvindo. Nenhuma voz ou passo chegou até ela, mas ela notou um raio de luz brilhando debaixo de uma porta e percebeu que deveria estar em algum lugar na parte principal da casa. Se assim fosse, ela não tinha tempo a perder. A qualquer momento, o ocupante do quarto poderia retornar ela seria descoberta.

Desejando ter uma vela para ver, Lucy procurou por meios de fechar a entrada de seu túnel secreto. Enquanto cutucava e empurrava, ela lembrou da conversa que tivera com Philip sobre esse mesmo assunto. Agora, seu sonho de infância se tornara realidade; ela tropeçara em uma passagem secreta, mas não havia tempo livre parar procurar tesouros, nem para se sentir emocionada e excitada.

Ela apertou algo que parecia um nó na madeira e, para seu alívio, o painel se fechou com outro rangido. Agora, tudo o que restava era que ela deixasse o quarto tão despercebida quando entrara.

Primeiro, ela amarrou a renda partida em seu corpete e a apertou, se arrumando o máximo possível sem um espelho para ajudá-la. A seguir, deu vários passos ousados na direção da porta e quase a tinha alcançado quando algo a fez voltar. Havia algo lhe incomodando na parte de trás do cérebro, algo que ela lembrara, ou notara, sobre o quarto em que estava.

Ela traçou seus pensamentos de volta. A primeira coisa que ela viu foi a janela. Ela virou os olhos nessa direção. Lá, abaixo, havia o contorno volumoso de um grande baú de madeira. Um baú de carvalho, perto de uma janela. Por que isso deveria lhe parecer familiar? Nenhum dos quartos da casa tinha um baú em tal posição, além do banco na janela do salão de visitas. Talvez fosse o que ela estava pensando.

Sua mão alcançou o trinco da porta, mas a lembrança inquieta ainda a atormentava. Ela estava de pé ao lado de uma mesa de madeira entalhada. Atrás dela, havia uma cama de dossel com uma cômoda ao lado, na qual estavam uma tigela de água e um jarro. O posicionamento de todos esses objetos parecia tão familiar.

A mão de Lucy voou para a boca. É claro que pareciam familiares! Ela já os vira antes em sua mente, suas formas e posições foram sugeridas por um diagrama desenhado em vinho no tampo da mesa. Ela estava no quarto do próprio diabo, cujas atenções ela havia fugido recentemente, George Hardcastle!

Aprisionada Pelo Conde

O coração de Lucy entrou em pânico. Ele já sabia onde a escada secreta terminava? Ele estava, agora, esperando no patamar para atacá-la quando saísse do quarto dele, pensando estar segura? Ele estava — e aqui uma pontada de horror passou por ela — ele já estava no quarto, sorrindo sardonicamente para si mesmo enquanto a observava vagando na escuridão?

Ela sondou cada canto sombrio com os olhos. Não, não havia ninguém lá. Ela não estava com aquela sensação de ser observada que tinha experimentado no salão de festas da Mansão Darwell. Criando coragem por saber que, pelo menos aqui, ela estava sozinha, caminhou até o baú de carvalho e levantou a tampa.

Ali, exatamente como Philip havia previsto, estava a saliência e nela havia uma única chave. Ela deveria pegá-la agora? Não, Hardcastle podia sentir falta dela e protestar antes que ela tivesse a chance de pegar a outra chave, a que abria a gaveta dentro da mesa. Fechando a tampa pesada, ela foi na ponta dos pés até a porta. Não havia ninguém por perto. Soltando um suspiro de alívio, ela saiu para o corredor.

Ao descer a escada dos fundos que os criados usavam, ela ouviu a voz de uma mulher chamar seu nome. Acalmando o rosto para não mostrar vestígios de ansiedade ou culpa, Lucy olhou por cima do corrimão. Ali, ao pé da escada, estava Maud.

— Onde você estava? Eu procurei em todos os lugares. Todos nós começamos sem você, receio, mas, se vier rápido, ainda terá algo sobrando.

Lucy sorriu alegremente para ela.

— Eu estava a caminho quando o mestre me chamou e depois tive que ajudar a Senhorita Rachel. — Isso explicaria o que ela estava fazendo no primeiro andar.

Maud olhou para ela desconfiada.

— Mas a Senhorita Rachel foi visitar o Escudeiro, acompanhada por Lorde Emmett.

— Eu sei — Lucy mentiu sem hesitar. — Mas ela derrubou

um pouco de pó em seu quarto e queria que eu limpasse a bagunça.

Maud aceitou essa explicação e revirou os olhos em simpatia.

Ela, também, tinha suportado a força insultuosa da língua de Rachel no passado e não invejou a posição de Lucy nem um pouco como criada pessoal de Rachel.

— Venha comigo agora. Você não vai escapar desta vez. Há vários jovens simpáticos todos morrendo de vontade de lhe conhecer! — Ela espirrou e esfregou o nariz.

— Saúde! — exclamou Lucy. Embora ela só conhecesse a criada mais velha há alguns dias, já gostava dela. De rosto amplo se simples, ela amava seu trabalho na casa grande e, embora se permitisse trocar brincadeiras com os criados homens, admitiu prontamente que preferia manter sua própria companhia, tendo, em suas próprias palavras, "o dobro de nós" de qualquer um dos homens que já lhe fizeram a corte.

Enquanto Lucy a seguia até a sala de jantar dos criados, uma onda de calor e um alegre burburinho a saudaram e ela se sentiu transpirar sob o material pesado do vestido. Ela não tinha ideia de que Rokeby Hall empregava tantos criados. Parecia haver dezenas deles, os criados domésticos já conhecidos, além de cocheiros, jardineiros e cavalariços.

Ela já conhecia vários deles de vista, incluindo a cozinheira, Sra. Ramsbottom, uma mulher enorme com braços que parecem pedaços de carne; o mordomo, Hawkins; a ajudante da cozinha, Teresa, ou "Tree" como era chamada; e o criado pessoal de Hardcastle, Jamieson, que Lucy tinha odiado imediatamente quase tanto quanto a seu mestre, devido a sua expressão permanente de zombaria, e seu cabelo liso e brilhante, tão lustroso e escuro que parecia estar coberto de graxa de bota.

Maud, fungando e tossindo por causa do resfriado, apresentou-a ao chefe dos cavalariços, que foi nomeado de forma inapropriada, Adam Redhead, apesar de seu cabelo castanho. Depois, haviam os dois cavalariços, Davey e Jim; Dickon o jardineiro, um homem idoso de cabelo grisalho; seu jovem

Aprisionada Pelo Conde

assistente Tom, um rapaz da idade de Lucy e, finalmente, os cocheiros, os irmãos Nat e Josiah.

Tantos nomes e rostos fizeram a cabeça de Lucy girar como se ela tivesse tomado muita cerveja. Na verdade, a maior parte já tinha sido consumida pelos outros, deixando Lucy se sentindo muito sóbria para entrar no espírito da ocasião.

Ela permaneceu com Maud e Daisy, até que a última caiu em uma pilha de roncos sobre a mesa, para grande divertimento de todos. A comida que a Sra. Ramsbottom havia fornecido era abundante e deliciosa. Lucy comeu fatias de faisão, carne de veado e delicados pedaços de torta com especiarias, e tomou um gole de uma caneca de cerveja que Maud colocou em sua mão.

Ela podia sentir os olhos das outras mulheres em seu vestido. Sem dúvida, elas estavam se perguntando como ela possuía uma roupa tão grandiosa, embora antiquada e empoeirada. Deixe-as pensarem o que quiserem. Ela não ficaria aqui por muito mais tempo, e suas línguas poderiam falar o que quisessem uma vez que ela estivesse de volta em segurança na Mansão Darwell.

O velho enrugado Dickon tirou uma flauta de madeira do bolso. Ele começou a tocar uma música alegre e alguns dos criados começaram a dançar. Maud, apesar do resfriado, foi tirada por Nat, o mais velho dos cocheiros, e girou em volta da mesa em uma giga rápida.

Lucy ficou sentada na sala cheia de vapor, com a mente vagando, tamborilando os dedos no ritmo. Era assim que o Natal costumava ser para os servos da Mansão Darwell, nos dias em que Lady Eleanor ainda era viva e Philip ainda não havia nascido?

Ela tentou imaginar Philip no lugar de seu pai, como conde e chefe de família. De alguma forma, ela não podia vê-lo como um mestre benevolente, ou mesmo como um marido gentil e amoroso, que lamentaria a perda de sua esposa a ponto de se tornar demente, como o velho conde obviamente tinha feito.

Deixando de lado o incidente no estábulo, seu conhecimento subsequente de Philip somente tinha fortalecido a primeira impressão que teve dele na Feira de Pendleton, como arrogante, presunçoso, inteligente e frio. Embora houvessem momentos estranhos quando ele dizia algo engraçado, ou se comportava de forma mais gentil, então talvez existisse um lado mais quente e sensível à espreita dentro do exterior frio. Ela esperava que houvesse.

Ela olhou vagamente para as figuras que giravam, rindo, tropeçando, pegando canecas de cerveja quando passavam pela mesma, e ouviam pela metade a música estridente. Se Rory estivesse aqui, ele teria transformado essa sala inteira com sua personalidade maior do que a vida, seu canto, piadas, e sua habilidade de manter um grupo de pessoas encantados com suas histórias. Ela não teria que voltar para o quarto sozinha e desconfortável, pois ele a abraçaria, murmurando elogios à sua beleza, lhe garantindo que era amada e desejada.

Ficar casada por um tempo tão curto, um casamento com tanto potencial para a felicidade, e terminar de forma tão abrupta — era como esmagar uma crisálida e privar uma linda borboleta da vida! Lucy já estava começando a perdoar o marido morto por sua infidelidade.

Algo na mente dele o preocupava há algum tempo, ela percebeu isso, e certamente não era a puta da taverna. Ele dissera a Lucy que não visitava Pendleton a mais de um ano, e aquela mulher imoral e inchada não era o tipo de garota que um homem teria em mente por doze meses.

Não, algo muito mais importante do que isso devia estar lhe corroendo, e parecia insuportavelmente cruel que agora ela nunca descobriria o que tinha sido. Ela nunca seria capaz de acalmá-lo, amá-lo, dar à luz a seus filhos, algo que eles falavam com frequência.

Nenhum outro homem jamais brilharia com o entusiasmo ardente de Rory pela vida, nem despertaria as chamas ardentes de desejo profundamente dentro dela, que ele tinha despertado. As vagas emoções que ela sentiu quando Philip a tocou não eram nada em comparação.

Aprisionada Pelo Conde

Essas pessoas dançando, felizes e despreocupadas — como ela as invejava! Pareciam nunca ter conhecido perda ou mágoa. No entanto, como alguém poderia dizer?

— Por que está tão triste, Lucy?

A agradável voz masculina com o suave sotaque local quebrou sua introspecção. Homens! Por que eles nunca a deixavam em paz? Não podiam ver que ela não estava interessada neles? Que, para ela, o amor tinha morrido junto com Rory?

Ela se viu olhando nos olhos verdes de Adam Redhead, o homem encarregado dos cavalos de Hardcastle e não conseguiu nem sorrir.

— Você sente saudades de casa porque é Natal? Você não vem destas partes, não é? — persistiu ele.

Ela suspirou. Ele parecia determinado a envolvê-la em uma conversa, então ela teria que mostrar alguma simpatia se não quisesse ser descrita como reservada por suas costas. Mais tarde, quando estivesse sozinha, teria tempo o suficiente para suas memórias.

— Não. Eu venho de mais a oeste, caminho de Prebbedale. É onde meus pais vivem.

— Você gosta daqui de Rokeby Hall? Ouvi que a Senhorita Rachel é bem difícil.

Este era um tópico sobre o qual Lucy podia discutir de forma mais eloquente. Ela passou a contar a Adam algumas das coisas que Rachel havia dito e feito nos poucos dias em que estava trabalhando para ela. Quando ela terminou, encontrou Adam olhando-a com admiração.

— Você deve ser uma garota de espírito e determinação, para aguentar isso. Ela te deu essa marca, essa na sua bochecha?

Lucy levou a mão à bochecha e sentiu a casca seca da ferida. É claro! Era o lugar onde o anel de esmeralda de Rachel a tinha acertado. Ela tinha esquecido sobre isso, mas, enquanto pressionava delicadamente, estava bem dolorido. Ela contou a

155

Adam como ela havia sofrido a ferida e a testa dele se franziu com preocupação.

— Aquela garota poderia estragar a beleza de outra! Ela provavelmente está com ciúmes de você porque você é muito mais bonita do que ela.

Ele estava sendo impertinente, ou tinha bebida demais dentro dele? Lucy se afastou um pouco e se recusou a responder ao elogio.

Adam pareceu não notar.

— Venha dançar. Isso logo vai te animar e te colocar no espírito natalino.

Lucy recusou, alegando que estava com muito calor, mas ainda assim o homem não a deixava em paz. Maud chamou sua atenção e piscou para ela. Sem dúvida haveriam fofocas e insinuações no dia seguinte. Ela não tinha certeza se poderia suportar.

— Se você não quer dançar, pelo menos tome uma bebida de Natal comigo, Lucy. Aqui, me dê sua caneca.

Sem nenhuma concordância da parte de Lucy, Adam pegou sua caneca de estanho, derramou os cinco centímetros de cerveja no chão, pescou dentro de seu colete e produziu um pequeno frasco que ele abriu. Ele derramou um pouco de um líquido âmbar na caneca de Lucy, depois tomou um gole profundo do frasco, limpou os lábios com as costas da mão e recolocou o frasco em seu esconderijo

Ele empurrou a caneca sobre a mesa em direção a Lucy.

— Beba. Isso aquecerá o fogo do seu coração.

Ela sentiu que não podia recusar. Ele não estava sendo desagradável da maneira que Hardcastle e Emmett eram; ele era apenas um homem comum e simpático de vinte e seis anos, que tentava recebê-la na comunidade dos criados e facilitar sua interação com eles.

Ela levou a caneca aos lábios e tossiu quando a bebida forte queimou sua garganta. Era conhaque puro. Ela havia provado conhaque apenas uma vez e isso tinha sido há vários anos,

Aprisionada Pelo Conde

quando seu pai, em uma de suas bebedeiras lhe ofereceu um gole e riu de suas caretas.

Ela corajosamente engoliu a bebida, e alguns momentos depois percebeu que realmente estava mais relaxada e sociável, tendo começado a bater a pé na melodia do flautista e sorrir aos casais rodando e cambaleando ao redor dela.

— Agora, que tal aquela dança? — Adam convidou, estendendo a mão para ela.

Lucy aceitou e logo estava passando pelos outros casais, conduzida por Adam, que provou ser um ótimo dançarino. Ela passou por Maud, que agora estava nos braços de Josiah, cuja esposa estava no meio de uma dança extraordinária com o jovem Tom, o assistente do jardineiro, que exigia muitos gritos e chutes.

Quando o relógio da cozinha bateu meia-noite, Hawkins o mordomo, fez um brinde ao Rei George e outro ao seu mestre, George Hardcastle, e toda sua família. Nas duas ocasiões, Lucy tomou mais conhaque e sentiu como se estivesse flutuando a um centímetro ou dois do chão.

Abbie, uma das meninas da cozinha, tinha trazido um visgo de algum lugar e andava por aí segurando-o sobre a cabeça dos casais e estimulando-os a se beijar, o que todos fizeram com gosto. Depois foi a vez dela e de Adam.

O cabelo encaracolado dele estava grudado no rosto com o suor de seus esforços e um sorriso largo cobriu seus lábios quando seu rosto se debruçou sobre o de Lucy. Ela não fez nada para impedi-lo. Na verdade, ela sentiu tão delirantemente feliz que correspondeu ao beijo com mais entusiasmo do que a ocasião pedia, e subitamente percebeu risadinhas e gargalhadas ao redor, enquanto os outros criados paravam o que quer que estivessem fazendo para se cutucar e comentar a duração do beijo.

Ela percebeu que estava um pouco bêbada e precisaria se conter, então se afastou do abraço de Adam, encontrou um banquinho e se sentou. Nem todo mundo estava se comportando com tanta etiqueta quanto ela. Os dedos em forma de galho do velho Dickon estavam arranhando o peito amplo de Daisy, e dois pares de pés, um apontando para cima e outro para baixo, podiam ser vistos em torno da porta da despensa.

Tom fez Kitty, uma das leiteiras, se estender ao longo de um banco, as mãos dele explorando vigorosamente sob as saias dela, e até a sensata Maud tinha sido pressionada contra uma parede e se deixava ser beijada e acariciada por um dos cavalariços.

Lucy não se sentiu nem um pouco chocada com esse espetáculo libidinoso. Apenas serviu para enfatizar seu sentimento de exclusão. Ela não podia demonstrar entusiasmo por esse comportamento desregrado, embora certamente não o condenasse nos outros. Ela apenas se sentiu distanciada de todos e bastante melancólica. Como Rory teria amado essa noite.

Adam ficou ao lado dela, com as mãos em seus ombros, seus dedos entrelaçados no cabelo dela. Ela olhou para ele e ele inclinou o rosto para o dela, querendo beijá-la.

Ela se virou.

— Sinto muito. Estou com dor de cabeça. Acho que preciso me retirar.

Decepção distorceu suas feições.

— Mas há alguns momentos você estava dançando e rindo. O que está errado? Eu fiz ou disse algo que a chateou?

— Não — respondeu Lucy suavemente, sentindo o desnorteamento dele. — É que não estou acostumada a bebidas fortes. Não estou me sentindo muito bem. A Senhorita Rachel vai me repreender violentamente amanhã se eu não tiver energia para correr por ela e fazer o que ela pede. Sabe...

Ela parou e sorriu. Ela estava prestes a contar um segredo que ela sabia que deixaria toda a casa cheia de fofocas. Ela não se importava, porque deveria sentir alguma lealdade à garota que a tratara tão mal? — Sabe — continuou ela a Senhorita Rachel está à procura de um marido e sua vítima é Lorde Emmett.

Agora não havia como ir para a cama. As criadas se agruparam à sua volta, exigindo saber mais, e houve muitos gritos, gargalhadas e tapas nas coxas. Mas quando perceberam o

Aprisionada Pelo Conde

quão pálida Lucy tinha ficado e como ela estava tendo que piscar para deixar os olhos abertos, elas concordaram em deixá-la ir e Maud a acompanhou pela escada do fundo, tendo notado que ela estava balançando.

Lucy ficou agradecida pela companhia da criada mais velha, pois impediu que Adam a seguisse. Contudo, ela não ficou satisfeita ao descobrir, ao entrar no quarto, que Daisy estava esparramada em uma pilha de roncos bem no meio da cama, deixando apenas alguns centímetros de espaço para se aconchegar.

Sua cabeça estava girando e Maud a ajudou a se despir, depois pegou a tigela de pedra da cômoda e a colocou estrategicamente ao lado da cama.

Felizmente, Lucy não precisou da tigela, pois o sono a dominou no momento em que sua cabeça tocou o travesseiro. Ela acordou na manhã seguinte com uma enorme dor de cabeça e o som de Daisy tossindo, gemendo e lamentando por seus excessos na noite anterior. Era véspera de Natal e o dia do baile de Hardcastle em Rokeby Hall.

17

No começo, Lucy teve medo que talvez Hardcastle, com ainda mais bebidas natalinas dentro da barriga do que na noite anterior, tentasse atacá-la de surpresa, mas o baile passou sem incidentes, com os Hardcastle ocupados demais entretendo seus convidados para perder tempo com os criados.

Lucy perdeu a conta de quantas vezes Rachel ou Harriet pediram para buscar isso, aquilo, ou acompanhar uma de suas convidadas fatigadas para um quarto de repouso. Quando os músicos finalmente empacotaram seus instrumentos, Lucy se sentiu quase morta de pé, especialmente com a cabeça ainda latejando pelo excesso de consumo de conhaque na noite anterior.

Ela sabia que deveria estar pensando em formas de concluir a ordem de Philip mas, quanto mais pensava nisso, mais era forçada a aceitar que só havia uma forma de obter a chave vital e que era pegá-la enquanto Hardcastle dormia.

A única forma de garantir que ele dormiria o suficiente para não acordar com a entrada de um intruso em seu quarto, era que ele consumisse muita cerveja e vinho, com a adição de um ingrediente extra. Uma pitada de tempero na forma de uma

Aprisionada Pelo Conde

poção do sono. Maud tinha um estoque para seu próprio uso, feito no verão passado a partir de ervas medicinais e armazenado em um jarro em um armário da cozinha e Lucy havia implorado por algumas, citando o ronco de Daisy como sua razão.

Isso significava que ela mesma teria que supervisionar o consumo de bebidas de Hardcastle. O que isso poderia implicar, ela sabia muito bem.

O dia de Natal parecia durar para sempre. Havia vários convidados para a festa de Natal. Havia aqueles que ficaram depois do baile, além de outros amigos e parentes dos Hardcastle, que haviam evitado um acidente na neve envolvendo os cascos dos cavalos das carruagens, para diminuir as chances de escorregar no gelo.

Lucy não podia parar de pensar em sua mãe, sozinha no dia de Natal, ignorada pelo marido que até o meio-dia teria se embebedado com os cavalariços. Se ao menos pudesse ter estado lá para lhe fazer companhia e tornar sua vida um pouco mais agradável.

Até mesmo os dois presentes surpresa — um pequeno frasco de água de lavanda de Maud e um bracelete bordado de Daisy — fizeram pouco para melhorar seu humor sombrio. Ela imaginou Philip andando para cima e para baixo nos corredores frios da Mansão Darwell, se perguntando o quão perto ela estava de realizar sua tarefa.

Rachel estava de mau humor, cuspindo de raiva, tendo falhado em progredir muito com Emmett durante o baile, e Lucy era forçada a sofrer com o cabelo sendo puxado e sendo golpeada com uma escova de cabelo enquanto tentava satisfazer sua mal-humorada senhora. Ela mal podia esperar para concluir sua tarefa e partir.

Cada vez que ela olhava para Hardcastle, ele tinha uma taça

ou uma caneca em algum lugar perto dos lábios e Jamieson estava sempre por perto fornecendo reabastecimento constante. Talvez hoje fosse o dia, pensou Lucy, excitação começando a borbulhar dentro dela. A noite de Natal seria a ocasião ideal para realizar sua missão, e com sorte, Jamieson também beberia demais e se retiraria cedo.

Naquela manhã, Lucy tinha encontrado uma oportunidade de entrar escondida na biblioteca e espiar atrás da tela do lado da lareira. O painel estava fechado. Mesmo que precisasse usar essa rota de fuga uma segunda vez, ela duvidava que pudesse se lembrar exatamente do que havia feito para liberar o mecanismo oculto.

Algo mais ocorreu a Lucy. Como ela voltaria para a Mansão Darwell? Isso era algo que tinha aparecido no plano de Philip e ela deveria ter perguntado, pois a mansão ficava a trinta quilômetros de distância, sobre um pântano coberto de neve, e repleto de montes e buracos cobertos nos quais ela poderia cair e congelar até a morte.

Quão esperto ele tinha sido ao explicar seu plano e a instruir sobre a disposição do interior do salão — e quão negligente por não conseguir planejar com sucesso a entrega do valioso tesouro! Ela estava com raiva dele e de si mesma.

Enquanto passava o ferro sobre as várias anáguas que Rachel colocara em seus braços, exigindo que elas fossem rapidamente limpas e passadas, Lucy se perguntou se havia alguma forma de enviar uma mensagem à mansão para que Matthew, ou até mesmo Philip, pudesse esperar por ela em algum lugar e levá-la para a segurança.

Mas isso significaria indicar uma hora exata, pois ela dificilmente poderia esperar que alguém ficasse no frio congelante. De qualquer forma, levaria várias horas para que a mensagem chegasse lá — isto é, se ela pudesse encontrar alguém para levá-la sem levantar suspeitas de todos. Ela dificilmente poderia roubar uma carruagem, ou mesmo um cavalo, sob os olhares vigilantes de Adam Redhead e seus companheiros.

Aprisionada Pelo Conde

O problema de como levar a escritura de volta a Philip parecia insuperável, mas essa preocupação em particular parecia pequena comparada ao puro horror do que ela teria que fazer primeiro. Logo lhe ocorreu que havia apenas uma maneira confiável de entrar no quarto de George Hardcastle legitimamente, e era concordando em fingir se submeter a seus desejos lascivos.

Ela esperava que a poção do sono funcionasse, porque a alternativa era repulsiva demais para ser contemplada.

— Então, pequena atrevida... Hardcastle estendeu uma mão carnuda e apertou sua orelha. — Fugindo de mim, não é? Eu gostaria de saber onde aquelas escadas levam, mas estou ficando velho demais para essas travessuras. Mas não estou velho demais para isso, querida!

O destino estava ao lado de Lucy. Como ela suspeitava pela maneira como Jamieson estivera bebendo a cerveja na festa dos criados, ele estava muito mal para cumprir suas obrigações no dia de Natal e os outros criados se revezaram para garantir que os anfitriões e os convidados tivessem o suficiente para beber. Foi Lucy quem recebeu ordens de Maud para entregar o ponche de rum quente de Hardcastle em seu quarto.

— Certifique-se de colocar a caneca no chão e sair imediatamente. O mestre pode ser um pouco, er, difícil. — Ela piscou, deixando Lucy sem dúvidas sobre o que ela queria dizer. Ela imaginou que ele deve ter tentado isso com todas as criadas, incluindo Maud.

O sorriso que Lucy deu a Hardcastle quando colocou a caneca em sua mesa de cabeceira era genuíno. Na verdade, era tudo o que podia fazer para não rir, sabendo que o saber da poção do sono não seria detectado em meio aos potentes temperos do ponche.

Ela fez uma reverência.

— Por favor, senhor, me perdoe pela outra noite. Você me pegou de surpresa e eu fiquei com medo.

— Uma pequena virgem, tenho certeza — disse Hardcastle da poltrona em que ele estava, lambendo os lábios grossos. — Gosto de garotas que se fazem de difícil — mas não demais. Não sou tão jovem quanto antes, mas — sua voz subiu em um crescendo vigoroso — ainda consigo transar bem!

Ugh! Ela se sentiu enjoada ao pensar em ser montada por essas pernas nojentas!

Ele levantou da cadeira, levantou a caneca, bebeu profundamente e sentou na cama, que gemeu sob seu peso.

— Tire minha roupa, minha linda — ele ordenou. — Depois me deixe ver você se despir.

Quando ela terminasse de o despir, ele já teria dormido, pensou ela. O medo a tinha deixado agora. Ela estava começando a gostar deste jogo, sabendo que não estava em perigo, graças à potência das ervas.

Enquanto ela tirava o colete dele, a camisa e a camiseta, fazendo uma careta ao ver sua barriga pálida cheia de pelos escuros, ela se lembrou da informação de Philip sobre o esconderijo da chave. Enquanto dobrava o colete de brocado e o colocava na cadeira, ela checou rapidamente dentro do bolso.

Não havia chave. Philip estava errado! E pensar que ela tinha se metido nessa situação por nada! De alguma forma, ela teria que enganar Hardcastle para lhe dizer onde estava, antes que a poção fizesse efeito.

Como uma nuvem de fumaça, uma ideia surgiu em sua mente. Permaneceu incompleta por um instante, então se solidificou de uma forma viável. Fazendo um bico provocativo, Lucy passou a ponta de uma unha por um dos ombros de Hardcastle.

— Você é um homem muito atraente, George Hardcastle — ela murmurou, maravilhada com sua capacidade de mentir de forma tão convincente.

— Eu admiro você — mentiu ela. — Você é um homem tão

bem-sucedido. Como você conseguiu — ela olhou pelo quarto — tudo isso?

— Oh, alguns negócios aqui e ali, minha querida — respondeu ele, sem revelar nada.

— Que tipo de negócios? — perguntou ela, esperando que ele mordesse a isca.

Ele tomou outro gole de rum.

— Você deve ter todo tipo de coisas valiosas aqui. Joias, papeis... Espero que você os esconda em algum lugar seguro, onde não possam ser roubados.

Ela estava sendo muito óbvia, ela se perguntou. Ela esperava que ele se gabasse e revelasse seus arranjos de segurança, mas em vez disso, ele bebeu da caneca novamente e deu um tapinha na cama ao lado dele.

— Agora é sua vez de se despir, eu acho — disse ele.

Lucy deu uma risadinha nervosa.

— Vamos lá, não seja tímida. Aqui, deixe-me ajudá-la.

Lucy arfou quando ele esticou a mão em sua direção. Ele pegou as rendas que seguravam o vestido dela. Ele deu um puxão e sorriu com o que foi revelado. Ele a puxou para ele, fazendo um beicinho com os lábios em preparação para um beijo. Lucy suspirou, amaldiçoando a maldita poção que não parecia estar funcionando. Talvez ele precisasse beber um pouco mais.

Ela se esquivou do beijo e alcançou a caneca, mas no momento em que a entregava a ele, seus olhos rolaram para cima e ele soltou um suspiro trêmulo e caiu contra os travesseiros.

Meu Deus, pensou ela. Talvez ela tenha colocado poção do sono demais na bebida dele! E se ele estivesse morto e dedos fossem apontados para ela, como a última pessoa a vê-lo vivo? De qualquer maneira que ela olhasse, todos os caminhos pareciam levar à forca.

18

Lucy segurou o papel encerado contra sua carne fria. À luz da vela, ela mal conseguia ler o texto escrito, mas as palavras *Mansão Darwell* saltaram da página como se respondessem à sua pergunta não dita. Apreensiva, ela olhou para o corpo em silêncio caído na cama. Ele parecia um cadáver. Talvez ela devesse verificar se ele estava respirando. Ela foi lentamente até ele, tocou seu pulso com cuidado e pulou de susto quando um ronco alto saiu do nariz roxo.

Imediatamente, o alívio a inundou e, como roncos regulares e estrondosos começaram, ela soltou a respiração em um suspiro silencioso.

No final, encontrar a escritura tinha sido fácil. Ela tinha pego a chave que estava na gaveta, aberto a gaveta na mesa e descoberto que esta não tinha sido trancada. Se ela soubesse, ela poderia ter pego a escritura na noite em que fugiu pela escada oculta e acidentalmente chegara ao quarto de Hardcastle, e ela poderia estar em casa a tempo do Natal.

Oh, por que ela não tinha mexido na gaveta?

Pare, ela disse a si mesma. Não havia absolutamente nenhum sentido em se torturar com os porquês e os e se. Ela tinha a

Aprisionada Pelo Conde

escritura agora, sua missão estava completa e em alguns instantes ela deixaria essa casa odiosa e viajaria de volta para a Mansão Darwell, embora ainda não tivesse ideia de como.

Ela foi até seu gato compartilhado na ponta dos pés, juntou seus poucos pertences, vestiu sua capa grossa com capuz, outro presente feito à mão de Martha, e esperou até que ela tinha certeza que a casa tinha se acalmado para a noite antes de sair silenciosamente de Rokeby Hall, rezando para que os cachorros não a entregassem. Ela teve sorte. Hardcastle tinha lhes dado cerveja e eles estavam dormindo tão profundamente quanto seu dono.

S ua intenção, ao iniciar a longa viagem, sentindo-se visivelmente escura contra o branco ofuscante da neve, era de caminhar esperando estar na direção correta, até que ela visse um lugar conhecido, ou ficasse tão cansada que se envolveria em sua capa e dormiria no abrigo de um grupo de arbustos.

As nuvens carregadas de neve haviam sido afastadas por um vento implacável e a lua navegava alta e gelada no céu de ébano, que estava polvilhado de estrelas brilhantes tão nítidas quanto pontas cintilantes de adaga. Uma raposa tinha passado pelo mesmo caminho pouco tempo antes, suas pegadas ainda não congeladas. Apesar do frio que já estava atacando seu rosto, mãos e pés, Lucy sorriu ao pensar na criatura caçando livremente à noite.

Então, seu sorriso desapareceu quando ela se lembrou de sua própria fome. Embora ela tivesse pensado o dia todo em comer as comidas típicas do Natal, ela tinha ficado ocupada demais para fazer outra coisa que não fosse ver outras pessoas comerem. Ela tinha visitado a cozinha brevemente e pego alguns pedaços de ganso deixados na mesa dos Hardcastle, que a satisfizeram momentaneamente, mas os esforços dessa noite a deixaram faminta e o frio só serviu para aumentar seu apetite.

Ela sabia que a Mansão Darwell era em algum lugar à direita, pois quando Matthew a deixou nos grandes portões de ferro, eles tinham vindo da direita. Nenhuma luz estava acesa no chalé e nenhum cachorro latiu quando Lucy deslizou a pesada barra de ferro para trás e abriu o portão só o suficiente para permitir que ela escapasse.

Enquanto dava passos cuidadosos na estrada rural congelada e cheia de marcas de passagem, ela se sentiu sozinha, vulnerável e com muito medo. Daisy relataria pela manhã que não ela tinha voltado ao quarto naquela noite. As pessoas procurariam por ela e, sem encontrá-la não verificariam a casa para ver se havia objetos de valor desaparecidos?

Sua tonta, ela se repreendeu. Quem suspeitaria que uma criada pessoal roubasse um conjunto de escrituras? Joias, sim, e dinheiro, também; talvez até roupas, mas nunca um pedaço de papel que, até onde eles sabiam, ela não seria capaz de ler. Ela tinha certeza de que levaria muito tempo até que a perda da escritura fosse descoberta.

Seu segundo medo era de que um dos convidados de Hardcastle tivesse um impulso repentino de sair na calada da noite. O uivo do vento poderia abafar os sons de uma carruagem se aproximando, e esse pensamento a fez virar a cabeça constantemente e espreitar a brancura atrás dela. Nada se mexeu, exceto o vento soprando nas cercas e galhos.

Às vezes, suas botas escorregavam em saliências congeladas deixadas por carruagens, e outras, ela afundava na neve crocante, a superfície congelada com força o suficiente para espetar seus tornozelos pelas meias.

Apesar de seu calçado do robusto, seus dedos logo estavam tão dormentes que ela não podia mais senti-los, e lembrou-se de histórias contadas por caminhantes na neve que, ao remover as meias após o retorno, descobriram que os dedos dos pés tinham saído juntos, quebrando como pingentes de gelo. Lucy não desejava perder os dedos do pés, por isso continuou tentando

Aprisionada Pelo Conde

enrolá-los e desenrolá-los dentro das botas, até que o esgotamento a impediu.

Logo, ela mal estava consciente de estar se mexendo. Ela parecia deslizar, flutuar como um fantasma sobre a paisagem pálida, sem peso, etérea. Logo ela se dissolveria e o vento a dispersaria como fumaça sobre os campos.

— Mãe!

De repente, Lucy viu o rosto de Ann Swift alguns centímetros à frente do seu. Ela esticou a mão, deu um passo à frente e caiu de cabeça em uma pilha de neve que tinha acumulado sob uma cerca viva. A súbita invasão da neve fria por seu pescoço e suas mangas a trouxe de volta. Ela estava tendo visões, do tipo que ela tinha quando estava com febre, mas Lucy sabia que estava sofrendo precisamente do oposto.

Se ela cedesse ao desejo de simplesmente deitar na neve suave, se envolver em sua capa e dormir, ela sabia que morreria congelada. Alguns anos atrás, um dos cachorros de seu pai tinha feito isso — vagou para fora do canil e foi encontrado no dia seguinte em um monte de neve, um bloco de gelo em forma de cachorro.

Não, ela precisava continuar, se aquecendo se necessário, pensando em Rory. Ela deve estar realmente com febre agora, ela percebeu, porque podia ouvir a voz de Rory chamando seu nome. Mas ele estava morto e era um fantasma, e talvez agora ela também fosse uma.

— Lucy... Lucy...

A palavra repetida — a palavra que a descrevia, mas estava estranhamente desprovida de conotação agora, apenas um som sem sentido — ecoou e tocou como se as próprias árvores estivessem cantando. Ela colocou uma mão no rosto, mas tanto a mão quanto a bochecha estavam tão frias que ela não sentiu nada. Isso devia ser a morte, esta perda dos sentidos e da identidade, esse vaguear confuso no nada.

Aaaah! O que foi isso? Algo tocou seu ombro, agarrou com

LORNA READ

força, sacudiu. Ela era um coelho pego por uma raposa, chocado demais até para gritar.

— Não tenho nada para lhe dar — sussurrou ela, aterrorizada demais até para virar o rosto e encarar o ladrão ou fantasma que a estava abordando.

— Esse papel dentro do seu corpete! Isso é nada? Não era a voz de Rory, ela tinha certeza agora. Mas de quem era? Ela não reconheceu.

— Olhe para mim, Lucy.

Foi dito com gentileza, mas era, no entanto, uma ordem. Lucy virou os olhos e encontrou dois olhos sinceros e verdes.

— Adam! O-o que está fazendo aqui? Como sabia que eu tinha deixado Rokeby Hall? — Ela ficou sem palavras, tremendo enquanto esperava que ele respondesse e, naqueles segundos que pareceram horas, ela percebeu o quão fria e miserável ela estava.

— Eu observei você.

Palavras simples, sem revelar nada. Há quanto tempo ele a estava observando, e por quê?

Com tanta delicadeza como se estivesse manuseando uma porcelana de valor inestimável, ele tirou a mão esquerda de Lucy da capa, retirou a luva encharcada e passou a esfregar os dedos dela entre suas mãos grandes e quentes. A dor era agonizante quando ela as sensações voltaram a seus dedos dormentes.

Ele repetiu o processo com a outra mão e então, muito gentilmente, pegou o rosto congelado entre as palmas das mãos e pressionou seus lábios contra cada bochecha, soprando suavemente para trazer a vida de volta a elas. Quando essa ação gentil foi concluída, ele não soltou o rosto de Lucy imediatamente, mas se aproximou dela com os lábios.

— Não, Adam! — Ela afastou a cabeça e puxou a capa em torno de si rapidamente. Qual era o problema com ela? Por que todo homem que ela conheceu a queria e tentava seduzi-la?

E por que ela era tão propensa a desejar certos homens? Ela era por natureza uma devassa, uma mulher sedutora, uma

170

Aprisionada Pelo Conde

vagabunda destinada a terminar seus dias em algum bordel barato?

— Sinto muito. Me perdoe. — Adam estava de pé diante dela, com as mãos entrelaçadas e a cabeça baixa. — Não foi minha intenção... Eu estava apenas tentado te aquecer para que você não morresse de frio. Por Deus, o que você deve pensar de mim?

Lucy nunca ouvira um homem parecer tão arrependido de ter feito algo que, francamente, lhe trouxe um momento de prazer. Ela estendeu a mão, tocou a sua por um instante e depois a devolveu à capa.

— Não há nada a perdoar. Apenas me diga por que está aqui, e o que você sabe.

— Vamos caminhar. Nós dois congelaremos se continuarmos parados.

Segurando o braço dela, Adam a conduziu rapidamente pela pista. Seu casaco era feito grosseiramente de peles de animais, costurada com a pele do lado de fora e o pelo por dentro, e uma enorme gola de pelos protegia suas orelhas e rosto. Uma mecha de cachos castanhos claros tinha caído sobre os olhos dele e ele jogou a cabeça para trás como um pônei, para ajeitar sua crina.

— Um pouco mais adiante, chegaremos a um portão, do qual há uma pista que leva a uma casa de fazenda. Vamos nos abrigar lá.

Lucy o seguiu obedientemente. Embora ela não tivesse ideia de onde ele a estava levando, ela ficaria feliz com o calor e o abrigo, e desejava uma bebida quente e algo para comer.

Logo chegaram à porta sólida de carvalho da casa da fazenda. A luz laranja brilhava de uma janela. Quando Adam abriu a porta para ela entrar, ela notou uma linha de pegadas que passavam pela porta e pareciam seguir na direção dos anexos.

A onda acolhedora de calor que a envolveu ao passar pela porta apagou todas as perguntas de sua mente — até que ela viu uma figura esparramada em uma cadeira diante do fogo, botas bem polidas apoiadas no guarda-fogo.

Embora a cabeça não tenha virado quando ela entrou, aquele cabelo escuro e brilhante não poderia pertencer a ninguém menos que... Lucy arfou de maneira involuntária.

A cabeça virou e os frios olhos cinzentos de Philip Darwell a olharam da cabeça aos pés.

— Um conhaque para a garota!

— Certamente, senhor. Vou buscar imediatamente.

Lucy ficou espantada ao ouvir Adam aceitar a ordem de Philip como se ele fosse seu servo. Depois de alguns instantes, ele voltou carregando uma bandeja com três copos, dois deles cheios até a borda e um, que ele entregou a Lucy, com uma quantidade menor de um líquido âmbar.

Lucy bebeu agradecidamente e agradeceu pelo calor imediato que foi produzido em seu corpo. No momento seguinte ficou mortificada ao ouvir o estômago vazio emitir um ronco alto.

Philip riu.

— Quando comeu pela última vez? — perguntou ele.

— Desde ontem, a não ser que você conte algumas migalhas que não seriam suficientes para manter um pardal vivo!

Sua piada fraca foi uma tentativa de aliviar a atmosfera na sala, cujo interior negligenciado sugeria que a casa raramente era ocupada. O ar estava denso com poeira e ela sentiu um puxão de tensão, embora não fosse possível dizer se era entre ela e Philip, entre Philip e Adam, ou entre os três.

Adam desapareceu na cozinha e logo os sons de corte indicaram que algum tipo de refeição estava sendo preparada. Entre Lucy e Philip, o silêncio tenso persistiu. Ela sentou em uma cadeira de madeira, o mais próximo possível do fogo.

O calor, combinado com a hora tardia e o cansaço por seus esforços, fizeram ela se sentir sonolenta, mas a sensação dos olhos de Philip nela manteve o sono distante.

— Você está mais magra.

Aprisionada Pelo Conde

A observação fria fez sua cabeça que estava caindo se levantar. Ela estava prestes a responder, mas o olhar afiado dele a forçou a ficar em um silêncio cauteloso. Por que ele sempre tinha esse efeito nela? Ela nunca podia relaxar na presença dele. Ele a fazia se sentir extremamente consciente de si mesma e nervosa, de modo que ela tropeçava na conversa e seu constrangimento se transformava em ressentimento.

Mesmo durante as semanas que passara na Mansão Darwell antes de partir para a missão em Rokeby Hall, ela sentira que precisava ficar atenta com tudo que dizia, para que a mente incisiva dele entendesse o significado correto de suas palavras sem ler nenhuma nuance não intencional nelas.

De alguma forma, ele dava a impressão de que, mesmo enquanto falava, estava controlando toda a conversa, conspirando e planejando vários movimentos à frente. Ele deve pensar muito pouco de seus companheiros mortais, decidiu Lucy. Talvez fosse por isso que ela não tinha amigos, porque fazia as pessoas se sentirem tão pequenas e incapazes em comparação com ele.

Ao menos, era assim que ele fazia *ela* se sentir. No entanto, ela estava determinada a não deixar que ele levasse a melhor sobre ela. Agora que ela tinha sua preciosa escritura, estava livre dele.

Esse pensamento lhe deu confiança. Alcançando dentro de seu corpete e quase corando com o calor do olhar penetrante, ela puxou o papel enrolado e entregou a ele.

— Meu lado da barganha está completo — ela disse friamente.

Ela notou a elegância dos dedos dele quando ele estendeu a mão e arrancou a escritura de seus dedos. Ele não disse uma palavra enquanto desatava a fita vermelha que os prendia e olhava as páginas, como se quisesse ter certeza de que eram de fato os originais e não uma falsificação bem feita.

Então ele se virou para ela, mais sério do que nunca, e

anunciou: — Muito bem. Eu, também, completarei meu lado. Você está livre para ir.

A percepção levou vários segundos para acontecer em Lucy, mas finalmente ela entendeu que era verdade.

Não estou mais presa a nenhum homem ou mulher — nem a comerciantes de cavalos, ou a Philip Darwell, nem aos odiosos Hardcastles, pensou ela, radiante de alegria. *Eu posso ir para casa agora e ver minha mãe. Oh, como senti a falta dela!*

Talvez, depois de visitar sua casa, ela fosse a Londres; ela sempre quis provar a emoção da movimentada capital. Talvez ela seguisse com seu plano de rastrear seu irmão Geoffrey, cujo sucesso alegraria tanto o coração de sua mãe quanto o seu.

— Para onde vai agora?

As palavras de Philip afogaram seus pensamentos distraídos em água gelada. Certamente ele não era cruel o suficiente para expulsá-la da casa da fazenda naquela mesma noite e assisti-la tropeçar na desolação selvagem da paisagem invernal com suas roupas lamentavelmente inadequadas e sem um centavo na bolsa?

Ela pensou no acordo deles. Não houve menção a nenhum pagamento, simplesmente sua liberdade pela escritura. Mas, se houvesse alguma bondade ou gratidão no caráter de Philip, ele certamente a ajudaria a seguir em seu caminho, e não a mandaria ir embora a pé nesse clima congelante? Ela lembrou a si mesma que, aos olhos dele, ela não passava de uma ladra. Por que ele deveria ajudá-la?

No momento em que seu ânimo estava começando a diminuir, um delicioso aroma atingiu suas narinas vindo da cozinha. Ela sentiu a boca se encher de saliva ao pensar em encher o estômago com comida. Ela tinha virado uma criatura feroz cujos primeiros instintos eram comer e sobreviver.

Adam apareceu carregando uma tigela fumegante de caldo na qual seus olhos ávidos podiam ver grandes pedaços de carne de coelho misturada com cevada, ervas e legumes.

Aprisionada Pelo Conde

— Caldo de caçador — ele disse a ela, lhe entregando uma fatia de pão grosseiro como acompanhamento da refeição.

Ela estava no meio da refeição saudável e satisfatória antes de olhar para cima e perguntar: — Eu sou a única jantando? Adam olhou para Philip, depois para os pés. Lucy franziu a testa, intrigada. Ele não podiam responder nem a uma pergunta tão simples como esta? Ele encolheu os ombros. As coisas mais importantes primeiro. Ela voltou para o ensopado, comendo com grandes colheradas e seguindo cada bocado com uma mordida no pão duro.

Quando não restava nada além de alguns ossos pequenos e uma crosta não comestível, ela deu um suspiro profundo e sentiu seu ânimo voltar.

Foi nesse momento que Philip levantou seu corpo longo e magro da poltrona e ficou de costas para o fogo.

— Eu acho que uma explicação é devida a você — afirmou ele, o rosto sem expressão, os olhos meio cobertos por suas pesadas pálpebras.

Lucy olhou para ele com expectativa. Havia muita coisa que ela queria saber.

— O Adam aqui... Ele acenou com a mão em sua direção e o chefe dos cavalariços sorriu de maneira encantadora, lembrando Lucy da primeira vez em que ela foi apresentada a ela nas cozinhas de Rokeby Hall.

Ele ainda emanava a franqueza e o calor que ela achava tão atraentes e se viu recordando o beijo deles na pista. Mas este não era a hora para lembranças, por mais agradáveis ou intrigantes, e ela se voltou apressadamente para o presente.

— Adam costumava morar e trabalhar na Mansão Darwell. Ele é o filho de Martha e Matthew. Nós crescemos juntos, ele e eu, até que o conde, meu pai, julgou que era inadequado para um jovem aristocrata se misturar com alguém da classe de criado, e nos separou. Adam foi enviado para Rokeby Hall, onde rapidamente se destacou nos estábulos.

— Mas ele não poderia ter conseguido uma posição melhor

na casa? Como mordomo, chefe do vinhedo ou até como criado pessoal do Senhor Hardcastle? — interrompeu Lucy.

Adam respondeu à pergunta por ela.

— O quê? E estar constantemente na companhia daquele cão raposa e de sua filha megera? É muito melhor estar nos estábulos e fora do alcance da língua cruel daquela cadela — e você sabe o quão diabólica e desagradável Rachel pode ser!

Lucy não tinha certeza se esse último comentário foi dirigido a ela ou a Philip. Os dois tinham uma experiência considerável com todos os humores de Rachel, talvez Philip tivesse ainda mais do que ela.

— Mas você nem sempre esteve nos estábulos, não é, meu amigo?

Embora o comentário risonho de Philip tivesse sido falado em voz baixa, Lucy ainda assim olhou para Adam de forma questionadora que, corando, admitiu que tinha tido um namoro com a criada de Rachel anterior à última, e havia sido através dela que ele obteve as informações sobre onde Hardcastle mantinha a escritura.

— Então ela deve ter se familiarizado com o quarto de Hardcastle!

Assim que deixou escapar o comentário, Lucy se arrependeu, vendo a máscara de descontentamento que pairava sobre as feições geralmente amigáveis de Adam.

— Não mais do que você — observou Philip, cortante.

Lucy mordeu o lábio inferior. Certamente ele não achava que ela havia permitido que Hardcastle fizesse como queria com ela? Então ela percebeu que havia uma chance muito boa de que ele pensasse exatamente isso!

— Adam há muito tempo conhece meus planos. Pedi a ele que vigiasse você. Maud contou a ele sobre a poção do sono, ele me enviou uma mensagem de que a recuperação da escritura era iminente e eu me posicionei aqui em prontidão. Foi ele quem decidiu que você deveria levar a caneca de ponche para o quarto de Hardcastle.

Aprisionada Pelo Conde

Adam continuou a história.

— E eu rastejei pela passagem secreta e observei você através dos painéis para garantir que você cumprisse sua tarefa.

Ele a estava espionando! Talvez ele a tivesse visto nua quando Hardcastle tentou abrir seu vestido! Raiva reuniu-se dentro dela como uma nuvem de tempestade, mas pouco antes de dizer algo de que talvez se arrependesse, ela lembrou das escolhas que ele lhe dera — recuperar a escritura ou ser enforcada como ladra.

Ela respirou fundo e perguntou:

— Por que Adam não poderia ter roubado a escritura de volta? Teria sido muito mais simples.

Philip ergueu uma sobrancelha sarcástica.

— Ter feito você fazer isso foi muito mais divertido. Além disso, ele fez uma boa vida para si mesmo em Rokeby. Eu não queria arriscar estragar isso para ele. A tarefa final de Adam era trazer você até aqui, para mim. Devo dizer que ele cumpriu minhas instruções à risca.

Lucy não suportava o olhar de gratidão no rosto de Adam, como um cachorro que tinha sido afagado e elogiado por seu dono. Nas duas ocasiões em que a beijou, ele pareceu um homem de personalidade e iniciativa. Ela era realmente um mero lacaio de Philip? Ou ele estava jogando algum jogo desonesto, na esperança de avançar, se houvesse um aumento nas fortunas de Philip? Pois, se Philip pudesse se dar ao luxo de empregar seu companheiro de infância, não haveria necessidade de Adam passar um segundo a mais em Rokeby Hall.

De repente, toda a atmosfera na sala desarrumada parecia se erguer e a oprimir. Havia muita coisa que ela não entendia. Ela sentiu como se os dois, à sua maneira, a tivessem usado como um peão em algum plano mestre, do qual apenas uma pequena parte lhe fora revelada.

Erguendo a cabeça, ela puxou a capa do encosto da cadeira, onde foi colocada para secar, e disse a Philip com a maior dignidade que possível:

LORNA READ

— Visto que você não tem mais utilidade para mim, já vou indo.

Então ela abriu a porta e se lançou no vento cortante e na brancura que a tudo cobria.

Quase imediatamente, Adam veio correndo até ela.

— Aonde você pensa que está indo? Se você não tem para onde voltar, então volte comigo para Rokeby Hall. Farei com que ninguém suspeite de você pelo roubo. Vou encontrar uma maneira de cuidar de você, eu prometo.

— Voltar para Rokeby Hall?

A voz de Lucy estava afiada com amargura. Era essa a "liberdade" pela qual ela sofrera, a liberdade de voltar à escravidão a serviço de Rachel ou alguém como ela, ou à doce armadilha dos braços de mais um homem cujas atenções ela nunca procura?

Ela notou a expressão esperançosa nos olhos de Adam, e a verdade a atingiu; ele estava apaixonado por ela. Ela não ficou lisonjeada com a realização, apenas triste por ele. Ela lembrou dos esforços dele para animá-la na festa dos criados, do cuidado cheio de carinho às suas mãos e o rosto congelados dela na pista, e o beijo apaixonado que a aqueceu mais do que dez mantos teriam feito. E ela sabia que a oferta dele de cuidar dela se estenderia muito mais do que apenas ficar de olho nela.

Talvez, se ela fosse um tipo diferente de garota, poderia ter amado Adam de volta. Ela se odiou por pensar que era de alguma forma superior a ele, um sentimento que não estava presente nela até que viu o comportamento subserviente de cachorro para Philip.

Aquele homem! Qualquer que fosse o problema que ela tivesse, Philip Darwell sempre parecia ser a raiz dele. Como ela o odiava! Como ela odiava a maneira como seu corpo traiçoeiro respondia a ele.

Se ele ao menos pudesse ser despojado de sua crueldade, frieza e arrogância e investir em um pouco do calor e ternura de Adam, ele poderia se parecer como um homem que era digno de

178

Aprisionada Pelo Conde

seu amor, um homem que possuía uma mistura de força e sensibilidade, orgulhoso, mas justo.

Mas Adam estava exigindo uma resposta para sua proposta — pois era isso que parecia. Ela sentiu que o comentário dele sobre cuidar dela se estendia muito mais do que apenas garantir que nenhuma suspeita caísse sobre ela quando o roubo fosse descoberto.

Rory tinha prometido cuidar dela, mas veja como ele a decepcionara! Não, era isso agora. Ela nunca mais seria objeto de um homem novamente. Não era mais provável que aceitasse Adam como marido ou amante do que a Philip. Especialmente Philip!

— E então? O que me diz?

— Não, Adam. Eu nunca poderia voltar a aquela... aquela prisão. Agradeço sua oferta, Adam Redhead, mas não sou uma criada. Não fui criada como uma e não tenho intenção de passar o resto da minha vida como uma.

Um olhar abatido vincou as feições sardentas de Adam. Seria muito cruel, ela se perguntou, dizer o que estava prestes a confessar — que ela não estava apaixonada por ele e não podia se imaginar como sua esposa?

Uma voz autoritária interrompeu, tirando a difícil decisão de suas mãos.

— Eu não lhe disse que Lucy é filha de Martin Swift?

A boca de Adam se abriu e um olhar de respeito entrou em seus olhos. O pai de Lucy era uma lenda para quem trabalhava com cavalos, como Adam, e o comentário de Philip fez mais para lhe distanciar de Adam do que qualquer coisa que ela pudesse ter dito.

Ela sabia que agora ele a estava colocando em um pedestal, ao lado de Philip. Seu talento inato para a servidão a fez se sentir irritada com ele. Como ela pôde ter pensado que poderia haver um romance entre ela e Adam? Ela sentiu que ele era inteligente e engenhoso o suficiente para encontrar uma maneira de contornar qualquer tipo de situação embaraçosa ou perigosa, mas ali estava ele, permitindo que Philip assumisse a liderança.

Philip agarrou Lucy com firmeza pela mão e a levou de volta à casa da fazenda. Adam marchou obediente atrás deles e Lucy tinha medo de olhar ao redor, caso ela visse algum traço de decepção no rosto dele.

— Não, não tire sua capa — ordenou Philip, vendo a mão de Lucy se aproximando em direção ao fecho. — Não vamos demorar aqui. Tenho um cavalo lá fora e a levarei de volta a Mansão Darwell antes que um aviso seja dado e seus passos sejam rastreados até aqui.

— Adam retornará a Rokeby Hall agora. Se ele for interrogado, alegará que estava coletando lenha, pois o estoque da cozinha estava ficando baixo, notou suas pegadas e a rastreou até aqui, mas não achou nada além de pegadas de um cavalo e concluiu que você tinha um encontro com um companheiro ladrão que veio buscá-la. Eles não vão questionar mais do que isso. Adam é um criado confiável e todo mundo irá atestar sua honestidade.

Adam sai então, para percorrer os três quilômetros de volta a Rokeby Hall. Philip já estava apagando o fogo e soprando as velas. Em alguns momentos, eles subiriam a colina em direção a Mansão Darwell.

Quanto a amanhã... talvez ela finalmente pudesse voltar para Pendleton e o lado de sua mãe.

E a ira de seu pai.

19

"*Perto do Riacho Sabden*
Ele se perdeu tarde e cedo.
Tão estranho e selvagem era seu olhar,
Seu cabelo era preto e encaracolado..."
Lucy interrompeu a música e largou o alaúde com o qual estava se acompanhando. Ela tinha encontrado o instrumento coberto de poeira e teias de aranha na sala de música há muito abandonada na mansão e pediu a permissão de Philip para afinar suas cordas e restaurar o instrumento negligenciado a uma condição em que pudesse tocar.

Sua mãe, que tinha sido uma música aceitável antes do casamento com Martin Swift, que a tinha drenado de qualquer forma de prazer criativo, ensinara Lucy a tocar o alaúde e o cravo, e ficara satisfeita ao ver sua filha se tornar uma artista com alguma realização.

As habilidades de Lucy tinham ficado tão enferrujadas quanto as cordas do alaúde nos últimos meses, mas, embora ela agora tivesse tempo suficiente para tocar, descobriu que não conseguia se concentrar. Cada nota que ela tocava, cada palavra que ela cantava, soava superficial, vazia e sem emoção. Ela se sentia trancada dentro de sua própria cabeça, incapaz de

LORNA READ

expressar seus sentimentos, ou mesmo de entender quais eram esses sentimentos.

— Você pode ficar aqui até que o tempo melhore — Philip havia lhe dito.

Martha ficara encantada por ter Lucy de volta, e a vida continuou como tinha sido antes do Natal, pelo menos na superfície. Mas algo havia mudado sutilmente. Ela não era mais uma prisioneira, sendo mantida na mansão contra sua vontade. Agora, ela tinha era uma convidada e seu anfitrião era o mais galante e charmoso possível. Mas ela sabia que, quando o tempo melhorasse, era esperado que ela partisse.

Agora que não tinha mais nenhuma reivindicação sobre ela, Philip a tratava com cortesia, quase como uma irmã. Ele jogava cartas com ela e até tinham sessões de música, com ele no violino e ela no alaúde. Ele ria, brincava e parecia um homem mudado, e tudo porque a escritura estavam de volta em suas mãos.

O problema era, que ela gostava desse novo Philip. Na verdade, era mais do que gostar. Ela desejava...

Mas não havia sentido em desejar e sonhar. Philip tinha acabado com ela. Ela tinha cumprido seu propósito. Logo, ele conheceria uma jovem bem-educada e começaria a cortejá-la, e o pensamento disso fez Lucy soluçar em seu travesseiro à noite e se forçar a pensar em Rory.

Hardcastle tinha feito uma visita — felizmente Philip tinha avistado a carruagem subindo a estrada e teve tempo de avisar Lucy para se esconder em seu quarto — e quando ele tinha ido embora, totalmente convencido de que Philip era tão ignorante sobre o paradeiro da escritura quanto ele, Philip tinha batido na porta dela e os dois começaram a rir como dois conspiradores de sucesso.

A única coisa que Lucy temia bastante era que Hardcastle divulgasse sua descrição para o exterior e ela corresse o risco constante de ser reconhecida. O desaparecimento simultâneo da criada e dos documentos era uma coincidência muito grande e Hardcastle estava convencido de que Lucy era a ladra.

Aprisionada Pelo Conde

Além disso, ele resmungou para Philip, que Rachel estava tornando sua vida uma miséria reclamando constantemente que ela nunca encontraria outra criada tão boa quanto Lucy.

Lucy teve um momento secreto de prazer ao pensar que poderia ter sucesso em qualquer coisa que colocasse a mão — com uma exceção. Não havia nada que ela pudesse fazer para prolongar sua estadia na Mansão Darwell, principalmente agora que o tempo havia melhorado. E isso significava dizer adeus a Philip para sempre.

O clima congelante durou até o final de janeiro, mas, nos primeiros dias de fevereiro, o gelo derretera, o céu havia clareado e flocos de neve tardios caíam pelo terreno encharcado. Qualquer dia agora, ela teria que seguir seu caminho.

Ela não queria passar pela vergonha de esperar até que Philip dissesse para ela ir embora. Teria que ser sua própria decisão e, sem dinheiro, seu único recurso era voltar para casa. De volta à violência e embriaguez do pai, de volta aos seus planos de casamento inadequados e inaceitáveis.

No entanto, ela tinha ficado muito mais forte e mais resistente desde que saiu de casa. Talvez agora ela pudesse enfrentar o pai e desafiá-los não com protestos infantis, mas com argumentos adultos e fundamentados. Martin, apesar de todas as suas falhas, não era um ogro como George Hardcastle.

Sem Rory e com Philip inacessível, o caminho de casa era o único que ela podia trilhar. Ela estava relutante em confessar aos pais que estava voltando para casa exatamente como havia voltado, sem um pote de jarro ou um marido rico para mostrar seus cinco meses de ausência. Sem sua virgindade, também, embora ela não tivesse intenção de confessar isso. Ela só estava agradecida por sua cintura não estar inchada.

Ela nunca seria capaz de dizer a eles que, por um curto espaço de tempo, ela *tinha* tido um marido, um homem a quem eles teriam desaprovado. Ela nunca poderia contar a eles sobre as circunstâncias que envolviam aquele casamento estranho. Eles nunca entenderiam como ela, sua filha, poderia ter amado o homem selvagem e errante, com visões estranhas e palavras poéticas. Isso sempre teria que permanecer em segredo.

Ela chorava por ele com menos frequência agora e, mesmo tendo pensamentos cínicos sobre os homens em geral — seu pai, Philip, Adam e Hardcastle — e incluiu Rory entre eles por causa de sua infidelidade.

No entanto, ela praticamente o matou. Ela nunca se perdoaria por isso, nem esqueceria. Se ao menos ela não tivesse procurado Rory naquela manhã e o encontrado com aquela garota. Talvez, se ela não soubesse do encontro dele, eles poderiam ter resolvido seus problemas, qualquer que fosse, e ainda poderiam estar vivendo juntos agora, extremamente felizes.

Mas a vida era cheia de "e se." Agora, era *se ao menos eu pudesse ficar um pouco mais na Mansão Darwell.*

Ela caminhou impaciente até a janela e olhou para fora. Era um dia brilhante, com um céu azul claro e um sol pálido tão fresco e delicado quanto as pétalas de uma prímula. O coração de Lucy deveria ter se regozijado ao contemplar os parques ondulantes, mas a beleza prematura do ano novo se perdeu nela. Ela não via felicidade no futuro, nada pelo que esperar.

Que delícias veria em casa? Que alegria havia em ver a mãe envelhecer, seu pai bebendo ainda mais? Ela ajudaria a mãe na casa; faria visitas e se divertiria de maneira pequena e limitada; ajudaria o pai da maneira que ele jugasse apropriada para uma filha.

Eventualmente, embora ela mal pudesse pensar nisso, eles morreriam e ela seria deixada sozinha na casa, para envelhecer sem nem mesmo o consolo de um marido e uma família ao seu redor. Porque ela nunca se casaria novamente, ela sabia disso. Todos os homens era falhos: Rory por ser mulherengo, seu pai por sua bebida, Adam por sua veia servil, Philip por seu...

Lucy simplesmente não conseguia definir sua opinião sobre Philip, nem para si mesma. Não se formava em palavras coerentes. Ele a perturbava, a deixava desconfortável, mas também podia fazê-la rir e mover sua alma com a música que

Aprisionada Pelo Conde

tocava, e às vezes ele a pegava olhando para ela de um jeito que a lembrava muito claramente do momento em que ele quase a violentou no estábulo.

Ele era diferente de qualquer pessoa que ela já conhecera, às vezes tão indiferente e arrogante, mas outras tão amigável e aberto. Ele anunciara sua intenção de voltar à cavalaria em breve, e esse era outro motivo pelo qual ela deveria se despedir e partir.

Como se convocado pelos pensamentos dela, Philip apareceu de repente, andando pelo canto da casa na direção do lago. Ele tinha um cão rajado chamado Solomon ao seu lado e, enquanto Lucy observava, ele se curvou e acariciou as orelhas do animal.

Ela prendeu a respiração. Havia algo de muito íntimo no que ela estava testemunhando. Sem saber que estava sendo visto, completamente desprevenido, Philip estava demonstrando uma certa afeição pelo animal que ela nunca imaginaria ser de sua natureza.

Ele parou, pegou um galho e jogou o mais longe que pôde. O animal correu atrás dele latindo, trouxe-o de volta e colocou-o aos pés de Philip. Então rolou de costas, com a língua de fora, deixando Philip fazer cócegas e acariciar sua barriga macia e marrom-rosada.

Ela podia ver os lábios dele se movendo enquanto falava e Lucy sentiu o coração se mover também. Eles faziam uma imagem bonita, o homem alto, magro e de aparência marcante com o cabelo brilhante, e o cachorro brincalhão e adorável. Os dedos de Philip, acariciando, esfregando, provocando... Era assim que ele acariciava a carne de uma mulher, colocando o cabelo atrás das orelhas, passando pela coluna e pelo corpo com tanta segurança e conhecimento?

Lucy ficou hipnotizada, com deliciosos formigamentos ondulando em seu corpo. *Não, não*, ela se repreendeu. Ela não podia, *não devia*, pensar em Philip dessa maneira. O que havia de errado com ela? Ela passou a mão pela testa. Estava fria, mas o resto do corpo dela estava impregnado com um calor ardente.

185

Que tipo de febre era essa que aqueceu seu sangue sem se acumular no cérebro? Deve haver algo de errado com ela. Seu corpo parecia estar se recusando a obedecer às ordens de sua mente. Havia um peso lânguido em seus membros e uma agitação em todas as partes íntimas, da forma que ela costumava se sentir quando Rory a tocava e ela sabia que ele a queria. Mas não havia ninguém com ela no quarto, acariciando-a e murmurando promessas de amor. Tudo que ela fez foi dar uma olhada acidental em Philip Darwell acariciando um cachorro. Que estúpido!

Ela saiu da janela e afundou na cama, tentando pensar em qualquer coisa que pudesse acalmá-la e banir as dores de desejo do seu corpo. Ela estava chocada com sua excitação física. A velha preocupação que a afligiu pela primeira vez depois que se entregou tão prontamente a Rory, e que tinha retornado quando ela se viu respondendo animadamente os beijos de Adam, começou a atormentá-la novamente.

As mulheres não foram feitas para desfrutar de tais sensações. Sua própria mãe tinha lhe dito isso, em um raro momento de franqueza quando Lucy tinha perguntado como sua irmã Helen poderia suportar permitir que o marido compartilhasse sua cama. Agora, as palavras de sua mãe voltaram com força para ela.

— Uma mulher permite que um homem se deite com ela apenas para produzir herdeiros. Uma vez que o ato foi bem-sucedido, qualquer homem razoável deixará sua esposa em paz e buscará esse tipo de prazer em outro lugar, com aquele tipo de mulher.

— Que tipo de mulher? — Lucy queria implorar. Ela era "aquele tipo de mulher"? O que havia de errado com a espécie humana, se só era permitido aos homens desfrutar dos prazeres íntimos do casamento? O que havia de errado com ela, porque ela gostava?

Poderia ela ser um híbrido raro, uma criatura com o corpo de uma mulher, mas com pensamentos e desejos de um homem? E

Aprisionada Pelo Conde

os homens podiam ver que ela era "aquele tipo de mulher?" Foi por isso que ela se viu em tantas situações perigosas, começando com a entrada não solicitada de seu cunhado em seu quarto? As terríveis pulsações e anseios estavam começando a diminuir agora. Lucy estava sob controle novamente, mas ainda estava preocupada. Ela se viu rezando para que esses desejos nunca mais a afligissem e, enquanto rezava, ela pensou em todas aquelas pessoas santas, os monges, padres e freiras. Eles já se sentiram assim? E se sim, o que fizeram sobre isso?

É claro, eles devem usar o poder da oração, exatamente como ela estava fazendo agora. Se Deus podia impedir que eles tivessem pensamentos e desejos pecaminosos, certamente Ele poderia fazer o mesmo por ela? Então ela refletiu que Deus provavelmente tinha coisas muito mais importantes a fazer, como manter o sol e a lua brilhando e impedir que os mares engolissem o mundo, ao invés de impedir uma mulher que anseia por um homem.

Mas qual homem? Não era Rory quem estava em seus pensamentos agora; ela poderia ter entendido suas reações físicas se estivesse lembrando sobre como era fazer amor com ele.

Por que diabos ela estava sendo consumida por Philip Darwell. A única vez que ele a beijou ou a tocou foi com raiva — exceto naquela ocasião quase esquecida em que ele estendeu a mão e tocou o cabelo dela quando se sentou ao seu lado, enquanto ele traçava um mapa de Rokeby Hall no tampo da mesa. Ela desprezava seus seios, sua virilha e os membros trêmulos por seu comportamento indisciplinado e insubordinado.

Quando ela e Philip jantaram naquela noite, Lucy mal conseguia olhar para ele, caso os sentimentos começassem novamente. Contudo, ele estava de mal humor e calado, com os cantos da boca repuxados de forma carrancuda, que desafiava todos os esforços dela para fazê-lo sorrir.

Deixando-o olhar pensativamente para os troncos, ela

procurou a companhia de Martha, que a estava ensinando a tecer. Fortificada com o vinho de dente-de-leão caseiro, Martha começou a falar sobre Adam e sobre como ela desejava que ele pudesse voltar e trabalhar na Mansão Darwell, ao invés de ter que trabalhar para a terrível família Hardcastle.

De repente, ela interrompeu o fluxo da conversa, encarou Lucy com um olhar direto e significativo e disse:

— Adam perguntou por você na última vez que esteve aqui de visita.

— Você quer dizer que Adam vem aqui? — O pensamento nunca tinha passado pela cabeça de Lucy. É claro que ele deve visitá-los. Ele era filho deles afinal, e Rokeby Hall estava a apenas algumas horas de viagem de ida e volta.

— Ele veio quinta-feira passada. Era seu dia de folga. "Como está a Senhorita Lucy?" — ele me perguntou. Eu disse que você estava bem e ele disse para ter certeza de mandar suas... saudações.

A leve hesitação de Martha fez Lucy pensar que talvez a mensagem tivesse sido algo mais que "saudações." *Amor*? Ela nunca conseguiria se imaginar casando com Adam, mas aqueles beijos dele... E muitas foram as vezes em que ela se viu encarando Martha quase como mãe.

Era estranho como, antes de ser apresentada a Adam, ela não sabia que o sobrenome deles era Redhead, tendo os conhecido simplesmente como Martha e Matthew. Será que eles a viam como uma possível nora? Eles sabiam quem era o pai dela e sobre o fato de os Swifts possuírem uma casa agradável, alguns acres de terra e, sem dúvida, uma quantia razoável de dinheiro também.

O filho deles se sairia muito bem se casasse com ela. No entanto, Martha sabia o que havia acontecido entre ela e Rory. Sem dúvida, agora ela pensava em Lucy como mercadoria levemente suja, que acharia difícil se misturar entre os de sua mesma classe social.

Aprisionada Pelo Conde

Mas quem *eram* os de mesma classe social dos Swifts? Um treinador de cavalos, por mais experiente e bem-sucedido, ainda era um treinador de cavalos, e como tal, estava apenas um pouco acima da classe dos criados domésticos. Lembrou-se de sua relutância inicial em contar a Martha que ela e Rory tinham se casado e que agora ela era uma viúva respeitável. Bem, agora ela *diria*, pois, talvez a fizesse enxergar sob uma luz diferente. Eles veriam que ela era uma garota que conhecia sua própria mente e que não suportava outras pessoas fazendo planos para ela pelas costas.

Martha ouviu atentamente a história de Lucy, mas com uma crescente expressão de preocupação em seu rosto enrugado. Quando Lucy terminou, ao invés do olhar respeitável que esperava, a mulher pequena e magra inclinou-se para Lucy e colocou a mão na dela.

Balançando a cabeça lentamente, ela disse:

— Sinto muito, minha querida, mas você não deveria ter acreditado nele. Não foi um casamento legal.

A cabeça de Lucy girou. Que tolice ela estava falando? Ela se virou com raiva, um protesto na ponta da língua, mas a mão contida de Martha e o olhar firme e compreensivo reduziram seu ataque planejado a um mero e frio:

— O que você quer dizer?

— Eu sei que deve ser um choque para você, criança, mas ninguém nunca lhe disse que, para que um casamento seja legal, duas testemunhas devem estar presente?

— Mas havia Smithy e…

É claro! Pat não contava. Era ele quem estava realizando a cerimônia. Martha estava certa. Ela e Rory nunca haviam se casado. E aquelas semanas felizes nas quais compartilhara a cama dele — bem, ela não estava agindo melhor do que aquela puta na taverna!

Vergonha manchou suas bochechas de vermelho e seus olhos se encheram de lágrimas. Ela abaixou a cabeça e olhou para o colo, observando os dedos se retorcerem nervosamente. Então, em um impulso, ela arrancou o colar de Rory do pescoço, quebrando a corrente fina e barata, e a jogou no fogo.

Ela se arrependeu quase imediatamente e correu em direção à lareira, mas Martha havia se antecipado e, pegando uma pinça, enganchou a bugiganga na corrente quebrada. Foi deformado e retorcido pelo calor das chamas e a corrente ficou negra de fuligem. Em seu estado arruinado e deformado, parecia simbolizar os sonhos destruídos de Lucy e o amor perdido.

Ela pegou a pequena coisa estragada e a colocou na palma da mão, onde deixou manchas sujas. O simbolismo era avassalador demais para a imaginação vívida de Lucy lidar e ela sentiu soluços gigantes brotando do fundo de sua alma, e se jogou sobre Martha em uma tempestade de tristeza.

— Pronto, pronto, criança. Pronto, agora, tudo vai ficar bem. Não se preocupe, está tudo acabado agora. Ele se foi e não vai voltar, e o mais importante é que você pensou que estavam realmente casados e isso significa que não fez nada de errado.

— Você realmente acredita nisso, Martha? — sussurrou Lucy, através das lágrimas.

A mulher mais velha assentiu e continuou a balançá-la como um bebê até que seus soluços começaram a diminuir como uma tempestade que passava, deixando uma estranha calma em seu caminho.

O choro havia limpado a mente de Lucy. Afinal, agora ela sabia o que estava preocupando Rory. Ela podia entender perfeitamente como Rory, apesar de toda a impulsividade e desobediência, deve ter encontrado uma culpa profunda no coração, sabendo que a havia enganado.

Se ele tivesse tido coragem de explicar, como ela teria reagido? Obviamente, ele tinha esperado que ela ficasse furiosa e com o coração partido, depois que o denunciasse como um explorador mentiroso de meninas inocentes.

Sim, ela se sentiria assim, mas não para sempre. Em primeiro lugar, havia seu amor brilhante e sincero por ele, que nada poderia ter mudado. Assim que ele expressasse seu desejo de casar com ela legalmente, ela teria dito sim e se agarrado a ele, sabendo que o mais importante, era que ele queria passar o resto de sua vida como seu verdadeiro marido. Pobre Rory. Quão chateado e confuso ele deve ter ficado. Talvez ele pensasse que ela já tinha adivinhado e foi por isso que ele procurou consolo no corpo de outra pessoa, pensando que não existia esperança para essa situação.

Ela se ressentia pela maneira como ele a havia acolhido? Ela examinou seus sentimentos e concluiu que não. Tudo o que ela sentiu foi simpatia, junto com uma estranha sensação de alívio. A percepção de que Rory devia estar sofrendo com uma consciência pesada removeu parte do fardo da alma de Lucy. Foi a tolice dele que o matou.

Embora ela não tenha percebido isso até muitos meses depois, esse momento marcou uma virada na vida de Lucy, o fim do período de luto por seu amor perdido. Sempre que ela pensasse nele, nos próximos anos, seria com simpatia e suave tristeza. O desejo violento e angustiante por ele se foi para sempre.

20

O dia seguinte amanheceu tão brilhante quanto o anterior. Às nove, depois que ela tomou o café da manhã no quarto, Philip enviou uma mensagem de que estava preparando cavalos para os dois e que eles iriam dar uma volta nas colinas.

O ânimo de Lucy fervilhou com antecipação. Ela sentia falta do passeio diário que costumava fazer em casa em todos os climas, e sua natureza inquieta exigia exercícios regulares. Sem recorrer ao bloco de montaria, ela saltou de maneira ágil para a sela, vestida mais uma vez com a roupa emprestada.

— Você parece bem hoje — comentou Philip, enquanto seguiam pelo caminho longo e reto.

Lucy se viu observando-o e descobriu que, nessas calças creme apertadas, botas Hessian bem polidas e jaqueta de equitação, ele era realmente uma figura bonita. Os olhos cinzentos dele brilharam com animação, e um leve rubor de esforço por ficar sentado em sua montaria durante o trote acentuava a delicadeza de sua tez e a altura de suas maçãs do rosto salientes.

Ela sentiu seu coração disparar ao olhar para ele, e instigou o cavalo a galopar, deixando Philip momentaneamente para trás.

Aprisionada Pelo Conde

Ele a alcançou com um rápido galope e os dois correram lado a lado em direção aos portões altos de ferro forjado, controlando suas montarias no último momento com barulho de deslizar dos cascos. Eles ainda estavam rindo e trocando palavras enquanto subiam a trilha sinuosa que levava ao topo da cordilheira com vista para o vale. Um vento forte fez com que a pele e as orelhas de seu cavalo se contorcessem enquanto avançavam pelo último trecho de cascalho e paravam no topo da colina.

Atrás deles, estendia-se a colcha de retalhos do vale, que serpenteava por muitos quilômetros sinuosos, conectando uma dúzia de aldeias e vilarejos e unida com o rio prateado e serpenteante. À sua frente havia incontáveis acres de nada, charnecas abertas, cada vez mais íngremes, até as colinas se tornarem montanhas e os vales se transformarem nos grandes lagos de Cumberland e Westmorland.

À esquerda, talvez a um quilômetro de distância, havia uma elevação de uns quinze metros, como as costas de um animal gigante, coroado por um pequeno bosque de árvores escuras e escassas. Ao olhar para ela, Lucy sentiu um súbito tremor e sentiu mágica no ar; mágica antiga e pagã que existia séculos antes da construção da Mansão Darwell.

— Vamos! — gritou Philip enquanto induzia sua montaria para um galope através do chão pedregoso. Seu desafio ansioso dispersou o clima misterioso e sugestivo, e Lucy partiu atrás dele, mantendo um aperto firme nas rédeas, para que sua montaria não tropeçasse em uma pedra solta ou escorregasse em um pedaço de terra lamacenta.

O caminho os levou a atravessar uma série de morros e declives até que Philip finalmente parou em um bosque protegido, coberto de grama. Um aglomerado de cinzas retorcidas nas montanhas, retorcido e dobrado pelo vento do inverno vindo do noroeste, atuava como a cabeça de um córrego claro da montanha que caía em uma cascata em miniatura da face da rocha, borbulhava alegremente pelo bosque e espirrava entre os afloramentos mais baixos das rochas.

Philip desmontou e jogou as rédeas sobre o toco de uma árvore.

— Olhe! — disse ele, apontando para alguma característica no nível do solo que Lucy não podia ver sem desmontar também. Ao fazê-lo, descobriu que o objeto para o qual Philip estava apontando aparentemente não passava de um monte de pedras perto dos pés da pequena cachoeira.

Ela olhou para ele, perplexa, e depois de volta para as pedras. Parecia bastante estranho que uma variedade de pedras, algumas obviamente não nativas dessa parte específica do campo, estivessem juntas exatamente naquele local. Algo parecia brilhar em um raio de sol e Lucy olhou mais perto. Era um fragmento de vidro verde de uma garrafa velha. Houve um lampejo de azul e um de vermelho — mais vidro.

Ela deu a Philip um olhar questionador e o rosto dele se enrugou em um sorriso.

— Eu costumava vir aqui quando era menino — explicou ele. — Tentei construir uma represa uma vez, para prender a água e formar uma piscina, mas a força dela carregava minhas pedras todas as vezes. Isso é tudo o que resta.

— Venho muitas vezes aqui — acrescentou. — Posso fingir que sou jovem novamente e que todos os meus problemas desaparecem, como a água caindo das rochas.

Lucy ficou emocionada com a declaração dele. De repente, enquanto olhava para Philip, ela podia ver um rapaz pequeno e tímido de cueca e sapatos resistentes, andando por cima das pedras ou sentado sob as árvores de freixo, fingindo ser um personagem de um jogo: um alpinista, talvez, que escalou o topo da montanha mais alta do mundo, ou um rei fugitivo lutando para recuperar seu reino perdido.

Quão solitário Philip devia ter sido quando garoto. Ele mantinha seu eu interior bem escondido, mas, quando o

Aprisionada Pelo Conde

revelava em vislumbres fugazes como esse, tocava algo no coração de Lucy.

Um silêncio tinha se formado. Aqui no buraco, o uivo e o canto do vento nas rochas não podiam mais ser ouvidos. O silvo distante de um tentilhão, o balbuciar do riacho, esses eram os únicos vestígios da realidade no que se tornara um lugar encantado, onde nem o tempo, nem a razão existiam. Certamente... *certamente* Philip a beijaria agora?

Mas ele não o fez, e Lucy ficou subitamente consciente do movimento inquieto e rítmico dos dentes dos cavalos arrancando a grama, o lento movimento de seus rabos e a persistente decepção em seu coração.

N aquela noite, os sentimentos que ela temia a revisitaram. Ela se virou febrilmente em sua cama, tentando forçar sua mente a outros assuntos menos perturbadores, mas, por mais que tentasse, pensamentos de sua infância, cavalos e música e todos os outros assuntos em que ela se apegou e lutou para que ficassem em sua mente, simplesmente evaporaram. Em seu lugar, surgiram visões de Philip acariciando o cachorro, Philip parado no bosque, Philip rindo, curvado sobre o pescoço de um cavalo empinado ou olhando para ela com aquela expressão repentina, especulativa e avaliadora.

As imagens vívidas a invadiram e a obcecaram, não lhe dando descanso, mas enchendo-a de anseios doloridos e agitações desconfortáveis. Por que ele a afetou dessa maneira, quando ela nem gostava dele? Por que um olhar dele deveria fazer sua cabeça nadar como se ela tivesse bebido um copo inteiro de um bom vinho?

Toda vez que estava na presença dele, ela formigava consciente dele, como se um milhão de agulhas minúsculas a estivesse picando. Ela percebeu que não era o medo que a deixava tão nervosa e constrangida quando ele falava com ela;

era sua admiração por ele, que a fez querer dizer e fazer apenas o que elevaria, em vez de diminuir, seu apreço por ela. Ter que considerar cada palavra que falava era uma grande tensão. Enquanto ela estava ali pensando nele, uma compulsão pecaminosa começou a tomar o controle de sua mente. Ela não tinha ideia de que horas eram da noite — talvez meia-noite, talvez até uma da manhã — mas sabia que Philip estaria em seu quarto, talvez lendo, ou até mesmo na cama, com seu cabelo amarelo espalhado pela fronha de linho branco, seu rosto corado de sono, seu corpo magro e musculoso quente e relaxado sob as cobertas.

Ela ansiava por acender uma vela, rastejar pelos longos corredores na escuridão, encontrar o quarto dele, abrir silenciosamente a porta e apenas olhar para ele. Ela imaginou a expressão dele quando ele abrisse os olhos — olhos cuja sombra poderia mudar de calor fumegante para gelo prateado em um instante — e a visse parada ali com seus cachos castanhos despenteados caindo sobre os ombros de sua camisola branca de cambraia. Certamente seu coração — e corpo, também — ficariam movidos com a vista? Ele não iria — *não* poderia —rejeitá-la!

A compulsão ficou mais forte. Ela *tinha* que ir até ele, mesmo que ela mal conhecesse o caminho para o quarto dele e sem dúvida sentiria frio nos corredores vazios. Ela não podia se vestir, nem jogar um xale ou capa sobre a camisola, pois isso arruinaria o efeito da beleza espontânea que ela queria criar. Talvez ela pudesse fingir que estava sonâmbula!

As brasas no fogo do quarto dela ainda estavam brilhando. Lucy jogou uma vela no meio delas e a manteve ali até que no pavio brotou uma pequena chama. Então ela saiu do quarto, estremecendo quando o ar frio da noite penetrou em sua camisola fina.

Ela subiu a escada para o primeiro andar e, furtivamente, silenciosa como uma mariposa em fuga, arrastou-se descalça pelo corredor escuro, protegendo a vela com uma mão, para que

Aprisionada Pelo Conde

uma corrente de ar inesperada não apagasse sua corajosa chama. Vários enormes retratos emoldurados de parentes e ancestrais dos Darwells franziam a testa severamente para baixo em suas molduras douradas, e um relógio francês de ouro ornamentado, uma relíquia dos dias mais ricos dos Darwell, brilhando elegantemente em um consolo.

Duas portas estavam abertas, revelando móveis cobertos com lençóis empoeirados. Havia mais duas portas uma em frente à outra, mas nenhuma fenda de luz passava por elas. Philip estava obviamente dormindo profundamente. Perfeito!

O coração de Lucy bateu rapidamente quando ela silenciosamente moveu a maçaneta da primeira porta, mantendo a vela atrás dela para que o brilho repentino não o acordasse. Ela conseguia distinguir as silhuetas do painel de carvalho esculpido ao pé da cama e uma pesada e imponente cômoda embaixo da janela, mas para ver Philip na cama, ela precisava mover a vela para que a luz brilhasse diretamente no travesseiro.

Gradualmente, ela iluminou o quarto, movendo a chama um centímetro de cada vez, de modo que a poça de luz lentamente invadisse a escuridão. Quando a borda do brilho da vela tocou o travesseiro, Lucy sufocou um suspiro. Não havia uma cabeça descansando lá. A cama estava vazia e parecia como se não tivesse sido usada.

Desanimada, ela saiu e fechou a porta. Ela repetiu suas ações do outro lado do corredor, mas mais uma vez não havia sinal de ocupação. Estaria ela no andar errado?

A essa altura, Lucy estava tremendo de frio e medo, e a bravata que sentira estava começando a abandoná-la. Talvez devesse simplesmente voltar ao seu quarto e considerar-se sortuda por ter sido salva da humilhação por um ato do destino. Talvez Philip estivesse no escritório ou na biblioteca, ainda debruçado sobre um livro, alheio à hora da noite.

Mas a compulsão de vê-lo e deixar claro seus anseios varreu-a mais uma vez, em uma onda furiosa e febril. Ela desceu as escadas na ponta dos pés, apenas para encontrar a porta do escritório entreaberta e a sala escura. Na biblioteca também não tinha ninguém.

Ela pensou no enorme salão de baile com sua atmosfera fantasmagórica e estremeceu. Mesmo que Philip estivesse lá, o que ela duvidava, nada a convenceria a entrar naquele espaço vazio e ecoante à meia-noite, com cortinas que flutuavam no vazio, como saias ondulantes de dançarinos espectrais. Ela também sabia que a trava defeituosa na porta tinha uma maneira estranha de prender visitantes não convidados.

Havia outras portas, mas aonde eles levavam ela não sabia, e não tinha vontade de explorá-las no meio da noite. Além dos aposentos dos criados, onde Martha, Matthew e a cozinheira surda e ranzinza Eliza estavam descansando, todo o andar térreo da mansão parecia deserto.

Mesmo Solomon, o cão rajado, não levantou a cabeça e latiu. Estava esticado em um tapete ao pé da escada principal, olhando Lucy com um olho semiaberto. O olho se fechou e o cachorro deu um suspiro profundo e passou a ignorá-la.

Lucy fez uma pausa, esfregou o pelo macio na testa larga e depois, lembrando-se de ter visto Philip fazer a mesma coisa, o desejo ardente de encontrá-lo a possuiu mais uma vez e ela começou a subir as escadas novamente.

Dessa vez, ela caminhou pelo outro lado do corredor, em direção ao fundo da casa, onde se lembrava de Philip dizendo que tinha seu quarto, pois gostava de olhar para as colinas. Quando ela levantou a vela, pensando no que fazer, uma sombra em um canto de repente assumiu a forma de um homem. Lucy ficou petrificada, incapaz de gritar, suas cordas vocais paralisadas pelo medo.

O homem parecia pesado e vestido com algo que brilhava vagamente na luz fraca e tremeluzente. Onde seus olhos deveriam estar, ele parecia estar usando algum tipo de máscara cortada, como um carrasco. Ele não fez nenhum movimento em sua direção e ela de repente percebeu que ele não podia. O espreitador nas sombras não passava de uma armadura vazia.

Aprisionada Pelo Conde

O alívio que ela sentiu a deu coragem e, sem mais hesitações, caminhou determinada em direção à porta à esquerda e a abriu.

A luz crepitante da vela procurou a cabeça aninhada nos travesseiros e a encontrou, mas o nome que ela estava prestes a sussurrar morreu em seus lábios quando Lucy se viu encarando dois globos oculares horrivelmente dilatados, amarelados como pergaminhos antigos, e no centro deles haviam dois discos azuis leitosos que a hipnotizaram com seu olhar enlouquecido.

Uma fenda se abriu sob um nariz no qual a pele de papel grudava finamente no osso que brilhava embaixo, e uma voz seca gemeu levemente:

— Eleanor?

Então os olhos se arregalaram assustadoramente e o cadáver vivo se sentou, sua carne pálida tingida de vermelho à luz das velas como se já estivesse na pira funerária. A fenda se abriu em uma caverna e o rugido ensurdecedor que explodiu soou como se um demônio tivesse tomado posse da alma do cadáver.

— *ELEANO-O-O-R!*

21

P hilip... Oh Philip, eu sinto... Eu não tive
intenção... — As palavras de Lucy, ditas com uma
voz sufocada pelas lágrimas, eram quase
incoerentes e sua respiração saía em suspiros irregulares.

Philip parecia pálido enquanto andava de um lado para o
outro, a jaqueta de veludo verde pendurada nos ombros,
parecendo deslocada por cima da camisa de dormir.

— Você o assustou até a morte, foi o que aconteceu! Ele
pensou que você era sua esposa morta que finalmente tinha
vindo buscar sua alma. E não estou surpreso que o velho tenha
se enganado. Se você tivesse entrado no *meu* quarto vestida
assim, eu teria achado que você era um fantasma, com certeza.

— Mas, em nome de Deus, mulher, o que você estava
fazendo no quarto dele? Sonambulismo? Ou procurando mais
escrituras para roubar? Por que você não matou Hardcastle
enquanto fazia isso? Em vez disso, esse porco ainda está vivo e
envenenando a face da terra com suas trapaças e putas,
enquanto meu pobre pai...

Ele virou-se para encarar Lucy, seus olhos brilhando como
lascas de aço, seus lábios tensos com fúria.

— Philip! Não, não me bata, por favor. — O gemido dela

Aprisionada Pelo Conde

pareceu enfurecê-lo ainda mais quando ele ficou de pé sobre ela, as mãos nos quadris, os cabelos jogados para trás do rosto branco e duro. — Eu me perdi. Não consegui dormir. Eu estava com dor. Eu pensei que, se pudesse andar um pouco, aliviasse meus músculos...

— Dando uma volta? Vestida assim, sem sapatos? Em fevereiro? Você deve estar louca! Ou então há algum significado sinistro em tudo isso que ainda tenho que descobrir.

— N-não, nada s-sinistro. Eu estava... Apenas...

— O que você estava fazendo no andar de cima? Eu disse a Martha para avisá-la para nunca invadir e, especialmente, para nunca entrar em nenhuma sala que você não tivesse permissão para entrar. Você sabia o tamanho de sua fragilidade. Você *queria* matá-lo?

— Claro que não — sussurrou Lucy.

Foi a pior coisa que poderia ter acontecido, pior ainda do que entrar no quarto de Philip e ele a rejeitar. Matar o pai dele! Ela não sabia que ele se importava tanto com o velho ladino que havia apostado sua fortuna.

Agora, não apenas ele suspeitava dela da pior maneira possível, como ele nunca mais a olharia com aquela luz de interesse quente em seus olhos. Além do mais, ela sabia, sem sombra de dúvida, que seria solicitado que partisse assim que o sol nascer.

Como se estivesse conversando com seu cão, Philip retrucou:

— Vá para o seu quarto!

Quase perdendo o equilíbrio na escada, tão cega que estava com as lágrimas, ela se atrapalhou de volta ao conforto do quarto, soluçando. Ela nunca esqueceria a maneira como aquele corpo esquelético tinha levantado dos travesseiros, a maneira como os dedos arranhando a alcançaram, o olhar insano nos olhos horríveis.

Tinha sido o grito agonizante dele misturado com os gritos dela que despertaram Philip da cama e o enviaram correndo

LORNA READ

para o quarto brandindo uma espada, esperando ter de derrotar ladrões, ou então Hardcastle procurando sua escritura.

Quando ele viu Lucy parada ali no meio da noite, uma vela pingando em uma mão, ele se encolheu em choque, depois passou rapidamente por ela e pegou seu pai nos braços. Ele estava atrasado. O espírito do velho homem já havia fugido para se juntar à sua amada esposa em algum lugar guardado para almas fiéis. Tudo o que restou foi uma casca frágil, que a morte havia deixado seca.

Tremendo, Lucy saiu da sala para permitir que Philip tivesse alguma privacidade para lamentar a morte do pai. Mas, em vez de fazer companhia ao cadáver de seu pai, ele foi atrás de Lucy, agarrou-a pelo braço e a colocou em seu próprio quarto, onde as perguntas e acusações a atingiram como pedras.

Agora, ela estava deitada em sua cama, com os joelhos contra o estômago de forma protetora. Sua mão direita agarrou e soltou espasmodicamente um canto do travesseiro de penas de ganso quando os tremores dos soluços a sacudiam. Para terminar assim, antes mesmo de começar! Antes que ela tivesse a chance de contar a Philip sobre seu crescente amor por ele!

Parecia tão injusto. Ela estava fadada, condenada a vagar pela terra, sem manter um amigo, amante ou teto sobre sua cabeça, até... até o que? Até que ela morresse nos pântanos e seus ossos desbotados fossem encontrados, anos depois, sem nada para identificá-los como sendo os restos mortais de Lucy Swift? Ou até que seus devasso, desejos incontroláveis a levarem a perecer de alguma doença não mencionável em uma sarjeta da cidade!

Ela se jogaria à mercê das respeitáveis irmãs de algum convento e se tornaria freira, decidiu. Essa era a única coisa que a salvaria de sua própria natureza rebelde.

Mas, mesmo quando a ideia se formou, Lucy sabia que não era adequada nem por educação religiosa, nem por temperamento para se tornar uma freira dócil. Quando seus soluços desapareceram em suspiros cansados e seu corpo

Aprisionada Pelo Conde

começou a afundar em um sono exausto, ela soube que era seu destino voltar para casa, voltar para Prebbledale e à casa da fazenda de pedra cinza; de volta à mãe agradecida e à mente calculista do pai esperto.

M artha, vestida de preto sombrio como convinha a uma criada doméstica de luto, seu habitual avental branco substituído por um cinza opaco, acordou-a com uma convocação para se juntar diretamente ao novo conde na biblioteca.

Lucy tinha esquecido completamente que Philip herdaria de fato o título. Como ela deveria se dirigir a ele agora? Senhor? Meu lorde? Obviamente, o casual "Philip" dos meses anteriores não funcionaria mais. Por um tempo, eles fingiram ser amigos e iguais, mas agora ele tinha sido elevado a uma posição muito acima da dela. Ela não podia mais se encontrar e falar com ele de maneira tão aberta e descuidada como antes, mesmo que o antigo conde tivesse morrido em circunstâncias diferentes.

Não importa agora, pensou ela amargamente. *O antigo conde está morto, vida longa ao novo conde, e alguém poderia por favor me ajudar a viajar rapidamente para casa.*

No entanto, Philip tinha seus próprios planos e eles foram muito além dos limites mais selvagens da imaginação de Lucy. Enquanto entrava na biblioteca lenta e respeitosamente, usando o vestido caseiro de Martha e carregando seu próprio vestido velho e rasgado embrulhado em um pacote, tudo pronto para uma despedida apressada e sem dúvida vergonhosa, Philip, de seu assento na magnífica mesa de mogno do seu pai, latiu:

— E aonde você vai, senhorita?

— L-lugar nenhum — gaguejou Lucy, estupefata, lembrando-se de acrescentar: — Senhor.

— Eu posso ser o Conde de Darwell agora, mas não há necessidade de falar comigo como uma criada chorona se

LORNA READ

dirigindo a seu mestre. Somos parceiros, você e eu, no crime, se em nada mais.

A maneira como ele enfatizou a palavra "crime" fez Lucy olhar para ele com medo. Eles voltaram a isso? Ele a via agora da mesma forma de quando ela chegou à sua porta para entregar uma égua inútil? Como uma criminosa e desonesta? Suas próximas palavras provaram seus piores medos.

— Há mais de um crime pelo qual você poderia ser enforcada por enquanto.

— Não! — A palavra saltou dos lábios de Lucy. Ele não tinha o direito de ressuscitar essa velha ameaça. Ela já havia pago pelo seu primeiro crime... mais do que pagou por isso, se o abuso de Hardcastle pudesse ser considerado evidência a seu favor. O único crime pelo qual ela era culpada agora era o crime de ter sucumbido ao seu desejo por um homem em particular, aquele que agora fazia seu julgamento.

— Sente-se, Lucy.

Seu tom, calmo e imperioso a apavorou e enfureceu. Seria tão fácil simplesmente contar a ele sua verdadeira razão para vagar pela casa tão tarde da noite. Tão fácil — mas absolutamente impossível. Ela nunca deixaria Philip Darwell saber o quão perto ela estivera de rastejar em sua cama como uma puta vulgar.

Obediente, ela se empoleirou na beira de uma cadeira de madeira dura, ainda segurando a trouxa. O olhar penetrante de Philip cortou o dela, seus olhos duros e opacos como pedra.

— Nunca um criminoso teve tantas chances de se redimir.

Fosse o que fosse, ela não poderia fazer. Não iria fazer. Como ela poderia realizar qualquer tarefa para ele agora, sabendo que tudo o que receberia no final seria não a gratidão e o prazer dele, mas uma despedida fria e o conhecimento de que ele não sentia nada por ela, a não ser desconfiança e mero desdém?

No entanto, ela sabia que *tinha* que fazer, o que quer que fosse, por causa do terrível domínio que ele ainda tinha sobre ela, agora mais do que nunca. Que juiz acreditaria que ela, uma garota sem meios, havia entrado no dormitório de um conde

Aprisionada Pelo Conde

idoso à meia-noite para qualquer outro propósito que não o crime? Quanto a assassinato, invadir a câmara de um homem conhecido por ser assombrado por visões de sua esposa morta, vestida de branco como um fantasma e carregando uma única vela, seria toda a evidência de que a lei precisaria.

Philip a encurralou e, mais uma vez, ela o odiou por isso. Mesmo assim, o poder inegável que emanava de sua presença séria fez algo profundamente dentro dela tremer. Ela o odiava, detestava, mas também o queria. Era tudo muito conflitante para ela compreender.

— O que eu quero que você faça por mim agora é muito menos difícil do que sua última tarefa, embora, Deus sabe, o crime que você cometeu seja muito maior.

Lucy reprimiu a resposta que saltou para seus lábios. Ela nunca diria a ele a verdade sobre suas caminhadas noturnas. Nunca! Deixe-o pensar o que quiser.

— Desta vez, a parte mais difícil da tarefa será realizada por mim.

Ela o olhou com espanto. O que ele quis dizer? Qual era o problema?

— Pelo amor de Deus, garota, largue esse pacote. Você parece uma cigana vendendo pregadores de roupa.

O insulto a machucou e ela colocou o vestido enrolado no tapete desbotado da biblioteca com lentidão deliberada e insolente. Se ela não podia protestar contra o tratamento dele com palavras, então ela faria isso com ações.

Philip pareceu não notar.

— A morte de meu pai foi um choque para mim em mais de um sentido. Depois que Matthew e eu o preparamos, passei o resto da noite examinando seus papéis e caixas e recebi mais de uma surpresa desagradável.

— Eu lhe contei sobre o hábito de jogar de meu pai, como ele tolamente deixou aquele maldito malandro roubar-lhe tudo o que possuíamos — a mansão, que você conhece, é claro, nossa fortuna e as joias de minha mãe.

LORNA READ

Lucy assentiu e ele continuou:

— Eu sabia que algumas das joias haviam sido roubadas por aquele... aquele *verme* de Rokeby Hall, mas nunca imaginei que meu pai tivesse deixado ele levar todas, até o inestimável anel de esmeralda de minha mãe que havia sido passado através de gerações!

Ele fez uma pausa e olhou pensativo para os papéis que estavam espalhados por toda a mesa. A pausa se transformou em um silêncio desconfortável, o que fez Lucy desejar escapar da sala se fundindo invisivelmente nas paredes. Talvez aqui, como na biblioteca de Hardcastle, houvesse uma porta secreta junto à lareira. Lucy voltou o olhar especulativamente para os painéis de carvalho, mas a voz de Philip a tirou de seus pensamentos errantes.

— No próximo sábado. Essa é a noite do grande baile na Casa Bidstone que Lorde e Lady Bellingdon estão dando por ocasião do aniversário da filha mais nova, Pamela.

Lucy sentiu a boca secar. Certamente Philip não esperava que ela fosse ao baile? Ora, ela não tinha nada para vestir, exceto um dos vestidos extremamente antiquados de Lady Eleanor! Além disso, os Hardcastles iriam reconhecê-la.

Como se estivesse lendo sua mente, Philip anunciou:

— Naturalmente, os Hardcastles estarão presentes, especialmente porque nosso querido Lorde Emmett estará em Manchester a negócios e, sem dúvida, permitirá que Rachel encha seus pequenos olhos com sua personalidade estimada e viril.

Apesar da turbulência em que seus pensamentos estavam, Lucy descobriu que tinha que reprimir uma risadinha ao pensar no casal desagradável que os dois faziam, Rachel, com seus olhos claros, cabelo liso e corpo plano, e Emmett vaidoso, com sotaque afetado e afeminado, tão atraente quanto uma minhoca.

Philip, no entanto, não mostrava nenhum traço de humor, mesmo que ele sentisse.

— Hardcastle informará Adam sobre o horário que eles

Aprisionada Pelo Conde

pretendem partir, para que ele possa preparar os cavalos para a jornada. Adam terá essas informações pela manhã e enviará um mensageiro para cá.

— Esse será o sinal para você partir em um cavalo veloz para Rokeby Hall. Eu sei que você é uma excelente amazona, então você pode levar Redshanks, minha baia. Quão boa é a sua memória?

Ele fez a pergunta para ela tão rápido que Lucy se viu balbuciando.

— Bem, eu... depende do que você quer dizer. — Eu...

— Você consegue se lembrar de como misturar o unguento que seus amigos especialistas usavam quando desejavam que um cavalo parecesse manco por um tempo?

O desprezo em sua voz quando ele disse "especialista" a deixou fervendo de indignação.

— Eu acho que sim — disse ela rigidamente.

A mistura da pomada tinha que ser muito precisa, assim como o tempo. Aplique muito pouco ou faça a mistura muito fraca e o animal simplesmente tropeçará um pouco e depois se recuperará. Faça a mistura muito forte e a criatura cairá de joelhos, incapaz de levantar até que os efeitos da droga paralisante acabem. O que Philip tinha em mente?

— Excelente. Hoje é quinta-feira. Você tem dois dias para encontrar os ingredientes e fazer sua poção. Então, minha bruxinha, você voará em sua vassoura até os estábulos de Rokeby Hall e aplicará uma dose boa e forte nos cascos de dois dos cavalos da carruagem. Eu acho que a pomada leva cerca de uma hora para penetrar nos músculos e se tornar totalmente eficaz?

— Sim. Está correto.

Como Philip sabia disso? Talvez ele tivesse estudado as atividades de seus antigos companheiros mais de perto do que ela imaginara.

— Como vou saber quais cavalos escolher?

LORNA READ

— Serão os cinzas. Eles são os mais bonitos e os que Hardcastle sempre escolhe quando deseja impressionar.

— Como vou entrar nos estábulos sem ser vista? — perguntou ela, sentindo que era, na verdade, um negócio muito arriscado e temendo por sua pele, se não por sua vida, se Hardcastle ou Rachel a vissem.

— Está tudo arranjado. Já estará quase escuro quando você chegar a Rokeby Hall. Você deve se aproximar através dos campos por uma rota que eu descreverei para você. Uma linha de árvores a protegerá das janelas do fundo de Rokeby Hall. Combinei com Adam que o portão que leva ao pátio do estábulo fosse deixado destrancado.

— Ele estará na cocheira, envolvendo os cocheiros e os cavalariços em uma conversa. Ele os manterá lá o máximo que puder, mas eu acho que você não tem mais do que dez minutos para entrar nas baias, escolher os cavalos corretos, aplicar sua mistura diabólica em dois deles e sair do pátio.

— Por que dois? Certamente um cavalo coxo seria suficiente? De qualquer forma, qual é o seu propósito? Simplesmente impedir que os Hardcastles estejam presentes no baile?

— Não, sua boba. Que bem isso traria para mim? Eu não daria a mínima se Rachel finalmente conseguisse atrair Emmett a propor. É exatamente o tipo de coisa que ela faria para ofender a amiga em sua própria festa de aniversário. E bem, que me importa se Hardcastle passa a noite toda com uma mulher suja vestindo seda? Eu só não quero que eles façam isso com as joias de minha mãe em seus corpos cheios de sífilis. Certamente meu plano está claro para você agora?

Lucy pensou que sim, mas não queria arriscar um palpite. Ela queria que Philip explicasse por conta própria, porque estava gostando de suas descrições coloridas dos Hardcastles e de seus hábitos extraordinários; assim, continuou a olhá-lo em um silêncio de olhos arregalados, convidando-o a continuar. Ouvindo-o falar assim, ela quase podia esquecer que era mais

Aprisionada Pelo Conde

uma vez sua prisioneira, sujeita a todas as suas ordens e caprichos.

— O baile começa às oito. A Casa Bidstone fica a uma hora de cavalo de Rokeby Hall. Como Rachel é obrigada a atrasá-los com ela resmungando e se arrumando, meu palpite é que eles tomarão a estrada mais curta, porém mais perigosa pela charneca, ao invés da menos direta pelo vale e ao redor da colina. Pedi que você aplicasse sua droga em dois cavalos porque não quero correr o risco de você escolher o único cavalo no mundo inteiro que não é afetado pelo seu medicamento.

— Mas eles não vão pensar que algo suspeito está acontecendo se dois de seus melhores cavalos ficarem coxos ao mesmo tempo? — As dúvidas de Lucy sobre o esquema aumentavam a cada momento que passava.

— Eles não terão tempo, eu garanto. Eles terão algo muito mais importante do que cavalos falhando para ocupar suas mentes — a aparição de um temível ladrão de estrada armado!

— Você quer dizer que vai roubar suas próprias joias? Você, um conde, age como um ladrão comum?

Philip deu uma risada oca.

— Apenas recuperarei o que é minha herança legítima. Quanto a transformar em um ladrão, parece uma coisa muito fácil de fazer, que não pesa em minha consciência.

A maneira como ele olhou para Lucy através das pálpebras semifechadas, uma expressão calculista em seu rosto, a fez estremecer por dentro. O que quer que ele pensasse, ela não tinha nascido uma transgressora. Não era fácil para ela, como ele estava implicando. Ela odiava isso. Ela temia o risco de ser descoberta, a chance de esquecer suas instruções e cometer algum erro.

E, no entanto, havia uma certa emoção sobre esse tipo de atividade que traía algum traço selvagem dela, o mesmo traço que a levou a se apaixonar por Rory — e agora, lamentavelmente, também por Philip.

LORNA READ

— Mas quando os cavalos se recuperarem... o que acontecerá?

— Matthew foi nascido e criado no campo. Suas previsões sobre o clima nunca falham. Ele diz que haverá neblina nos pântanos nas próximas noites, e eu acredito nele. Quando eu aparecer, falarei coisas sem sentido que eles pensarão ser um feitiço. Então, quando eu sair com meu espólio e os cavalos se recuperaram milagrosamente, eles não poderão deixar de acreditar que se encontraram com um mágico, que lançou algum encantamento que fez com que seus cavalos cambaleassem e caíssem no local exato em que ele se materializou.

Um silêncio caiu entre eles. Lucy mexeu os pés nervosamente, a mente cheia de milhares de razões pelas quais esse último dos planos de Philip era perigoso demais para ser colocado em prática, tanto para ele quanto para ela. Ela tinha que falar, dizer a ele o que estava em sua mente, mesmo que ele a considerasse uma "boba."

— Certamente, sua posição com Hardcastle já é perigosa o suficiente? Ele deve ter se gabado aos companheiros por ter ganho esta casa do seu pai. Se desafiado, como você explicará o fato de agora ter a escritura em sua posse?

— E quanto às joias, muitas pessoas viram Rachel e sua mãe usando-as, e eu não posso acreditar que Hardcastle e sua família não vão contar sobre o roubo por esse estranho homem da estrada. Você estará de posse de bens roubados. Você poderia ser enforcado!

A ironia de sua declaração não foi perdida por Philip, que sorriu ironicamente antes de responder:

— Acho que não, Lucy Swift. Veja bem, apesar de todas as suas falhas, Hardcastle é um homem cauteloso. Duvido que alguém tenha sido informado das verdadeiras circunstâncias de como ele adquiriu as escrituras da Mansão Darwell. Se ele se gabasse disso, teria assustado os outros jogadores que ele planeja enganar.

— Acredito que ele teria ficado em silêncio sobre a casa e se

Aprisionada Pelo Conde

apossado dela após a morte de meu pai, da qual ele ainda não tem conhecimento, é claro, com o pretexto de que a havia comprado de mim. Admitir que ele havia ganho em um jogo de cartas teria sido muito alarmante para suas futuras vítimas.

— Quanto às joias da minha mãe, certamente terei que evitar exibi-las no futuro. Talvez eu tenha que vendê-las no exterior para arrecadar dinheiro para manter a propriedade funcionando. Mas lembre-se que Hardcastle é odiado em Cheshire, Lancashire e muito mais além. A maioria das famílias abastadas por aqui perdeu pequenas fortunas para ele, e se ele me desafiasse e me acusasse de roubo, e eu o denunciasse como trapaceiro e vigarista, seria eu quem seria suportado.

— As pessoas não gostam de admitir suas perdas nos jogos, Lucy. Se Hardcastle me acusasse de roubo, eu o faria admitir exatamente o quanto ganhou do meu pai. Outros começariam a perceber que não foram só eles que perderam tudo para o desgraçado, e minha própria contra-acusação de trapacear suas cartas soaria verdadeira, especialmente porque por acaso tenho em meu poder um baralho de suas cartas marcadas, obtido para mim por Adam.

— Acredito que Hardcastle ficará calado sobre suas perdas e irá procurar outras maneiras de se vingar de mim. Estou ansioso por mais uma oportunidade para esmagá-lo! — Philip sorriu sombriamente.

Lucy teve que admitir para si mesma, embora de má vontade, que o plano parecia perfeito. Se ao menos ela pudesse estar lá para ver a expressão no rosto de Rachel enquanto os dois cavalos caíam, detendo os outros e emaranhando as cordas, exigindo que toda a família Hardcastle deixasse a carruagem e ficasse na lama e na névoa em toda a sua elegância!

Ela sentiu pena da mãe de Rachel, aquela mulher triste e inútil que ela não tinha vontade de prejudicar. Philip estava certo, no entanto. As joias eram suas por direito e foram injustamente ganhas de seu fraco pai. Ela só podia aplaudir seus esforços imaginativos para recuperar a herança de Darwell.

No entanto, havia uma coisa que ela não podia contar, por medo de que não apenas sua futura liberdade, mas sua própria vida estivesse em perigo, e era o fato de ela nunca ter realmente feito a poção entorpecedora. Ela só observou Smithy colhendo ervas, fervendo-as em um suco e adicionando um pó branco que ele comprara de um farmacêutico. Ela não tinha ideia de quais ervas e que pó.

Só havia uma coisa que ela podia fazer: se abrir com Martha e Matthew e pedir ajuda.

Assim que Philip a dispensou, ela foi até as cozinhas, onde sabia que encontraria Martha ajudando a velha cozinheira. Assim que começou a explicar seu problema para a criada de rosto vermelho, cuja sobrancelha pingava de suor enquanto mexia uma panela borbulhante que pairava sobre o fogo, Martha a dispensou com um aceno de mão.

— Não adianta falar comigo sobre essas coisas. Fale com Matthew. Ele está lá fora em algum lugar, varrendo o caminho ou algo assim. Ele saberá o que você quer.

De fato, para sua surpresa, Matthew sabia exatamente o que Lucy precisava — e por quê. Era óbvio que Philip escondia pouco de Adam, e Adam não escondia nada de seus pais, por mais secreto que fosse. Lucy se perguntou se, por mais confiáveis que ela soubesse que eram e por mais que gostasse deles, talvez eles soubessem mais do que era bom para eles saberem.

Mas quem era ela para sugerir que um filho não confiasse nos próprios pais? De qualquer forma, ela sentiu que confiava em Martha e Matthew mais do que em Adam. Era uma maravilha que ele não tivesse um ressentimento profundo contra Philip por forçá-lo a trabalhar em Rokeby Hall. E, no entanto, certamente ele poderia ter conseguido um trabalho em outro lugar? Ele não tinha que trabalhar lá. Talvez ele tenha ficado lá por pura lealdade a Philip, a fim de ajudá-lo com seus planos. Afinal, se

Aprisionada Pelo Conde

Philip fosse bem-sucedido, e a riqueza e a propriedade fossem novamente suas, Adam não se beneficiaria também? Matthew informou Lucy que ela deveria deixar isso para ele.

Ele até se ofereceu para misturar a pasta para ela, mas uma ligeira pontada de desconfiança a levou a agradecer, mas informou-o de que apenas obter os ingredientes seria suficiente. Ela faria o resto.

Ela tinha certeza de que conseguia se lembrar do método de Smithy, embora esperasse que Matthew não achasse que seu pai, o mais respeitável dos comerciantes de cavalos, se envolvia em práticas ilegais e desonestas.

Ela viu Philip apenas brevemente no dia seguinte, enquanto ele estava ocupado fazendo arranjos para o enterro de seu pai, que aconteceria na segunda-feira seguinte. Mensagens tinham que ser enviadas para parentes e velhos amigos da família, e a mansão esperava vários visitantes sombrios e compreensivos. No entanto, ele ainda achou tempo, para ensaiar os arranjos do dia seguinte de uma maneira que a fez sentir-se como uma criança tendo uma lição martelada no crânio por um tutor muito rigoroso.

Ela se sentiu pateticamente grata a ele por sorrir para ela de uma maneira gentil, depois que repetiu suas instruções, e então se odiou por se sentir assim. O que aconteceu com o orgulho dela? Será que a abandonara completamente? Ela se desesperou. Ela poderia querer ele, mas nunca o teria. Por que seu cérebro entorpecido não podia entender isso?

No momento em que sua próxima provação terminasse, ela partiria e finalmente se libertaria da má sorte que a perseguia desde que pusera os pés na mansão.

22

Galopar a uma velocidade vertiginosa pelo caminho da charneca na penumbra perigosa do crepúsculo era realmente uma alegria. Uma ideia selvagem surgiu na cabeça de Lucy de simplesmente continuar correndo, passando por Rokeby Hall e indo para o que havia além — novos arredores e pessoas que não conheciam sua história e nem se importavam, contentando-se em aceitá-la como era.

No entanto, por mais atraente que fosse a ideia, isso significaria nunca mais ver Philip novamente, e isso ela não poderia suportar. Melhor ajudá-lo a executar seu plano e esperar que talvez, apenas talvez, algo o fizesse suavizar sua atitude em relação a ela, trazer de volta aquela luz quente que às vezes surgia em seus olhos quando a olhava.

Ela ainda nutria um medo incômodo de que, se o desobedecesse, poderia ser acusada do assassinato de seu pai. De qualquer forma, ela não tinha vontade de fugir dele. Ela estava louca de desejo por ele, e quanto mais longe seu cavalo estava da Mansão Darwell, mais ela se via desejando ver Philip correndo atrás dela.

Mas nenhuma figura se aproximou dela no anoitecer. Não havia nada além de árvores, pedras e melancolia crescente. À

Aprisionada Pelo Conde

frente, em uma cavidade entre duas cordilheiras rochosas, ela podia ver o grupo de sempre-vivas escuras que marcavam o limite frontal de Rokeby Hall.

Lucy seguiu as instruções e lentamente passou a cavalo pela linha de carvalhos robustos que separavam os jardins formais e geométricos da terra ao redor. O portão que levava ao pátio do estábulo estava destrancado, como Philip prometera. O mensageiro de Adam havia relatado que, como Philip suspeitava, os cinzas seriam usados naquela noite, quatro animais magníficos e poderosos que, felizmente, compartilhavam baias adjacentes.

Lucy deslizou o ferrolho da porta da primeira baia e o animal assustado chiou de surpresa quando ficou ao lado dela, correndo uma mão experiente pelo flanco do animal antes de pegar um casco e esfregar generosamente com sua pomada fétida. O cavalo bem treinado não fez barulho enquanto Lucy cuidava de cada casco por vez. Então, dando um tapinha no nariz longo e manchado, ela saiu da baia e entrou na próxima.

O segundo cavalo, no entanto, tinha um temperamento decididamente diferente. Ele bufou e se encolheu diante da presença de um estranho, e Lucy não conseguiu encurralá-lo enquanto ele deslizava de uma ponta à outra da baia. Ela saiu a tempo, antes que a fera nervosa desse uma mordida em seu ombro.

O terceiro cavalo de carruagem, no entanto, permitiu que Lucy fizesse o que desejava e a recompensou com uma lambida viscosa de sua língua gigantesca que deixou uma linha de saliva equina em sua bochecha.

Limpando-se com a manga, ela estava fugindo para a sombra das árvores, onde havia deixado a baia de Philip amarrada a um galho, quando ouviu uma porta se abrir e o som das vozes de homens no ar limpo da noite. Uma delas era inconfundivelmente a de Adam.

Devido ao nervosismo do segundo cavalo, sua tarefa levou vários minutos a mais do que ela pretendia. Como ela poderia fugir sem ser vista, agora que o pessoal do estábulo estava andando pelo pátio, abrindo os portões da cocheira, correndo com selaria recém-polida?

Ela estava preocupada que o cheiro pungente do unguento ainda pudesse estar dentro das baias. Alguém com um nariz afiado não conseguiria deixar de se perguntar sobre o odor e ela rezou para que o forte cheiro dos animais e seus excrementos encobrisse os vestígios estranhos.

Finalmente chegou um momento em que ninguém estava à vista. Lucy saiu do pátio do estábulo, subiu na sela e foi com o cavalo pela sombra das árvores maciças e sem folhas.

De repente, sua montaria se assustou, bufando de terror quando uma sombra se afastou da escuridão e parou diante dela. Lucy quase caiu e teve que lutar pelo controle do animal assustado. Assim que a acalmou com um tapinha e uma fala suave, viu havia causado o problema. Adam.

— Mantive os homens conversando o máximo que pude. Você já deveria estar a oitocentos metros de distância daqui. O que aconteceu? — perguntou ele.

Ela explicou e, quando terminou, ele segurou a rédea do cavalo dela, colocou a mão em seu joelho de uma maneira muito familiar e sussurrou em voz baixa e urgente:

— Philip nunca deveria ter mandado uma garota para uma missão dessa natureza, especialmente você. Você sabe que eu me importo com você e com o que acontece com você. Como ele te convenceu a vir a Rokeby Hall e se colocar em perigo assim? O que ele tem contra você?

Quando Lucy se recusou a responder, não desejando incriminar a si mesma ou a Philip, ele continuou, no mesmo sussurro tenso e apressado:

— Não importa. Vejo que você está preparada para fazer qualquer coisa por ele. Embora o que Philip tenha feito para merecer...

A voz dele sumiu.

— Apresse-se agora — disse ele. Dando um passo para trás,

Aprisionada Pelo Conde

deu um tapa forte no traseiro do cavalo, que disparou na direção dos campos além das árvores.

Lucy esperou sombriamente, amaldiçoando Adam pelo que pareceu um ato de despeito e ciúme. Quando ela já estava fora de vista de Rokeby Hall e não tinha nada além da charneca aberta entre ela e a Mansão Darwell, ela chegou a várias outras conclusões sobre Adam Redhead e ela não gostou nem um pouco das implicações.

Ela podia entender um homem com ciúmes de outro por uma mulher, mas aqui parecia haver mais do que isso envolvido. Longe de agir como escravo subserviente de Philip, Adam não estava apenas criticando seu ex-mestre, mas exibindo sinais de inimizade evidente que prejudicavam quaisquer planos futuros de Philip nos quais Adam estivesse envolvido.

Philip deve ser cego para confiar nele, ela pensou. Havia algo na voz de Adam quando ele pronunciou as palavras: "O que ele tem contra você?" o que implicava a possibilidade de Philip também ter algum tipo de domínio sobre Adam. O modo como ele enfatizou a palavra *você*, tão levemente que seria necessário um par de ouvidos afiados como a dela para captar a ênfase.

Ou ele estava apenas se referindo ao caso de amor que imaginou que os dois estivessem tendo? Talvez a frase tivesse sido mero sarcasmo e, pelo "contra" que Philip tinha sobre ela, ele quis dizer um rosto bonito e um par de coxas luxuriantes, e estava doente de inveja ao pensar nisso.

Se ele soubesse a verdade! No entanto, se ele soubesse, seria obrigado a tentar cortejá-la e ela seria obrigada a rejeitar seus avanços mais uma vez. Melhor deixá-lo pensando que Philip e ela estavam apaixonados. Pelo menos era meia verdade.

23

A previsão do tempo de Matthew estava certa. Philip ficou em seu ponto de visão em uma colina com vista para a estrada da charneca, em um redemoinho frio de névoa que se tornava mais espessa a cada segundo. Estava escuro demais para verificar as horas no pesado relógio de bolso de ouro de seu pai, mas ele imaginou que devia estar ser por volta de sete e quinze. Em mais ou menos meia hora, ele poderá ouvir o cocheiro dos Hardcastles subindo a trilha íngreme.

Seu cavalo se moveu inquieto embaixo dele, procurando uma fuga do vento úmido e amargo, e as mãos de Philip estavam dormentes nas rédeas quando sua vigília solitária foi recompensada pelo som de uma carruagem se aproximando. Ele avistou o clarão amarelo dos lampiões, iluminando os traseiros dos cavalos... Mas algo estava errado.

Em vez dos quatro cinzas que ele fora levado a acreditar que puxariam a carruagem naquela noite, havia quatro castanhos. O que deu errado com seu plano? A cadela tola deve ter misturado a pomada de maneira errada, fazendo com que os cinzas estivessem coxos antes de deixar os estábulos — ou talvez ela nem mesmo tenha executado o plano!

Um grande fluxo de maldições saiu dos lábios de Philip. Ele

Aprisionada Pelo Conde

não podia acreditar que uma estratégia tão simples podia ter falhado. Ali estavam os Hardcastles, a apenas quatrocentos metros de distância, com suas joias, encaixotados dentro da carruagem, tão perto, tão perto de seu alcance e ainda assim tão impossíveis de recuperar. Quando ele teria outra oportunidade tão perfeita quanto esta?

Ele se escondeu, fundindo-se nas sombras de um grupo de árvores enquanto o cocheiro dos Hardcastle se aproximou, a quatro metros abaixo dele. O chicote do cocheiro chiou e enrolou-se no flanco de um dos cavalos traseiros, que disparou repentinamente, de modo que, por um momento, a carruagem saltou diagonalmente pelo caminho antes de retomar seu ritmo rítmico pela trilha pedregosa. Névoa serpenteava ao redor da encosta e cobria a estrada. Era impossível para os olhos de Philip penetrarem na névoa espessa, mas ele sabia que, quando ela desaparecesse, os Hardcastles estariam fora de vista ao redor da próxima colina.

Ele deu um tapinha no pescoço do cavalo e deu ao animal impaciente o sinal para andar. Cavalo e cavaleiro percorreram cuidadosamente o terreno rochoso e acabavam de descer para a estrada quando um tremendo estrondo e uma enxurrada de gritos e maldições, misturados a gritos penetrantes, os fizeram parar. As orelhas da montaria de Philip tremeram de um lado para o outro, e Philip se esforçou para captar os sons através da escuridão e descobrir sua causa.

Rapidamente, ele guiou o cavalo para fora da estrada novamente e subiu a encosta. O véu de névoa se desfez e se abriu diante dele e ali, parada, bem à frente dele, estava a carruagem dos Hardcastle, dois cocheiros intrigados discutindo sobre a forma de bruços de um dos cavalos da frente, que estava esparramado em sua barriga.

Não conseguia levantar, devido ao fato de ter chegado muito perto de uma árvore no meio do nevoeiro e um galho ter enganchado nas cordas, fazendo o cavalo se torcer, cair e os arreios se partirem. Os olhos do cavalo chocado estavam

LORNA READ

rolando de uma maneira aterrorizante e seus flancos tremiam com o esforço de tentar se desembaraçar. Talvez até tivesse quebrado uma perna! As orações de Philip foram ouvidas afinal.

Sem nem um momento para considerar se Hardcastle ou seus criados estavam ou não armados, ele sacou a pistola do cinto e, com um grito de "Olá, aí!" ele correu com o cavalo na direção deles, em um galope rápido.

Harriet Hardcastle pressionou a mão no peito e pareceu a ponto de desmaiar ao ver o homem armado e mascarado que estava abrindo a porta da carruagem. A cor sumiu do rosto corado de George Hardcastle enquanto ele protestava com frieza dizendo não estavam carregando dinheiro ou objetos de valor.

Philip gesticulou com o cano da pistola em direção aos colares e brincos que as duas mulheres estavam usando. Harriet arrancou os brincos, dilacerando um lóbulo da orelha em sua pressa para entregar as delicadas ametistas ao vilão de aparência perigosa que estava ali em um silêncio ameaçador. Então, sem insistir, ela entregou o colar e os anéis de rubi.

Sem uma palavra, Philip guardou as joias no bolso e virou-se para Rachel, que o olhava com um olhar de desprezo gelado e imperioso. Ele moveu o cano da pistola para perto do pescoço dela, mas ela ainda se recusava a entregar as joias com as quais havia proposto deslumbrar Lorde Emmett naquela noite a um ladrão comum. Philip foi forçado a falar com ela.

— Tire as bugigangas que você está usando e entregue-as rapidamente, ou eu vou atirar!

Ele falou em um tom áspero e irritante, para disfarçar sua voz o máximo possível. Os olhos de Rachel estavam fixos nele em um olhar tão penetrante que ele sentiu que ela estava tirando sua máscara.

— Você quer que eu te mate, moça bonita? — Philip perguntou severamente, enfiando a ponta do cano da pistola no pescoço dela, logo abaixo da orelha, na qual pendia uma esmeralda reluzente cercada por pequenos diamantes, as

Aprisionada Pelo Conde

mesmas joias que sua mãe usava no retrato pendurado na Mansão Darwell.

— Faça o que ele diz, filha. Esse canalha só vai atirar em você se não o fizer — ordenou Hardcastle, que estava agachado de maneira covarde no canto mais distante do interior da carruagem, ignorando os gemidos de sua esposa que estava caída ao lado dele, com um lenço de renda com cheiro de lavanda em sua boca.

— Então atire em mim, miserável — convidou Rachel, com uma insolência fria.

Com a pistola ainda presa ao pescoço dela, Philip ergueu a mão esquerda e acertou com toda a força de sua mão com luva de couro na bochecha direita de Rachel. Ela gritou e levou a mão sobre a bochecha ardente que agora estava com marcas escarlates em sua pele pálida.

Com um puxão, Philip arrancou o colar do pescoço dela, enfiou-o no bolso junto ao resto do espólio e depois arrancou cada brinco das orelhas dela. Rachel usava luvas de pelica brancas, sob as quais Philip podia ver os contornos salientes das joias que usava nos dedos.

— Seus anéis também — ele ordenou, pressionando a arma ainda mais contra o pescoço dela. — Seria um grande prazer atirar em você. Em todos vocês — acrescentou ele, apertando o gatilho com um clique que fez Harriet gritar e pressionar as mãos sobre os olhos.

O tapa de Philip abalou os nervos de Rachel e ela rapidamente tirou as luvas e puxou os anéis dos dedos quadrados e masculinos. Ela entregou-os a ele, despejando-os em uma pilha tilintante na palma da mão dele. Mal deixando seu olhar sair de Hardcastle e Rachel por um instante, ele selecionou um, uma grande esmeralda em uma pulseira de ouro, cuja desenho era como duas mãos se encontrando ao redor da pedra, e depois deixou o resto escorrer por seus dedos como bugigangas de um parque de diversão no chão escuro da carruagem.

Ele afastou a arma e Rachel imediatamente caiu de joelhos e começou a se mexer, recuperando-os. Philip notou com satisfação que as marcas que ele deixara na bochecha dela estavam começando a se transformar em hematomas roxos, o que sem dúvida arruinaria suas chances de receber uma proposta naquela noite.

Oferecendo ao grupo um alegre "Adieu!", ele bateu a porta da carruagem atrás dele. Os cocheiros não estavam à vista.

Ele ia montar o cavalo que o esperava, depois notou que o cavalo caído da carruagem estava começando a fazer uma subida vacilante de sua posição de bruços. A hesitação daquele momento quase se mostrou fatal, quando um repentino e estonteante barulho vindo por trás pegou Philip de surpresa.

Ele se jogou de lado no momento em que uma bala assobiava, roçando em seu ombro quando passou por ele. Pensamentos surgiram em seu cérebro três vezes mais rápido que o normal. Assim que ele caiu no chão, ele continuou rolando, segurando o ombro para que seu pretenso assassino, sem dúvida um dos cocheiros, pensasse que ele estava gravemente ferido. Estremecendo quando seu corpo colidiu com pedras afiadas, ele se dirigiu para um denso grupo de arbustos de junco e, protegendo o rosto contra a miríade de espinhos, enterrou-se no meio dos caules grossos, onde se encontrou em um buraco natural com os galhos espinhosos espalhando acima e ao redor dele em um escudo protetor.

Ele podia ouvir gritos distantes, e o esmagar dos pés sobre o chão duro e pedregoso. Ele prendeu a respiração quando um par de botas caminhou até o grupo de arbustos onde se refugiara. As botas pararam por um tempo, depois se viraram e começaram a se afastar lentamente, e Philip notou com grande interesse que, afixado no couro brilhante, havia um par de esporas de prata muito distintas. Pareciam esporas de cavalaria, embora fosse impossível dizer com certeza na escuridão.

Ele se contorceu de bruços para olhar mais de perto, contorcendo-se como uma cobra ao redor dos caules grossos e

Aprisionada Pelo Conde

retorcidos do junco. Seus olhos não se enganaram. *Eram* esporas de cavalaria, o mesmo par que ele dera, três anos atrás, a Adam Redhead.

L ucy andava de um lado para o outro, sem conseguir descansar. Pela terceira vez, ela percorreu as salas que conhecia tão bem: a biblioteca, o escritório, a longa e elegante sala de visitas, o salão de banquetes e até o salão de baile deserto, com o cão de Philip trotando docilmente ao lado dela. Por fim, ela afundou exaustivamente em uma cadeira na sala de visitas e tocou a campainha para Martha ou Matthew lhe trazerem comida e bebida para sustentá-la durante sua longa vigília.

— Querido Solomon — disse ela, acariciando as orelhas sedosas do cão. Você não é feliz sem seu mestre, não é?

O animal lhe deu um olhar triste com seus olhos castanhos claros.

— Onde ele está, então? — murmurou ela, esfregando a nuca eriçada na parte de trás do pescoço. — Você acha que poderia encontrá-lo?

O cachorro se aproximou um pouco mais dela, como se quisesse conforto. Suspirando, Lucy tirou a mão carinhosa e disse:

— Não, eu também não estou muito feliz.

Com um suspiro, o cachorro afundou, apoiou a cabeça pesada nas pernas dianteiras e olhou tristemente para o fogo. Lucy invejava aquela capacidade de relaxar, a capacidade de esperar e desejava ter um pouco da paciência do animal.

A porta se abriu e Matthew entrou carregando uma tigela de caldo de carne quente, um pouco de pão fresco e uma variedade de queijos e carnes frias. Ele os colocou em uma pequena mesa ao lado da cadeira dela, depois perguntou sério:

— O mestre ainda não está em casa?

— Não, Matthew. Não tenho ideia de onde ele pode ter ido.

Mateus sabia sobre o "roubo"? Quanto Philip ou Adam lhe disseram? O mesmo sentimento desconfortável que a afetara após o encontro com Adam naquela noite a invadiu novamente. Matthew sabia alguma coisa; ela tinha certeza disso. Ele estava sugerindo que algo poderia ter dado errado com o plano de Philip. Mas, ao mesmo tempo, ele não estava dizendo nada. Ele e Martha poderiam suspeitar que o filho deles não era completamente leal a Philip? Se fosse esse o caso, por que eles não expressaram suas suspeitas ao próprio Philip? Claro, ela percebeu; eles eram os pais de Adam. Sua lealdade para com o filho é mais importante do que a lealdade ao empregador deles.

Ainda assim, ela sabia que Matthew estava preocupado e infeliz. Ele permaneceu na sala como se tentasse decidir se devia ou não dizer algo a ela. Então, de repente, ele saiu, deixando Lucy olhando sem ver o caldo fumegante.

Uma sensação desconfortável e formigante em seus ossos a advertiu de que Philip estava em algum tipo de perigo. Era isso, ou seu plano fracassara devido a algo tão simples quanto Adam ter persuadido os Hardcastles a seguir o caminho mais longo e seguro para a Casa Bidstone.

Ela não tinha motivos para suspeitar que Adam desejava prejudicar Philip fisicamente. Talvez ela estivesse construindo tudo em sua imaginação e Adam ainda fosse o servo de confiança de Philip; nesse caso, ela estava fazendo uma grave injustiça. No entanto, ela sabia que Adam estava apaixonado por ela e que, quando amavam, as pessoas eram capazes de fazer coisas estranhas e inesperadas. Ela mesma era culpada por algumas aberrações extraordinárias fora de comportamento normal.

Seu bom senso dizia que não havia sentido em procurar Philip, mas, por outro lado, sabia que se passassem mais duas horas sem o retorno dele, não conseguiria se impedir de montar um cavalo, acender um lampião e escalar a trilha montanhosa que Philip havia tomado mais cedo.

Aprisionada Pelo Conde

O relógio na prateleira de mármore marcou dez horas. Onde ele estava? Ele fora preso por um ladrão de verdade na charneca, que o despojara de suas joias e cavalo e o deixara percorrer a longa distância de volta à Mansão Darwell a pé? Ou Hardcastle ou um de seus criados estavam armados? Nesse caso, Philip pode estar morto ou ferido na encosta da colina?

Ela não suportava o espera. Engolindo um bocado de sua sopa agora morna, ela colocou a tigela ao lado da comida intocada, saiu da sala quente e foi até a porta lateral que dava para o pátio do estábulo, com Solomon pulando alegremente em seus calcanhares.

Agora, haviam apenas três cavalos vivendo em um estábulo que já teve vinte ou mais: a baia jovem e veloz de Philip, o cavalo castanho que Lucy costumava montar e um matungo dócil que Martha usava para andar no mercado. Há muito tempo, Philip levara a égua inútil que Lucy trouxera a uma feira de cavalos local, onde havia trazido uma quantia muito menor do que cinquenta guinéus.

Ela fez uma pausa e acariciou o nariz aveludado do simpático matungo malhado, e então uma série de latidos fez com que ela se virasse para ver Philip entrando no pátio, parecendo cada centímetro do ladrão de estrada que ele fingiu ser.

O primeiro instinto de Lucy foi correr para ele, mas a prudência a fez se encolher nas sombras. Observá-lo secretamente assim lhe dava uma sensação estranha e animada, como ela havia sentido no dia em que o observara brincando com o cachorro.

Parecia haver algo um pouco rígido em seus movimentos quando ele desmontou da sela. Talvez fosse apenas fadiga, ela pensou. Ele tirou a máscara e passou a mão pelo rosto. Ele parou para dar um tapinha em seu cachorro, depois levou o baia para a baia e tirou a sela dele, esfregou-o com um pano, o alimentou e deu água, enquanto Lucy se encolheu em uma baia vazia,

LORNA READ

esperando que Solomon não a procurasse e anunciasse sua presença.

Ela estava com sorte. O animal fiel preferiu a companhia de seu dono e nem sequer veio choramingando ao redor de seu esconderijo.

Depois de cuidar do cavalo, Philip aproximou-se da mansão pela mesma porta lateral que Lucy havia usado. Ela esperou alguns minutos até que ele estava seguro lá dentro, depois o seguiu. Ela se perguntou se ele já estava procurando por ela e decidiu que, se fosse esse o caso, diria a ele que estivera na sala de música, onde certamente ele nunca pensaria em olhar depois das dez da noite.

Ela voltou à sala de visitas vazia, onde ainda estava a refeição não terminada. A volta de Philip havia liberado seu apetite e ela pegou uma fatia do pão saudável, colocou manteiga e um pedaço de delicioso presunto frio, e ela estava no meio da refeição quando a súbita chegada de Philip a interrompeu.

Ela olhou surpresa, sem dizer uma palavra, e com o rosto totalmente inexpressivo, ele depositou uma pilha de pedras brilhantes em seu colo. Ela exclamou com prazer enquanto a luz do fogo fazia mágica em suas superfícies facetadas e realçava o brilho rico e quente do ouro velho, o brilho delicado da prata e o brilho das pedras preciosas.

— Então, seu ataque foi bem-sucedido. Viva o ladrão de estradas Philip, o perigo do Pântano de Pendleton! — As palavras alegres de Lucy foram recebidas por um breve sorriso, que cintilou em seu rosto e desapareceu quase instantaneamente.

— Sim, eu tenho as joias, mas não, graças a você — ele respondeu brevemente.

A mão de Lucy voou para a boca.

— O que você quer dizer? Eu fiz exatamente como você disse. Matthew me trouxe todos os ingredientes corretos e misturei perfeitamente a pomada. Então, se a poção não funcionou, como você recuperou seus bens?

— Ah. Matthew! — Um olhar de interesse cruzou o rosto de

Philip, mas ele não parou para explicar o motivo de sua exclamação.

— Eu estava esperando na encosta acima da estrada — continuou ele. — A carruagem dos Hardcastles veio dentro do prazo, mas com quatro cavalos castanhos puxando-a. Deduzi que você misturou a poção incorretamente e que os dois cinzas que você teve, digamos, "que interferir", entraram em colapso muito cedo. Isso, ou você não tinha aplicado a poção.

— Rachel teria insistido em cavalos iguais. Ela não seria vista chegando ao baile com uma colcha de retalhos de cavalos! — Philip brandiu seu chicote e olhou friamente para ela. — Então, senhorita, o que você tem a dizer por si mesma?

— De verdade, eu... — Lucy não teve a chance de se justificar porque Philip, de pé diante dela, e de costas para o fogo, insistiu em continuar sua história das aventuras daquela noite.

— A carruagem passou e eu estava prestes a abandonar meus planos e voltar para casa quando um dos cavalos da frente caiu, como resultado de um acidente inesperado. No tumulto resultante, fui capaz de convencer Harriet e Rachel a devolver minhas posses.

— Você acha que existe alguma possibilidade de ter sido reconhecido? — Lucy perguntou, intrigada com sua falta de entusiasmo em relação à recuperação de suas preciosas heranças.

— Não. Eu usei uma máscara e disfarcei bem a minha voz. Não tenho dúvida que eles me viram pela criatura que eu estava tentando ser, um ladrão comum. Eu até tive a satisfação de dar um golpe.

O prazer com o qual ele relatou essa informação inesperada intrigou Lucy.

— Oh? — ela perguntou. Em quem?

Philip estreitou os olhos e soltou uma risada sem alegria.

— Rachel. Eu pensei que você ficaria satisfeita em saber disso.

A alegria de Lucy ao ouvir que a garota cruel e arrogante recebeu um golpe em pagamento por todas aquelas vítimas inocentes como ela, fez com que ela sorrisse ironicamente, um sorriso que morreu no instante em que se lembrou de que estava ainda sob suspeita. Ela *tinha* que fazê-lo acreditar nela.

— Philip! — Ela o encarou com força, tentando colocar toda a alma no olhar, percebendo então que a capa preta dele parecia rasgada perto de um ombro. — Eu cumpri seu plano à risca, mas fui atrasada porque um dos cavalos não me deixou chegar perto dele. Tive então que escolher outro e quase fui pega em flagrante. Eu tive sorte de fugir. Adam dirá a você. Ele esperou por mim.

— Adam. Hmm. — Ele comprimiu os lábios e desviou o olhar.

O que posso fazer para convencê-lo da verdade? Lucy se perguntou desesperadamente. *Devo cair de joelhos e implorar?* Não, ela não poderia fazer isso. Se ajoelhar e ser servil não estavam em sua natureza. Se ele se recusasse a acreditar nela, essa seria sua decisão e ela só podia esperar e rezar para que, de alguma forma, ela fosse libertada.

Ele sacudiu a cabeça e encontrou os olhos dela novamente. Seu coração bateu com esperança, mas o brilho duro e gelado permaneceu nos olhos dele e seu espírito afundou novamente. O que ele disse a seguir a surpreendeu.

— Gostaria que você escolhesse algo como pagamento por ter ajudado a restaurar minha casa para mim, se não as joias — disse ele secamente, indicando os itens ainda repousando no colo de Lucy. — Se você não vê nada que chame a sua atenção, eu tenho algumas bugigangas menos valiosas da minha mãe, mas talvez mais bonitas no andar de cima. Eu as trarei. Elas podem ser mais do seu gosto.

— Mas Philip! — Lucy olhou para ele com espanto. — Essas joias são tão requintadas, tão grandiosas. Quando eu acharia uma ocasião para usar algo tão esplêndido?

No momento em que ela ia examinar uma pulseira de safira, seu orgulho se reafirmou e ela afastou a mão.

— Não — disse ela. — Você pode ficar com suas bugigangas.

Aprisionada Pelo Conde

Se você se recusar a acreditar que eu mantive meu lado na barganha, então eu recuso o seu presente, pois obviamente não sou digna dele.

— Pelo amor de Deus, garota, basta pegar alguma coisa — retrucou ele. — Venda, compre algumas roupas, eu não me importo. — Os olhos dele brilharam perigosamente e ela quase se encolheu e derrubou as joias no chão.

Ele estava esperando. Bem, pensou ela, se ele insistia em lhe impor um presente, ela escolheria o melhor! Um item se destacava da massa emaranhada de objetos brilhantes em seu colo e era um grande anel de esmeralda, curioso, que ela vira pela última vez adornando a mão de Rachel. Ela pegou e o estendeu.

— Com sua permissão, senhor, eu gostaria de pegar este anel.

— Não! Esse não. — Ele o tomou dela. — Sinto muito. Era da minha mãe e sinto que não posso me desfazer dele. Você pode ter qualquer outra coisa, mas não esse anel.

Ela quase chorou de decepção. Não havia mais nada que ela realmente quisesse. Algo no anel havia capturado sua imaginação; as outras joias, até mesmo os ardentes rubis pareciam pouco brilhantes e desinteressantes em comparação. No final, ela escolheu um par de brincos delicados de ouro e ametista.

Ela sabia que eles não valeriam tanto quanto diamantes se tentasse vendê-los, mas tampouco causariam muitos comentários se ela os usasse. Eles seriam um lembrete permanente dos meses que ela passara na Mansão Darwell, e do conde que não apenas a capturara, mas a cativara também, e cujo amor ela nunca poderia ter.

Philip aprovou sua segunda escolha e juntou o restante das joias, dando-lhe um breve boa noite enquanto as levava, sem dúvida para ser trancadas com a escritura da casa e quaisquer outros objetos de valor que ele possuísse.

Lucy foi deixada sentada lá desolada perto do fogo que estava morrendo. Além daqueles dias terríveis que se seguiram à notícia da morte de Rory, ela nunca se sentiu tão triste e desanimada. Ela amaldiçoou o destino por ter permitido que ela conhecesse Philip nas piores circunstâncias. Ela o procurara como uma trapaceira e ladra e partia como suspeita de assassinato e traidora de sua confiança.

Adicione suas roupas emprestadas e mal ajustadas à lista e não havia muito o que admirar e amar nela, por dentro ou por fora. A essa altura, Philip devia estar desesperado para ver essa hóspede desajeitada longe dali e que havia ficado mais do que deveria.

Mas e toda a ajuda que ela lhe dera? Ele nunca teria recuperado a escritura se não fosse pela ajuda que ela, e somente ela, estivera na posição única de lhe dar! Quanto às joias, ela cumpriu as ordens dele perfeitamente e não pode ser responsabilizada por uma troca de cavalos de carruagem de última hora, que ela suspeitava ter sido feita por um capricho de Rachel. Talvez ela pensasse que cavalos castanhos destacariam melhor a tonalidade de seu vestido ao invés dos cinzas.

Por Philip, ela havia sofrido os cruéis insultos e golpes que Rachel lhe fizera; as ofensas ultrajantes nas mãos de George Hardcastle, que ainda a faziam se sentir fisicamente doente sempre que pensava nisso; medo e ansiedade em muitas ocasiões; estivera perto de morrer na neve, na noite em que ela deixou Rokeby Hall — e houve a proposta embaraçosa de Adam, para não falar do perigo que ela havia enfrentado naquele mesmo dia!

Certamente ele estava ciente de tudo o que ela havia passado por ele? Ou ele era realmente tão frio e egocêntrico ao ponto de usar alguém para cumprir seu propósito e depois descartá-la sem pensar duas vezes?

Ela se lembrou do olhar quente e sensual que surgira nos olhos dele naquela primeira tarde em que, usando o lindo vestido de seda de sua mãe, juntou-se a ele no salão de banquetes. Ela vira aquele olhar novamente em ocasiões como o momento em que eles estavam de pé junto à cachoeira e Lucy

Aprisionada Pelo Conde

tinha certeza de que ele queria beijá-la, mas estava se segurando por algum motivo.

Talvez ela estivesse totalmente errada. Talvez o único tipo de "querer" que Philip fosse capaz, fosse do tipo grosseiro que ela quase experimentara nas mãos dele quando ele a arrastou para o estábulo depois que ela entregou a égua. Talvez ele não tivesse sentimentos melhores que esse...

E, no entanto, sua intuição lhe dizia que havia muita ternura e sensibilidade em seu caráter que, por alguma razão conhecida só por ele, preferia ocultar. Ele era um enigma. Ela se recusou a desistir e voltar para a fazenda dos Swifts e o futuro sombrio que ela sabia que seria dela, até ter certeza absoluta de que nenhum vestígio de afeto por ela residia no coração de Philip.

Seu coração acelerou quando ela percebeu o que devia fazer. Ela falhou em sua última tentativa de visitá-lo em seu quarto, mas desta vez não havia um velho moribundo e alucinado para detê-la. Ela não tinha nada a perder, então não havia nada a temer.

As mãos de Lucy tremiam quando ela estava em seu quarto entrelaçando-se no mesmo vestido azul requintado que evocara um olhar tão admirador de Philip quando ele a viu pela primeira vez nele. Vestir uma roupa tão complicada sem a ajuda de uma criada era difícil, mas ela não podia convocar Martha por medo de ela adivinhar o que estava em sua mente. Que vergonha seria se ela fosse descoberta na ponta dos pés, subindo as escadas para o quarto dele, quando deveria estar escondida na cama na camisola que Martha colocara asseadamente na cama para ela.

Ela escovou os cachos castanhos até brilharem, depois apertou os pequenos grampos dos brincos de ametista. Seu pescoço estava nu demais sem um ornamento em volta, enquanto o decote do vestido mergulhava tão profundamente. O colar que Rory lhe dera estava muito danificado para ser usado. Ela teria que ir para Philip como ela estava e ele teria que entender que ela não possuía joias além dos brincos.

Pelo menos ele não pode me acusar de roubo de joias, pensou ela ironicamente. Além disso, ela precisava que ele a quisesse como ela era, não por sua aparência exterior.

O pensamento de estar perto de Philip, de se entregar a ele, a fez tremer com desejo antecipado. Mais uma vez, ela reconheceu esses sentimentos corporais agora familiares, as sensações que temia e, que ainda assim, nessa ocasião, dava boas-vindas. Ela queria mostrar-se a Philip como uma mulher apaixonada, responder às carícias dele com o abandono selvagem que era natural para ela, não com suspiros decorativos e protestos de donzela. Ela queria liberar o calor e a ternura que sabia que estavam nele; inflamar seu corpo com o dela.

Pegando apenas uma vela para iluminar o caminho, Lucy saiu do quarto e desceu o corredor até a escada, fazendo caretas para o farfalhar de suas saias. Quando ela chegou ao primeiro patamar, ela parou.

De repente, a audácia de suas ações a atingiu. Ela não se desvalorizaria aos olhos de Philip se comportando não melhor do que a vagabunda que havia seduzido Rory na estalagem? Não, ela não iria seduzir Philip; ao contrário, ela criaria uma situação em que ele poderia, se quisesse, seduzi-la! Ela o tentaria com sua mera presença no quarto dele, mas nada mais.

Com o coração batendo forte como os cascos de um cavalo veloz, ela pegou a maçaneta da porta e a girou muito lentamente. Um lampião estava aceso dentro do quarto. Philip estava sentado em uma mesa, lendo. Ele olhou para cima e ficou de boca aberta enquanto o agitar do vestido de Lucy anunciava sua presença. Ela sentiu um rubor quente surgir em todo o rosto e pescoço, enquanto ela estava ali em um vestido que era um convite flagrante para qualquer homem de sangue quente.

Philip puxou a cadeira para trás e ficou de pé, olhando-a em um silêncio pesado com pensamentos e desejos não ditos. Ele deu um pequeno passo em sua direção, e ela lambeu os lábios nervosamente e sentiu um desejo repentino de sair correndo. Por que, oh, por que ela se sujeitou a esse constrangimento? Ela se

Aprisionada Pelo Conde

sentiu como uma aberração de feira sendo admirada por olhos curiosos, mas indiferentes.

Não, não desista. Seja corajosa, ela disse a si mesma, usando a intuição que lhe permitia antecipar as reações de um cavalo e esperando que funcionasse com um homem também. *Ele não sabe ao certo por que você está aqui. Você deve dizer a ele, ou mostrar.*

Mas o que ela poderia dizer? De repente, ela sentiu simpatia por todos os homens que já haviam se apaixonado e, pela tradição, tinham que dizer a primeira palavra, dar o primeiro passo e arriscar desgosto e rejeição.

Mas, por mais que quisesse, não podia dizer a Philip Darwell que o amava. Mas se ela não pudesse *dizer* a ele...

Seus pés a carregaram para frente em uma onda de coragem imprudente. Ela estava cara a cara com ele, sentindo como se seu corpo e alma estivessem nus diante de seu olhar inabalável. Ela estendeu uma mão trêmula e passou pela manga de seda da camisa dele — mas no instante em que o tocou, ele se afastou dela e pulou em direção à janela, onde ficou olhando fixamente para a noite escura que envolvia a mansão.

Lucy esperou, com os pés e a língua paralisados. Certamente ele diria alguma coisa? Ele nem mesmo falaria o nome dela, perguntaria o motivo de sua visita inesperada?

Ele não se mexeu, apenas ficou de costas para ela, ignorando-a. Uma onda de lágrimas brotou das profundezas dela. Abafando um soluço, ela se virou e fugiu do quarto, sentindo que seu mundo realmente havia acabado. Agora, finalmente, ela sabia que não significava nada para ele — se é que algum dia tinha.

Não apenas Philip, mas toda a Mansão Darwell a estava rejeitando, dizendo que ela não pertencia a esse mundo, e que deveria retornar ao seu próprio mundo mais humilde. Ela sonhou muito alto. Como ela poderia ter sonhado que um conde pudesse sentir algo mais do que amizade ou luxúria pela filha de um treinador de cavalos?

Ela encontrou seu verdadeiro par em Rory, sabia disso agora.

Por todas as suas pretensões de ser uma dama, sua capacidade de ler e escrever, costurar e desenhar, agraciar eventos sociais com boa conversa e tocar melodias simples no alaúde, nada poderia mudar o fato de que ela era uma garota sem classe, não adequada para combinar com um cavalheiro de qualidade. Philip foi educado demais para mostrar isso a ela, isso era óbvio, mas agora ela sabia sua posição. Por que mais ele a forçara a desempenhar papéis tão servis na elaboração de seus planos? Porque ele achou que ela era adequada para desempenhar o papel, não apenas da empregada de Rachel, mas também da puta de Hardcastle. Ugh!

Um arrepio de pura auto aversão tomou conta de seu corpo e quase a fez querer vomitar. Ele a usara, e agora achava embaraçoso dispensá-la. Bem, ela pouparia ele do trabalho de dizer as palavras. Quando o dia seguinte amanhecesse, ela teria ido embora.

24

O vestido de seda azul, agora alvo do ódio ardente de Lucy, jazia na cama em um monte descuidado, com pregas e dobras vincadas e desordenadas. Lucy suspirou para si mesma enquanto amarrava a última renda no vestido velho, manchado e rasgado que usara no dia de sua chegada à Mansão Darwell. Ela queria sair de casa com nada mais do que trouxera quando chegara, com a única adição dos brincos que ela sabia que dificilmente conseguiria possuir por muito tempo, a menos que Prebbledale estivesse muito mais perto do que ela imaginara.

Ela estava prestes a apagar o lampião e encontrar o caminho solitário para os estábulos quando se lembrou de Martha. A velha senhora tinha sido tão gentil com ela que Lucy não poderia desaparecer para sempre sem se despedir, embora já fosse quase meia-noite.

Ela tocou a campainha para chamá-la e, quando a pequena mulher finalmente entrou na sala, vestindo uma camisola e xale, Lucy silenciou as perguntas que estavam em seus lábios anunciando:

— Como você pode ver, Martha, estou indo embora. Lamento não ter podido pegar o lindo vestido que você me deu, mas infelizmente acho que traz muitas lembranças de episódios que prefiro esquecer.

Ela olhou para o rosto triste de Martha e sentiu-se amolecer.

Nunca esquecerei você, Martha, e sua gentileza. E Matthew também. Eu gostaria... Eu gostaria de poder ficar, mas...

O que ela poderia dizer para convencer Martha de que estava fazendo a coisa certa?

Martha aproveitou a oportunidade do silêncio de Lucy para fazer a pergunta que obviamente estava louca para fazer.

— E para onde você irá?

Sorrindo melancolicamente, Lucy pronunciou um única palavra:

— Casa. — Então acrescentou — Por favor, diga a Matthew que eu pegarei o castanho, mas farei com que seja devolvido o mais rápido possível.

Os olhos de Martha seguraram os dela por um momento em um olhar perscrutador. Então, apertando o braço dela como se dissesse: *Seja corajosa, menina, tudo vai dar certo*, ela saiu da sala.

Não havia lua naquela noite, mas as estrelas brilhavam em um céu claro. Lucy não sabia em que direção estava Prebbledale, mas algo lhe dizia que ela deveria seguir a estrada da colina. Na verdade, decidiu ela, não importava a que distância estivesse sua casa, quarenta e oito quilômetros ou cento e sessenta, desde que, ao amanhecer, tivesse colocado a maior distância possível entre ela e a Mansão Darwell.

E Philip.

Deixando sua montaria escolher o próprio caminho na difícil trilha, ela permitiu que sua mente vagasse e descobriu que, em sua imaginação, estava no quarto de Philip, espiando invisível seus pensamentos. Quase imediatamente, ela se conteve. Estes não eram os pensamentos de Philip, mas seu próprio faz de conta. Ela nunca saberia o que ele sentia por ela, então que ponto havia em especular?

Se ao menos ela pudesse parar de doer por ele como uma garota que havia sido separada de seu amante! Nunca houve

Aprisionada Pelo Conde

nada entre ela e Philip. Por que ela não podia acordar e perceber que estava tudo na cabeça dela?

Ela ficou mortificada ao encontrar seus pensamentos perdidos naquela manhã no estábulo, quando ele demonstrou uma paixão tão violenta por ela e só foi impedido de a violar pela chegada inesperada de Rachel. Se ao menos ele tivesse mostrado uma grama dessa mesma paixão desde então! Se Rachel não tivesse chegado, um gosto de seu corpo não o levaria a desejar outro?

Não. Ela deve calar esses pensamentos, bani-los da mente para sempre. O capítulo de sua vida a respeito da Mansão Darwell e tudo o que havia passado ali terminara. Ela tinha que esquecer, por sua própria sanidade.

— *Que* sanidade? Ainda não estou completamente louca por pensar em Philip dessa maneira? — ela murmurou com uma risada oca, sem perceber que tinha falado em voz alta até que notou seu cavalo batendo as orelhas. A sanidade a abandonou. Ela estava realmente louca — louca por um homem que não se importava com nada sobre ela ou sua felicidade futura.

Ela alcançou uma encruzilhada no caminho solitário. Estava escuro demais para ler a placa de sinalização, então ela deixou o cavalo caminhar, sem se importar para onde a estava levando, deixando as rédeas frouxas em seus dedos enrolados.

De repente, sem aviso, o mundo inteiro pareceu virar. A placa deu uma cambalhota diante de seus olhos e ela se viu voando, caindo de lado com uma sacudida que a deixou sem fôlego. Seu cavalo, cujo coice fora a causa de seu voo vertiginoso e pouso indigno, estava de pé ofegante ao lado da estrada.

Lucy não via razão para o comportamento sem precedentes do bem-educado cavalo, mas, enquanto estava deitada ofegante, tentando recuperar o fôlego e descobrir se havia sofrido algum ferimento, lembrou que as encruzilhadas eram notórias entre os supersticiosos como lugares assombrados onde bruxas se encontravam e enforcavam homens que apareciam. Os animais eram dotados com a segunda visão. Talvez sua montaria tivesse visto ou sentido algo que seus sentidos humanos menos sensíveis não reconheceram...

Os braços dela pareciam funcionar bem. Ela moveu os pés e os tornozelos, depois as pernas. Eles também pareciam inteiros. Ao se sentar, sentiu uma pontada de dor no ombro em que caíra e fechou os olhos brevemente, enquanto o esfregava com tristeza. Quando ela os abriu, ela gritou alto de terror e alarme, pois um homem vestido de preto estava parado na estrada, olhando para ela.

Ela ficou de pé, mas não teve chance de fugir, pois, com dois passos rápidos, o homem estava ao seu lado, segurando seu braço. Quando ele se aproximou, ela reconheceu os traços familiares de Adam Redhead.

Medo e choque a deixaram com raiva.

— Você! Foi *você* quem fez meu cavalo recuar e me derrubar. Por que você não me fez perceber sua presença em vez de parecer um fantasma?

— Você não estava andando de lado como uma mulher. Com sua capa enrolada em torno de você e sua gola levantada assim, você poderia ser qualquer pessoa, talvez até um ladrão de estradas — explicou ele. — Quando o tempo está melhor, quando há mais tráfego nessas estradas, ladrões são um risco frequente.

Ele sorriu para e ela começou a relaxar. Pelo menos Adam se importava o suficiente com ela para não permitir que nenhum dano acontecesse com ela. Talvez ele pudesse colocá-la no caminho certo para Prebbledale e sua casa. No entanto, ela sentiu que algo não estava certo.

— Se este local é tão perigoso, o que *você* está fazendo aqui sozinho tão tarde da noite? — perguntou ela.

Um olhar cauteloso surgiu nos olhos de Adam.

— Eu... Eu tenho que encontrar alguém — explicou ele, não muito satisfatoriamente, seus olhos examinando a escuridão ao redor deles.

Aprisionada Pelo Conde

Então, voltando o olhar para Lucy, ele perguntou, com uma repentina nota de preocupação em sua voz:

— Eu esqueci. Você pode ter se machucado e será minha culpa. Você está bem?

— Acho que sim — respondeu Lucy, tentando rir. Nenhum osso parece quebrado.

— Que bom. Agora, talvez você possa me dizer onde está indo a essa hora. Quem foi a pessoa imprudente que permitiu que uma mulher jovem, bonita e indefesa se saísse sozinha nos pântanos à noite?

— Suponho que você possa acusar Philip Darwell disso — disse Lucy levemente, e se arrependeu de suas palavras no instante em que viu a expressão cruel que afastou os lábios de Adam em um rosnado feroz.

— Aquele sapo arrogante e insensível! — exclamou ele venenosamente. — Eu odeio esse homem mais do que o próprio diabo!

Lucy sentiu o sangue escorrer de seu rosto e o encarou horrorizada. Este não era o criado de voz suave e bajulador que se submetera a Philip de maneira tão servil... o homem que ela desprezara por parecer fraco e sem personalidade. Era uma criatura impulsionada pelo ódio amargo, a razão disso ela nem conseguia imaginar.

— Era ele quem eu procurava, aquele meu irmão traidor. Eu pretendia matá-lo, mas ele escapou. Eu sei que ele está aqui em algum lugar. Apenas um movimento, um farfalhar nos arbustos e eu o terei!

Os olhos de Lucy viram o cabo entalhado de uma pistola saindo do bolso de Adam e ela sentiu uma pontada de terror. Ela não entendia. Ele disse que odiava Philip e, no fôlego seguinte, estava falando sobre seu irmão. Philip havia dito a ela que Adam era o único filho de Martha e Matthew, então quem era esse irmão de quem ele falava?

Quando ela o encarava, intrigada, ele apertou o braço dela com tanta força que ela gritou.

LORNA READ

— Ele pegou tudo o que é meu, a casa, as joias... Fizemos um acordo, mas ele não tem mais direito a eles do que eu. Por que *ele* deveria viver uma boa vida na mansão, quando sou forçado a ser escravizado pelos Hardcastles e desperdiçar meu sangue nobre em servidão?

Nobre? O que ele quis dizer? Ele era filho de criados!

— Joias, dinheiro, deixe-os pendurados. Deixe *ele* ser enforcado! Vou matá-lo e depois terei a mansão — e você como minha esposa!

— Não — disse Lucy. Não serei sua esposa. Eu não gosto de você.

Ela tentou soltar o braço, mas ele a apertou e a puxou na direção dele, encarando-a com olhos furiosos. *Ele vai me matar!* O rosto dele se aproximou do dela e ela levantou a mão livre e lhe deu um tapa na bochecha.

Ele pareceu não sentir o golpe. Em vez disso, ele deu uma risada que parecia quase demoníaca.

— Então você gosta de bancar a difícil, garota? — Ele puxou o braço dela e a empurrou para o chão. Reunindo todas as suas forças, ela o chutou com força nas canelas.

Houve um som agudo de pancadas e ele balançou para trás e caiu ao lado dela. Ela não conseguia pensar no que acabara de acontecer — ele tropeçou e se derrubou? — mas ela sabia que tinha que fugir o mais rápido que podia, antes que ele levantasse

Levantando-se, Lucy desceu a colina até onde vira o cavalo pela última vez... e mal dera dois passos antes de encontrar algo sólido e imóvel, mas inquestionavelmente vivo — o silencioso e aterrorizante corpo de um homem encapuzado e mascarado.

O grito morreu em seus lábios quando uma mão apertou sua boca. Agora ela podia ver claramente o que havia acontecido com Adam. Um galho de árvore pesado estava ao lado de sua cabeça e seu cabelo castanho claro estava manchado de sangue.

— Seu dinheiro e suas joias, moça bonita — exigiu o homem, com um forte sotaque campestre com um toque de uma risada.

— Vamos lá, minha adorável moça. Suas joias e seu ouro, ou

você gostaria que eu nunca tivesse te salvado daquele canalha lascivo ali.

Lucy pensou rapidamente. Ela não tinha dinheiro, apenas os brincos de ametista que estavam escondidos no bolso. Mas o que ela faria sem eles? Eles eram sua única moeda. Esse ladrão deve ter conhecido tempos difíceis e sem dinheiro em sua vida, ou então por que ele adotaria esse modo de vida?

Pensando que talvez pudesse implorar por ele e conquistar sua simpatia, Lucy afastou a capa para revelar o vestido velho e esfarrapado embaixo.

— Por favor, senhor — implorou ela — se você tem compaixão em seu coração, poupe uma garota pobre. Viu minhas roupas? Não tenho dinheiro, nada de valor, nem sequer um lar para onde ir.

A última parte era quase a verdade; a pequena propriedade de seu pai certamente não se parecia com um lar, e de qualquer forma, ela pode não ser bem-vinda ao retornar.

— Agradeço gentilmente pelo que você fez para me salvar — acrescentou, na esperança de apelar à sua natureza melhor, se ele possuísse uma. — Mas agora, tendo preservado minha vida e minha virtude, você não poderia simplesmente me libertar e me deixar seguir meu caminho?

Ele riu alto, depois enfiou a mão no pequeno bolso dentro da capa dela. Quando ele a retirou, os brincos dela estavam pendurados em seus dedos, a prata brilhando na luz fraca das estrelas.

— Então você mentiria para mim, moça ingrata?

— Não! Por favor… Eu sinto muito. Eu não quis esconder nada de você.

Agora ele descobrira que ela estava mentindo, que destino lhe reservaria? O que quer que fosse, ela aceitaria com calma e filosoficamente. Ela já havia passado por muita coisa. Seu espírito de luta estava gasto. Ela estava fraca, cansada e com fome. Deveria saber que não devia viajar sozinha pelos perigosos pântanos à noite.

Ela trouxe isso para si mesma. Dois dias atrás, quando ela estava deitada chorando em sua cama, ela imaginou seus ossos branqueados caídos na charneca. Ela infligiu um desejo de morte a si mesma e não havia nada que pudesse fazer para impedir que isso acontecesse.

— Eu... Eu p-preciso dessas j-joias — gaguejou ela, com os dentes batendo. — Eles são... elas são a única coisa que tenho. Estou em uma longa jornada. Vou morrer de f-fome se não p-puder vendê-los.

As palavras dela pareciam não causar impacto na figura grosseira que tinha seus pulsos presos nas mãos.

— Por favor... Você tem minhas únicas posses agora. Você não vai me deixar ir?

— Sim, minha pequena égua da primavera. Quando eu tiver o suficiente desses seus lábios lindos!

Seus lábios foram cobertos por um par quente e surpreendentemente gentil. Mas a repentina sensação de metal frio contra os dedos da mão direita a fez ofegar e pular.

Ele ia matá-la! Ela quase podia sentir a lâmina deslizando entre suas costelas, enchendo-a de agonia, de modo que seus pensamentos, suas memórias, todas as coisas que a tornavam o ser humano que ela era, escoavam com seu sangue. Talvez, se ela ficasse muito, muito quieta e não o irritasse...

Houve aquela sensação de metal gelado novamente. Ele não estava se mexendo como se fosse cortá-la, mas estava pressionando algo contra a mão dela. Não podia ser uma lâmina. Era algo muito menor.

Agora ele estava se atrapalhando com um dos dedos dela, fazendo algo, tentando forçar algo contra eles, sobre eles. Era algum tipo de instrumento de tortura, um parafuso de dedo talvez?

Sua mão foi subitamente liberada e ela a levantou para a altura dos olhos. O objeto em torno do terceiro dedo da mão direita era um anel grande e ornamentado. À fraca luz das

Aprisionada Pelo Conde

estrelas, ela conseguia distinguir um desenho de mãos entrelaçadas em torno de uma pedra multifacetada.

Não, ela pensou, seu coração afundando. Philip tinha acabado de recuperar o anel de sua mãe e agora havia perdido tudo de novo. Como esse homem o roubou? Ele já havia matado, ou quase matado, Adam. O que ele fez com Philip? E o que ele ia fazer com ela?

25

Quando Lucy abriu a boca para gritar e implorar, o "ladrão de estrada" removeu sua máscara. Ela não conseguia falar, não conseguia pensar — tudo o que podia fazer era olhar para Philip Darwell.

Eu sou uma tola! pensou ela. *Eu deveria saber.*

Ela deveria ter reconhecido essa risada, esses dentes brancos. Philip havia dito a ela o quão bom era seu ladrão de estrada quando tinha atacado o cocheiro dos Hardcastles. Se ela não estivesse tão perturbada depois da briga com Adam, ela tinha certeza de que teria visto através do disfarce dele. No entanto, ele não deveria tê-la assustado assim, e ela disse isso a ele.

— Sinto muito. Não resisti a pregar uma peça em você.

— Chama isso de brincadeira? Você me assustou até a morte! Especialmente depois de ter sido atacada por Adam.

— Sim. Sobre o que era tudo aquilo?

— Ele estava louco. Delirante. E ele tinha em mente que eu concordaria em ser sua esposa!

— Ele o que? Bom que eu o nocauteei então. Embora você tenha feito um bom trabalho em colocá-lo no lugar dele!

Ela ainda sentia o beijo dele nos lábios e o peso não familiar do anel parecia estranho em seu dedo. Ele a seguiu

Aprisionada Pelo Conde

simplesmente para dar a ela, porque sabia que ela o queria? Ou ele suspeitava que Adam pudesse estar aqui em cima na encruzilhada?

Philip me beijou! Isso também fazia parte da brincadeira?

Então ela se lembrou das palavras de Adam. Ele havia combinado de encontrar seu irmão, ele disse — mas ele e Philip não podiam ser irmãos. Não fazia sentido.

Um gemido repentino os alertou para o fato de que Adam havia acordado.

— Aqui, me ajude. — Philip estava ajoelhado ao lado de Adam, amarrando os pulsos dele atrás das costas com uma corda antes que o homem atordoado pudesse se recuperar o suficiente para fugir. Ele fez um gesto para que Lucy segurasse os tornozelos de Adam, oferecendo-lhe um pedaço de corda.

Finalmente, Philip fez uma mordaça com sua máscara de couro e, com a observação animada:

— Não o queremos gritando e acordando o vale inteiro, não é? — ele jogou o homem amarrado por cima do ombro e depois o colocou na parte de trás do cavalo, prendendo-o à sela com alguns pedaços extra de corda.

O cavalo castanho de Lucy estava descendo a colina, mastigando uma samambaia. Philip chamou seu nome e o animal obediente galopou e ficou esfregando a cabeça no peito do dono.

— Receio que terá que carregar dois — informou Philip.

Indicando que Lucy devia montar primeiro, ele montou levemente atrás dela e eles partiram pelo caminho, levando a baia com sua carga humana desajeitadamente equilibrada atrás deles.

— O que você vai fazer com ele? — Lucy perguntou, acenando com a cabeça em direção ao corpo inerte de Adam.

— Ele tentou me matar esta noite.

— Não! — Lucy se inclinou para trás, sentindo a força protetora do corpo de Philip atrás dela.

Então, suas suspeitas anteriores estavam corretas. Philip

LORNA READ

poderia estar morto na encosta exatamente no momento em que ela olhara para o relógio e se preocupava com ele. O cavalo castanho tropeçou sob a carga dupla e Philip girou as rédeas para levantar a cabeça dele, e apertou seu abraço em Lucy no processo.

Quando eles fizeram uma curva na pista e ela avistou o trecho escuro de árvores que protegiam a Mansão Darwell dos ventos do inverno, a pergunta que vinha atacando sua mente saltou de sua língua.

— Adam é realmente seu irmão?

Philip deu um suspiro profundo, como se ela tivesse tocado em um assunto que lhe causava angústia.

— Meu meio-irmão, suponho que o possa chamar assim.

— Mas... Martha e Matthew...

— Eles o adotaram. Eles não são seus pais verdadeiros. Nós tínhamos a mesma mãe.

Lucy deixou escapar um suspiro chocado. Um pai mulherengo, especialmente um conde, ela podia entender, os homens eram o sexo moralmente mais fraco, mas para uma mulher casada gentil, bonita e, segundo todos os aspectos, delicada dar à luz o filho de outro homem? Ela não podia acreditar.

— Sei que parece uma história sórdida, mas é triste também, se você me permitir contar.

Eles ainda tinham mais ou menos um quilômetro e meio antes de chegarem à mansão, e Lucy estava ansiosa demais para ouvir essa história que ela sabia que iria explicar tanto sobre Philip, Adam, e sobre a atmosfera estranha e mal-assombrada da Mansão Darwell.

— Você viu o retrato de minha mãe que fica no salão de banquetes?

— Sim. Ela era linda.

— Todos os homens a adoravam, principalmente meu pai. Eu nasci e meu pai, em parte por respeito e em parte por medo de prejudicar sua saúde frágil, recusou-se a compartilhar sua cama novamente. Minha mãe era animada. Ela gostava de música, dança e gostava de ser admirada, principalmente pelos homens. Quando eu tinha um ano, ela insistiu que um baile fosse realizado.

— Algo aconteceu naquele baile e pouco tempo depois, minha mãe descobriu que estava esperando meu meio-irmão.

— Você sabe quem era o pai de Adam? — perguntou Lucy, cheia de simpatia por todas eles, a mãe bonita, rebelde e negligenciada; o pai adorador e perdido; Philip, o garoto solitário privado da mãe; até o pobre e obcecado Adam.

— Acredito que ele era um jovem oficial do exército, primo de um dos convidados, que o trouxe já que ele estava em casa depois de uma campanha. Logo depois de seu... namoro com minha mãe, já que não tenho motivos para suspeitar que foi estupro, ele foi para o exterior novamente e foi morto em uma briga.

— Minha mãe não estava apaixonada por ele. Na verdade, ela estava cheia de remorso e implorou perdão a meu pai, culpando sua devassidão por beber demais, mas seu orgulho foi tão ferido que ele se recusou a perdoá-la. Minha mãe se mudou para o último andar da casa e ela e meu pai não se falaram até o nascimento de Adam, quando ficou óbvio que ela estava morrendo.

— Vendo-a tão doente e verdadeiramente amando-a, meu pai a perdoou, mas era tarde demais. Após a morte dela, ele nunca parou de se punir por sua atitude inflexível em relação a ela. Isso atacou sua mente. Ele se recusou a se casar novamente e ficou totalmente obcecado com a memória dela.

— Então foi o nascimento de Adam que a matou, não o seu. O que aconteceu com ele, então?

— Meu pai não queria ter nada a ver com Adam. Ele recusou-se a adotá-lo ou a reconhecê-lo de alguma forma, então Martha e Matthew, que não tinham filhos, encontraram uma ama-de-leite e o criaram como seu próprio filho e assumiram a minha criação também, quando minha tia não pode mais fazê-lo.

— Então, sendo jovem e impensado, cometi um grande erro.

Ele ficou calado por tanto tempo que Lucy pensou que não iria continuar.

— O que você fez? — insistiu ela.

Philip suspirou profundamente.

— Um dia, quando eu tinha oito ou nove anos, deixei escapar que, se minha mãe não tivesse se desonrado, Adam teria sido meu verdadeiro irmão e teria herdado uma parte da fortuna de Darwell e compartilhado minha vida privilegiada, mas ele não podia porque ele era um bastardo. Meu pai, como vê, cometeu o erro de me dizer a verdade quando eu era jovem demais para entender seu significado, então eu a usei como uma provocação infantil, sendo jovem demais para saber melhor.

— A palavra "bastardo" deve ter realmente doído nele. A partir desse momento, nossa amizade fácil se transformou em uma espécie de rivalidade. Então, quando ficamos mais velhos, Adam desenvolveu uma espécie de admiração bajuladora por mim, que eu não podia suportar. Meu pai e eu decidimos que seria melhor se ele fosse mandado embora da mansão.

— A posição em Rokeby Hall ficou vazia, Adam gostava de cavalos e, então, estava tudo acertado. Ele continuou a tratar Martha e Matthew como se fossem seus verdadeiros pais, porque sabia que, sem eles, ele teria sido deixado na porta de uma casa, abandonado.

— Agora suspeito que, mesmo naquela época, ele estava conspirando contra mim, embora tenha sido apenas hoje que eu tive provas de minhas suspeitas. Ele deve ter pensado que, se eu estivesse morto, ele poderia herdar a mansão, mesmo que a fortuna da família já tivesse acabado.

— Então ele não sabia que seu pai havia perdido a mansão para Hardcastle?

— Não até ele ouvir Hardcastle se gabando disso. Depois disso, foi do interesse dele que eu recuperasse a escritura.

— Então, por que me usar para roubá-la de volta, quando ele poderia ter feito isso por você? — perguntou Lucy, franzindo a

Aprisionada Pelo Conde

testa. — Quando você disse que era mais divertido me ver fazendo isso, eu não acreditei em você. Senti que havia mais do que isso. Qual foi o verdadeiro motivo?

— Porque eu não podia confiar nele.

— Mas ele poderia ter feito isso de qualquer maneira. A qualquer momento, ele poderia ter pego e chantageado você a pagá-lo para entregar o documento. Ele podia até ter insistido que você colocasse a mansão no nome dele!

— Sim, ele poderia. Mas não acho que ele tenha sido esperto o suficiente para pensar em algo assim. O problema de Adam é que ele nunca foi capaz de agir por sua própria iniciativa. Ele precisa que lhe digam o que fazer. Ele é um péssimo líder, mas um bom soldado de infantaria.

Ele agiu por iniciativa própria quando me agarrou na charneca, pensou Lucy. Ela sentiu que Philip havia subestimado seu meio-irmão. Tê-lo tão perto, mesmo que estivesse amarrado, a fez se sentir desconfortável. Se Philip não podia confiar nele, quem poderia? Certamente não ela.

Mas como Martha e Matthew reagiriam, vendo o filho ser trazido de volta, amarrado a um cavalo como um cadáver? Ela temia por Martha e achava que a vida na Mansão Darwell nunca mais poderia ser a mesma e que ela e Philip estavam destinados a futuros solitários e infelizes.

26

Philip caiu em um silêncio que durou o resto da jornada, jogando Lucy de volta em seus pensamentos preocupados. Por que Philip a estava levando de volta à mansão? O que aconteceria com Adam — e com ela? E por que Philip deu para ela o anel de esmeralda? Consciência pesada pela maneira como ele a tratara?

Por que, também, ele parecera tão surpreso ao vê-la no pântano? Por que ele permaneceu disfarçado de ladrão de estrada para encontrar Adam? Essas e mais uma dúzia de perguntas ocuparam seus pensamentos até os cascos de seus cavalos tocarem nos paralelepípedos do pátio do estábulo.

— Espere aqui — ordenou Philip. — Vou buscar Matthew e Martha para cuidar de Adam.

Lucy sentiu-se nervosa por ter sido deixada sozinha com Adam, que, amarrado e amordaçado como estava, estava fazendo um grande esforço para se libertar. Ela não conseguia olhar para ele, lembrando-se da maneira como ele a atacara. Ela soube instintivamente que ele era um homem perigoso, astuto e violento.

Ela esfregou o braço que ele segurou com tanta força, sabendo que ela teria uma contusão lá de manhã. Ele estava

Aprisionada Pelo Conde

fazendo sons de grunhidos, como um animal selvagem, e ela estava apavorada, caso ele subitamente escapasse das cordas que o seguravam e tentasse matar Philip ou ela.

O aparecimento de Matthew e Martha acabou com seus medos. Ao vê-los, Adam parou de lutar. Ele foi desamarrado da sela e ajudado a descer. Seus tornozelos foram soltos para que ele pudesse andar, mas suas mãos permaneceram amarradas nas costas. Ele tropeçou, talvez ainda atordoado com o golpe na cabeça, e Philip e Matthew o apoiaram enquanto caminhavam para a entrada dos criados.

Assim que ficaram sozinhos, Martha virou-se para Lucy e perguntou, num sussurro nervoso:

— Ele te contou?

— Você quer dizer, se ele me contou sobre Adam? — perguntou Lucy, por sua vez.

— Sim.

— Um pouco. Sei que ele não é seu filho e que tinha ciúmes de Philip.

— Ele te ama, você sabe. Eu acho que foi isso que finalmente mudou sua mente.

Martha estava chorando. Grandes lágrimas silenciosas escorreram por seu rosto desgastado e Lucy a abraçou, como Martha havia feito no passado com ela.

— Eles o enforcarão ou o colocarão em Bedlam. Pobre rapaz, ele não está certo na cabeça. Todos esses anos eu me importei com ele, desde que ele era pequeno. Nós o amamos, Matthew e eu, como se ele fosse nosso próprio rapaz.

— Pronto, pronto. Vamos — murmurou Lucy, a consolando. — Tenho certeza que Philip não insistirá em algo tão drástico.

— Mas Adam tentou matá-lo!

Martha começou a soluçar novamente e não havia nada que Lucy pudesse fazer, além de esperar em silêncio com ela até que Matthew voltou e levou sua esposa que chorava até a mansão. Lucy estremeceu no ar frio da noite. Ela não sabia o que fazer —

seguir os dois criados de volta para a casa ou esperar até que Philip reaparecesse e decidisse seu destino.

Ela foi para o estábulo, onde o calor corporal dos cavalos e os volumosos fardos de palha forneciam alguma proteção contra o ar frio e úmido. Enquanto ela estava ali, acariciando o focinho do baia de Philip, seu dono entrou no prédio, balançando um lampião.

— Oh, aí está você. Pensei que talvez você tivesse escapado de novo, como fez no início da noite.

Havia um tom desafiador em sua voz que fez Lucy levantar o queixo desafiadoramente.

— Você me procurou, então?

— Sim. Eu queria falar com você. Seu quarto estava vazio e Martha, depois de muitas perguntas, devo acrescentar, me disse que você havia pego um cavalo e ido embora. Devo dizer que tinha minhas próprias suspeitas sobre onde você estava indo, e de alguma forma sua casa não entrou nelas.

— Mas eu...

Philip interrompeu.

— Acontece que eu sabia que mais alguém estava vagando pelos morros esta noite.

Lucy arfou. — Você não pensou por um momento que eu... Que Adam e eu...

Ela ficou horrorizada. Se era honestamente o que ele pensava, então era o fim. Não havia como ele deixar de entregá-la aos oficiais da lei. De repente, ela percebeu por que ele havia forçado o anel de esmeralda em sua mão — para que ele pudesse acusá-la de roubá-lo!

— Veja pelo meu ponto de vista, Lucy Swift. — Sua voz era firme e não revelava nenhuma pista de como ele a via agora — como parceira do crime, puta ou traidora. Seu olhar estava nivelado, seu rosto sem expressão. Suas pernas estavam fracas e ela afundou em um fardo de feno.

Ele continuou.

— Naquela noite, Adam trouxe você para a fazenda, você foi

Aprisionada Pelo Conde

embora e ele te seguiu. Eu estava logo atrás da porta. Eu ouvi sua oferta e não ouvi você recusá-lo. Não da maneira que uma mulher desinteressada rejeitaria um pretendente indesejado.

— Ah, sim, você fez uma exibição modesta, cheia de protestos de donzela. Você não queria voltar a Rokeby Hall, não queria passar a vida como criada. Mas não ouvi você dizer a Adam que não podia ir com ele porque não o amava ou porque estava apaixonada por outra pessoa.

Durante esse discurso, os olhos de Philip começaram a brilhar com raiva. Ou era outra coisa, uma emoção completamente diferente? Seu tom plano tinha sumido e uma estranha suspeita se formou na cabeça de Lucy. Ele parecia quase um amante ciumento — mas não, isso era impossível. Ainda assim, ela o manteve sob observação aguda enquanto ele continuava seu discurso.

— Não pensei nada mais sobre sua... aliança, até o negócio com os cavalos. Foi quando eu decidi que você e Adam estavam unidos para frustrar meu plano.

— Ele enviou um rapaz com uma nota dizendo que eles usariam os cinzas. É por isso que eu coloquei a poção neles! — protestou Lucy. — Eu não tenho ideia do por que eles decidiram usar os castanhos. Talvez Adam tenha mentido para mim. Você pode pensar que ele é incapaz de pensar por si mesmo, mas acho que você o julgou mal. Aposto que ele planejava algo o tempo todo.

— Eu acho que vocês dois estavam. Pode ser que Adam tenha planejado me matar enquanto eu segurava o cocheiro, alegando desconhecimento da minha identidade. Ele então receberia uma recompensa considerável dos Hardcastles por ter espancado o ladrão de estrada e salvado suas vidas.

— Então, depois de fingir me procurar — tendo enterrado meu corpo nas charnecas, é claro — ele retornaria à Mansão Darwell, reivindicaria a propriedade e o título e faria de você sua esposa. Você e Adam, Conde e Condessa Darwell.

Lucy começou a rir dessa sugestão absurda. Sua risada se

transformou em quase histeria e ela lutou para recuperar o controle de si mesma. Finalmente, enxugando as lágrimas dos olhos, ela olhou para Philip, que a olhava com alguma irritação.

— E o que é tão engraçado? Você não consegue ver como tudo parece se encaixar?

— M-mas... — A voz de Lucy ainda tremia de tanto rir. — Se você realmente suspeita que eu estou do lado de Adam e estou envolvida em tudo, por que está me contando? Eu deveria estar onde quer que Adam esteja, amarrado como ele, aguardando julgamento por um juiz e júri.

O olhar severo de Philip se dissolveu em algo mais suave e ele estendeu a mão e tocou a dela.

— Minha querida Lucy, só tive que escutar sua surpresa com Adam na charneca e testemunhar a maneira como ele a tratou, para saber que não havia ligação entre vocês. E quando eu o vi te atacar, eu queria matá-lo. Teria sido tão fácil!

— Mas então eu teria sangue nas mãos, e seria forçado a explicar. E quando soubessem que ele era meu meio-irmão... bem, os juízes nunca sabem como lidar com assuntos que envolvem a nobreza. Eu não gostaria de adivinhar como isso teria sido para mim.

— E os cavalos? Você ainda acredita que eu disse a Adam para não usar os cinzas?

Ela prendeu a respiração. Havia tanta coisa em sua resposta. Atrás dela, um cavalo bateu e bufou em sua baia. Mas ainda assim Philip não respondeu sua pergunta. Então, finalmente, seu rosto sério se torceu em um sorriso.

— Lucy, Lucy, você é tão rápida em tirar conclusões e tão fácil de enganar. Devo admitir que tenho brincado com você até certo ponto. — Ele mordeu o lábio, um olhar de alegria nos olhos.

Lucy sentiu-se ferida. — Isso não é justo — disse ela. — Eu tenho me torturado, imaginando como provar minha inocência para você. Acho que você me deve um pedido de desculpas, senhor!

Aprisionada Pelo Conde

— Senhora, peço desculpas humildemente — disse ele, fazendo uma profunda reverência que quase a fez rir.

— Aprendi a verdade sobre a troca dos cavalos — disse ele.

— E?... — Ela levantou a cabeça e olhou para ele, ansiosa para descobrir o que havia dado errado com o plano deles.

— Não foi culpa de Adam, embora eu tenha certeza que nós dois pensamos que era. Acabei de ouvir de Martha que, há alguns dias, em uma visita aqui, Adam disse aos dois que havia ouvido George Hardcastle dizendo que os cinzas eram para senhoras e castanhos eram a escolha de um homem e, por júpiter, ele teria sua carruagem puxada pelos castanhos na noite do baile. Adam estava rindo, ele achou muito engraçado.

— Aparentemente, Harriet e Rachel imploraram a Hardcastle que as deixasse usar os cinzas, mas ele insistiu que era sua carruagem e seus cavalos, e os quatro deveriam ser castanhos e nem as lágrimas de Rachel puderam convencê-lo.

— Então, minha querida, acredito plenamente que você realmente realizou meus desejos. No momento em que os Hardcastles voltarem do baile, os dois cinzas que você incapacitou já estariam restaurados e ninguém saberia de nada.

O alívio tomou conta de Lucy, e ela afundou em um fardo de feno e fez uma das outras perguntas que vinham em sua mente.

— Por que você veio me seguir com a roupa do seu ladrão de estrada hoje à noite? E por que você não revelou quem você era imediatamente, em vez de encenar aquela charada ridícula? Mas devo admitir que seu sotaque foi muito convincente!

— Obrigado, gentil senhora!

Os dois caíram na gargalhada. À luz brilhante lançada pelo lampião, Philip parecia cinco anos mais novo do que parecia no início da noite. As linhas tensas e cansadas haviam sumido de seu rosto e ele parecia bastante infantil, embora ainda houvesse um ar inquieto e ansioso que Lucy não conseguia encontrar o motivo.

De repente, o sorriso deixou seu rosto e ela se preparou para o que esse homem imprevisível ia fazer ou dizer em seguida.

Sentado ao lado de Lucy no fardo, ele colocou o lampião no chão e colocou a mão no braço dela.

Instantaneamente, ela sentiu seus músculos pularem e uma excitação passando por ela. Então, seus sentimentos por Philip ainda persistiam, depois de todas as tentativas de erradicá-los!

— Vou lhe dizer por que estava vestido de ladrão. Primeiro, porque era assim que Adam esperava que eu estivesse. Ele não tinha me visto fugir, muito tempo depois de seu tiro ter sido disparado. Ele pensou que eu poderia estar caído em algum lugar, ferido. Meu plano, se eu não o encontrasse primeiro, era pular e surpreendê-lo e lhe dizer o que penso dele. Finalmente! — acrescentou ele, deixando-a sem dúvida que teria havido algum tipo de briga entre eles.

— E o que você pretendia fazer comigo? Atirar em mim? — Ela lançou-lhe um olhar interrogativo.

— Não, Lucy. Não atirar em você.

A mão dele apertou o braço dela e dois de seus dedos se afastaram do pulso dela e começaram a acariciá-lo, distraidamente a princípio, mas depois de forma significativa, provocando arrepios agonizantes de desejo por ele percorrendo suas veias.

— Eu ia te dar um susto e sequestrá-la, e não revelar até mais tarde que seu sequestrador era eu. Mas...

— Mas o quê? — Ela se mexeu uma fração para que pudesse sentir seu quadril descansando contra o dele. O que ele tinha em mente para ela? Para onde ele planejara levá-la?

Mais importante, o que ele tinha planejado fazer? Carregá-la para seu quarto e deitá-la suavemente em sua cama, onde ela não iria gritar ou protestar, mas abriria os braços e umedeceria os lábios, prontos para os beijos dele? *Pare com isso, Lucy Swift*, disse a si mesma com firmeza. *O homem não sente nada por você. Ele é um conde e você não passa da filha de um negociante de cavalos!*

Mas... o anel de esmeralda. Ainda estava no dedo dela. Qual era o significado disso? Mais uma de suas piadas? Sim, era isso.

Aprisionada Pelo Conde

Ela o sentiu, o torceu com o dedo, começou a puxá-lo sobre os nós dos dedos, pronta para devolvê-lo.

Philip desviou o olhar, o brilho do lampião refletindo nas maçãs de seu rosto e fazendo sombras franjadas dos cílios longos.

— Parecia estar levando o jogo longe demais. Eu quase não ousei esperar que você o aceitasse. Não era como se você se importasse comigo ou sentisse alguma coisa por mim.

Lucy não podia acreditar no que estava ouvindo. Seu tom era cheio de dúvidas e esperança. Ele estava olhando para ela agora, esperando por uma resposta, uma expressão de encorajamento — ou talvez até uma rejeição horrorizada!

Ela pegou a mão dele.

— Philip Darwell, se você soubesse!

Ela parou. Como ela poderia lhe contar as horas de tormento que sofrera, querendo-o, amando-o? Com cuidado, ela perguntou:

— O que fez você pensar que eu não sentia nada por você?

Sua reação foi instantânea. Palavras de culpa e remorso saíram de seus lábios como se ele as estivesse guardando há semanas.

— Depois do modo como te tratei no estábulo quando nos conhecemos? E as coisas que eu fiz você fazer por mim? Como você imagina que eu me senti? Como a criatura mais indigna e baixa que já existiu!

— Neguei meus sentimentos por você, escondi-os, mas não podia deixar você ir. Você não acha honestamente que pensei que você tivesse assassinado meu pai, não é? Admito que fiquei chateado no começo e disse algumas coisas imperdoáveis, mas depois que superei o choque da morte dele e me acalmei, percebi que nada disso era culpa sua.

— Deixar você pensar que eu culpei você foi tudo o que eu pude fazer para mantê-la comigo um pouco mais, para que eu pudesse vê-la e estar perto de você. Eu poderia parecer insensível e cruel, Lucy, mas há uma falha na minha natureza

LORNA READ

que me faz terrivelmente lento para perceber as coisas sobre as pessoas. Eu confio muito facilmente. E — ele tocou os lábios dela levemente com os dele — eu me apaixono muito rápido.

— E eu também — sussurrou Lucy, beijando-o de volta.

— Levei anos para reconhecer a verdade sobre Adam — continuou ele, depois que o beijo terminou. — Martha e Matthew puderam ver o ciúme terrível nele, os vestígios de crueldade e violência, e eles fizeram o possível para mudar sua natureza, ensiná-lo a ser mais gentil e perdoador, mas eu estava cego a tudo isso.

Ele estendeu a mão e acariciou seus cabelos gentilmente.

— E eu fiquei ainda mais cego com você, Lucy. Levei tanto tempo para perceber que... que eu te amo. Será que você poderia me amar também?

Havia um barulho estranho nos ouvidos de Lucy e uma sensação leve e crescente em seu corpo, como se ela estivesse prestes a flutuar até o teto. Ele a amava! Isso realmente estava acontecendo?

— Sim, Philip, sim. Eu amo você.

Ele abaixou os lábios, Lucy levantou os dela. Suas bocas se misturaram, seu beijo ficou mais apaixonado.

Quando eles se separaram, Philip de repente pareceu sério novamente.

— Eu tenho outra pergunta para você — disse ele. — Você era realmente casada com Rory McDonnell?

Houve uma breve pontada dentro dela, a faísca moribunda de algo que antes era quente e forte e agora era como uma mancha de cinza em uma grade, esmagada pela traição dupla de Rory a ela.

— Não — disse ela. — Não, ele nunca foi meu marido de forma legal. Eu posso explicar tudo, mas não agora.

Lucy levantou os braços para abraçar seu corpo forte e firme, e o anel de esmeralda brilhava na luz.

— Philip? — ela murmurou. — Este anel. Devo devolvê-lo a você. — Ela o tirou do dedo e estendeu para ele.

Aprisionada Pelo Conde

Ele fechou os dedos em volta dos dela.

— Ainda não. Há algo que devo lhe perguntar primeiro.

— Há algo que devo lhe perguntar também! — Lucy disse, com o coração acelerado. — Por que você não me deu quando eu te pedi pela primeira vez? Você disse que eu poderia ter qualquer uma das joias que quisesse, mas me fez escolher outra coisa. Você disse que era da sua mãe, então por que colocar no meu dedo agora?

Relutantemente, ele afastou os lábios do calor suave do pescoço de Lucy e respondeu:

— É um costume familiar nosso que o anel de esmeralda seja usado apenas pela esposa do Conde de Darwell.

— Então por que você me deu ele?

Ele pegou a mão direita dela, tirou delicadamente o anel de esmeralda e o recolocou no terceiro dedo da mão esquerda.

— Lucy Swift, você me dará a honra de se tornar minha esposa?

Ela ofegou, a mão voando para a boca. Ela tentou responder, mas nenhuma palavra veio e tudo o que ela pôde fazer foi olhar para ele, esperando que seus olhos revelassem sua resposta... esperando que seu coração não pulasse do peito.

Ele franziu a testa.

— Sei que o momento é ruim, com meu querido pai ainda não enterrado. Teremos que esperar um tempo decente para anunciar nosso noivado. Isso é, se você me aceitar?

Philip apertou a mão dela e seus olhos cinzentos procuraram os dela, esperando sua resposta. Alegria surgiu dentro dela e com a certeza de que agora ela finalmente estava fazendo a coisa certa e que, quando se entregasse a Philip, seria pela razão mais verdadeira e poderosa de todas: amor.

— Sim, Philip — sussurrou ela, seu coração cheio demais para falar quando plantou os lábios nos dele, abriu a boca para ele e o puxou para ela, permitindo que suas mãos vagassem livremente sobre seu corpo.

No início, ele respondeu apaixonadamente, depois parou,

olhou em volta e murmurou ansiosamente:

— Não, não aqui. O que você pensaria de mim? Deveríamos voltar para a mansão.

— Por que não aqui? — Lucy olhou para ele, sabendo que seu desejo por ele estava queimando em seus olhos.

— Porque — oh Deus, Lucy Swift! Eu te desejo há tanto tempo!

— Então por que esperar mais? Assim que ela falou, sua mão voou para a boca. Oh, o que ela fez? Ele pensaria que ela não era melhor do que uma puta! Mas ela o queria — oh Deus, ela o queria, muito mais do que jamais desejara Rory. Todo aquele episódio agora parecia um sonho distante.

Philip era real, ele estava aqui e seu desejo, e seu amor por ele eram como uma chama que tudo consome, uma sobre a qual ela não tinha controle; nenhum meio de adiar, mesmo que ela quisesse. Quando ele iria responder? O que ele ia fazer? Ela tinha, por quatro palavras impensadas, destruído seu respeito e seu desejo por ela?

Ela sentiu que começara a tremer. Lágrimas surgiram em seus olhos.

— Philip — sussurrou ela. — Eu não deveria ter dito isso. Eu sinto muito.

— Ssh. — Ele estendeu a mão e afastou os cachos dela da testa quente e úmida, depois a pegou nos braços e a empurrou firmemente de volta ao fardo de feno. Seus lábios se fecharam nos dela, suas mãos varreram seu corpo, despertando ondas vibrantes de desejo que irradiavam de sua virilha para os confins de seu corpo, como os raios intensos e abrasadores de um sol de agosto. Ela sentiu o corpo dele tremendo com uma necessidade que correspondia à dela em intensidade e urgência.

— Você está certa, minha querida — murmurou ele, enquanto suas mãos afastavam lentamente as saias dela para longe do calor trêmulo de suas coxas. — Por que esperar mais um segundo?

Caro leitor,

Esperamos que você tenha gostado de ler *Aprisionada Pelo Conde.*
Reserve um momento para deixar uma crítica, mesmo que curta.
A sua opinião é importante para nós.

Atenciosamente,

Lorna Read e Next Chapter Team

Aprisionada Pelo Conde
ISBN: 978-4-82411-515-7

Publicado por
Next Chapter
1-60-20 Minami-Otsuka
170-0005 Toshima-Ku, Tokyo
+818035793528

9 dezembro 2021

CPSIA information can be obtained
at www.ICGtesting.com
Printed in the USA
LVHW021131221221
706917LV00005B/658